Tout est vrai

Lygia Day Peñaflor

Tout est vrai

Traduit de l'anglais (États-Unis)
par Marie Cambolieu

Albin Michel

Titre original :
All of this is true
(Première publication : Harper Teen,
an imprint of HarperCollins Publishers,
New York, 2018)

Pour une femme, la trahison ne signifie rien :
on ne trahit pas ses passions.
Coco Chanel

EXTRAITS VIDÉO NON ÉDITÉS

LA VÉRITÉ À NU

Entretien avec Miri Tan et Penny Panzarella par Nelson Anthony

Du 3 au 17 mai 2018

0:00:08 / 3:04:23

MIRI

Parle-moi de Fatima Ro. Elle intrigue beaucoup de gens.

Très bien. Mais d'abord, j'aimerais clarifier une chose. Probablement la seule qui nous mette encore d'accord, Soleil, Penny et moi. Avant de rencontrer Fatima Ro, nous étions des filles superficielles. Notre truc, c'était les apparences. Vous voyez ce que je veux dire ? Les soirées, les accessoires, le bling-bling. L'événementiel.

L'événementiel ?

On organisait des soirées, chez Penny. Tout ça me paraît tellement loin, aujourd'hui. [secoue la tête] Les gens… la musique à fond… Cet argent qui nous passait entre les mains.

De l'argent ?

Eh bien, vous savez, le tarif d'entrée.

Vous aviez le sens de l'organisation, on dirait.

Ah ça... [soupir] Avec les filles, on s'est connues en cinquième, le jour de la rentrée. Nous avions participé à une course d'orientation organisée par l'école. Les gagnants étaient nommés représentants des élèves pour l'année. Nous avions décidé de partager nos indices pour trouver le tout dernier ensemble : l'emblème de l'école, sur le toit.

Alors, vous formez une sacrée équipe.

Oui, à l'époque. Avant toute cette histoire. Quant à nos soirées, elles étaient... fabuleuses. Pour la dernière, on avait choisi un thème « casino ». Avec tables de jeu et jetons en chocolat. Celle-là, personne ne la surpassera avant un bout de temps.

Très impressionnant.

[Rires] Vous plaisantez ? Pour nous, prendre des selfies devant la roulette, c'était... *le sel de la vie*. La vérité ? On crevait d'ennui. L'être humain éprouve un besoin primaire de proximité émotionnelle qui ne se satisfait pas d'un bar à sushis ou d'un DJ à la mode. Ça, on l'a compris grâce à Fatima. Elle a tout changé pour nous. Même ça : « le sel de la vie », c'est une expression que je lui ai piquée. Sans elle, je n'aurais jamais employé une phrase pareille. J'aurais plutôt dit : « Pour nous, prendre des selfies, c'était trop *Vogue*. » Si je parle de « sel de la vie », c'est parce que d'une certaine manière, Fatima nous a fait don d'un langage radicalement nouveau. Une nouvelle façon de penser, de vivre. Quand elle nous a pris sous son aile, j'ai soudain compris… nous avons tous pris conscience que nous avions soif de quelque chose de plus profond. Nouer une amitié avec Fatima Ro… bref, faire partie de son cercle de proches, c'était ça.

Vous connaissiez déjà son roman, Contre-courant *?*

Évidemment. Tout est parti de là. Oui, carrément. Nous étions tous fans. Enfin, les filles, surtout. Jonah, lui, suivait le mouvement. Mais lui aussi, elle le fascinait. J'ai lu *Contre-courant* à sa parution. Quand j'ai découvert qu'elle était si jeune – elle sortait à peine de la fac – j'ai su pourquoi son style me parlait autant. Elle me comprenait. J'aime *Contre-courant* comme on aime une personne : c'est une passion dans sa forme la plus pure. Voilà ce qui différencie le simple intérêt d'une passion. C'est grâce à Fatima que j'ai pu le percevoir.

Vous voyez, on peut aimer une chose comme on aime quelqu'un. En être amoureux. Elle peut déclencher les mêmes réactions chimiques qu'un être humain : ocytocine et vasopressine. C'est Fatima qui me l'a expliqué. Son livre le prouve. Je ne supporte pas que les médias le réduisent à un simple phénomène littéraire. *Contre-courant* n'a jamais été le nouveau *Harry Potter.* On n'en fera jamais un déguisement ou un parc d'attractions. C'est justement ce qui le rend si authentique. Si on aime *Contre-courant*, c'est parce qu'il nous bouleverse. Pas parce que Tom Hanks joue dans le film et que McDo en fait des jouets pour Happy Meal. Ce livre touche un public moins évident, plus profond. Pour moi, c'est bien plus important de faire partie d'un mouvement aussi vrai. Réfléchissez : si vous avez adoré *Contre-courant* et que vous rencontrez quelqu'un qui partage cette passion, vous l'intégrez aussitôt à votre cercle. Impossible de forger une telle relation avec… je ne sais pas, moi. Un fan de *Hunger Games*, parce que c'est bien trop commun. Trop commercial. Genre… évidemment que tu aimes *Hunger Games*… tout le monde aime *Hunger Games* ! Bonjour l'originalité. Le public de Fatima, lui, est plus restreint. Son roman exige de ses lecteurs une certaine, euh… *sagecité*. Euh, sagacité, pardon. Être fan de *Contre-courant*, c'est plus profond que ça… enfin, les gens qui l'apprécient se comprennent. Nous avons en commun un goût pour les messages qu'il véhicule. Entre fans du livre, il existe une empathie : des cœurs qui battent à l'unisson. [rires] Ça y est, je recommence à parler comme elle. Je sais. Mais ça me plaît, j'aime ses mots, l'empathie, les cœurs qui battent. [rires] Savez-vous pourquoi j'ai accepté votre interview, Nelson ?

Pour les audiences de La Vérité à nu *?*

Pas vraiment, non. C'est parce que vous êtes le seul journaliste à avoir lu *Contre-courant* et *L'Absolution de Brady Stevenson*. J'ai posé la question à tous ceux qui m'ont contactée.

Oh, vraiment ?

Je me fiche de l'audimat, des récompenses ou de la cote de tel ou tel présentateur.

Merci.

Je voulais me confier à quelqu'un qui n'était pas déjà décidé à descendre Fatima simplement parce qu'elle a exprimé son art. Quelqu'un qui comprendrait la chance que nous avons eue de pouvoir la côtoyer. Et vous le comprenez, n'est-ce pas ?

Absolument. Voilà pourquoi j'aimerais que tu nous racontes l'histoire de ton propre point de vue. Que tu nous décrives la véritable Fatima Ro. Personne ne l'a connue comme toi. C'est l'occasion de t'exprimer, Miri.

[Sourire] Vous n'imaginez pas à quel point j'apprécie votre proposition, Nelson. J'étais sûre d'avoir choisi la bonne personne. Oh, pardon, je suis d'une impolitesse… Je ne vous ai même pas offert à boire. Qu'est-ce que je vous sers ?

Rien, merci.

De l'eau ? Du thé glacé ? On a un Sodastream.

Ça ira.

Comme vous voudrez.

Raconte-moi ta rencontre avec Fatima.

À vrai dire, le jour où nous avons fait sa connaissance, nous avions un plan. Soleil refuserait de l'admettre, aujourd'hui, mais nous avons assisté à cette séance de dédicace, chez Book Revue, avec – je n'exagère rien – un scénario prémédité pour l'approcher. Faire en sorte qu'elle nous remarque : c'était notre but. Voilà pourquoi je ne comprends pas et je ne cautionne pas le scandale qu'elles font autour de son nouveau livre. Sérieusement, Soleil et Penny se comportent comme de vraies ingrates, quand on pense que la seule chose dont elles rêvaient, au début, c'était de la connaître. À vrai dire, c'est horrible, toute cette rancœur. Elles me feraient presque pitié. C'est tout ce que m'inspirent les gens qui méprisent la loyauté.

Elles ont pourtant des raisons d'être furieuses : Fatima a construit son roman autour de vous et de Jonah sans même vous avertir. Et le portrait est peu flatteur. Tu ne lui en veux vraiment pas ?

C'est parce qu'elle est auteure que nous nous sommes rapprochés d'elle. Autant chercher à caresser un lion et s'étonner qu'il morde.

Mais depuis, Jonah a été brutalement agressé sur le parking du lycée Graham. À cause de ce roman, il se trouve à présent dans le coma.

Fatima n'y était pour rien.

La police a retrouvé un exemplaire de L'Absolution… *sur les lieux. Les agresseurs l'ont déposé sur sa poitrine en le laissant pour mort.*

Ah… et des dizaines d'émissions et de commentateurs ont fait leurs choux gras de ce détail, pas vrai ? C'est écœurant de voir jusqu'où les médias peuvent aller pour rabaisser les femmes charismatiques. Elles sont soit des victimes, soit des garces : parce que c'est ce genre de personnages qui fait les gros titres. [soupir] C'est tellement simple de faire grimper l'audimat en liant un crime à une jeune et jolie romancière, non ? Réfléchissez. Qu'est-ce qui apparaît en image de fond chaque fois qu'ils parlent de cette histoire ? Le visage de Fatima.

C'est vrai.

La plupart du temps, ils ne montrent même pas celui de Jonah. « Une auteure à succès subjugue des adolescents qui lui révèlent leurs plus sombres secrets. Un garçon finit dans le coma. Ne ratez pas notre enquête ce soir, à 22 h 30. » Ce n'est pas du journalisme, c'est du racolage.

Pourquoi ne pas nous donner ta vérité ?

Ma vérité, c'est que ce n'est la faute de personne. Vous avez lu le livre. L'art ne détruit rien. L'art nous sauve. [secoue la tête] En fait, nous avions discuté pendant des heures et des heures avec Fatima de liberté d'expression dans la création artistique. Soleil a consigné la moindre parole de Fatima sur son téléphone ou son ordinateur ; j'imaginais qu'elle aurait au moins du respect pour cela. Soleil notait, enregistrait tout. Elle paraissait tout simplement obsédée. Ses notes ne concernaient que Fatima. Posez-lui la question.

Je n'interviewerai pas Soleil. Elle a refusé de me parler. Pas assez d'audimat. Penny a accepté seulement quand elle a su que tu étais partante.

Sérieux ? [silence] Alors, essayez de mettre la main sur le journal de Soleil. Il prouverait à quel point elle cherchait à attirer l'attention de Fatima. Je ne plaisante pas : lisez son journal et ses échanges d'e-mails avec Fatima.

Je lui ai fait une proposition. Mais elle les a déjà cédés au New York Magazine.

C'est une blague ? [cherche l'information sur son téléphone]

Non. Ils en publient des extraits dans une série d'articles en ligne qui débute justement aujourd'hui. Depuis un ou deux ans, l'opinion publique se passionne pour le phénomène de la violence au lycée. Or Fatima, quel que soit son rôle dans cette histoire, a relancé l'intérêt pour ce sujet.

[regarde son téléphone] Ah oui, la voilà, au-dessous d'un article sur Jonah et Fatima Ro. Et, tiens tiens… Une photo de Fatima. Joli coup, Soleil ! [éclate de rire] Quelle hypocrite !

Que veux-tu dire ?

Soleil reproche à Fatima de l'avoir prise pour sujet de son roman, mais maintenant, elle vend son journal intime qui parle de Fatima ? Indéfendable.

Je comprends.

Qu'elle aille se faire voir, tiens. Elle donne sa version, je ne vais pas me gêner pour raconter la mienne.

Surtout pas. Elle ne doit pas monopoliser la parole. Ne lui laisse pas le dernier mot.

Aucun risque.

Alors, explique-moi. Que s'est-il passé à cette séance de dédicace ?

[s'éclaircit la gorge] C'était en soirée. On s'était placés exprès tout au bout de la file d'attente. On se disait qu'en passant les derniers, on discuterait peut-être plus longtemps avec Fatima. Avec un peu de chance, on repartirait même avec elle. On voulait prendre des photos et lui demander de nous suivre sur Instagram.
C'est Soleil qui a eu l'idée d'attendre en bout de file. Soleil, c'était l'écrivaine du groupe : vous le savez. Le reste du monde le sait, maintenant. Elle qui tentait de s'immiscer dans la vie de Fatima... Non. C'était plus que ça. Elle voulait *être* Fatima. Comme je le disais, les gens cherchent toujours à passer en premier, mais à chacun sa méthode. Pour être franche, j'étais terrifiée à l'idée de la rencontrer. Je m'étais si souvent imaginé ce moment... le genre d'instant qu'on ne vit qu'une fois. J'avais peur de passer pour une idiote. Vous avez déjà vu une personne célèbre, que vous vénérez ? C'est hallucinant, hein ? Bref, après en avoir si longtemps rêvé, on se retrouve face à face avec elle... enfin, en chair et en os, devant

quelqu'un qui bouge, respire, vous parle et il suffit de tendre la main pour le toucher ?

J'ai croisé Quentin Tarantino, un jour.

Alors, vous comprenez ce que je veux dire.

Oui, je sais.

Fatima… c'est une fille sûre d'elle, bluffante. Elle est vraiment… splendide, rien à faire. Mais en réalité, son assurance frappe plus que sa beauté. Elle a un tel… aplomb qu'on ne peut pas s'empêcher de la dévisager. Le plus dingue, c'était de l'observer en se disant que *Contre-courant* était sorti de son imagination. Je ne pourrais même pas décrire cette sensation. Je repensais à la manière dont elle avait su conceptualiser ce roman que j'adore, dont elle l'avait façonné, créé entièrement à partir de rien. Alors qu'elle me paraissait si minuscule. J'ignore pourquoi, mais ça m'a surprise. Je la regardais, émerveillée. Comment tous ces mots, toutes ces idées avaient-ils pu émerger de cette personne ? J'ai sans doute l'air dingue, non ?

Pas du tout. Moi-même, je n'en revenais pas de trouver Tarantino si grand.

Vraiment ?

Un mètre quatre-vingt-dix, au moins.

Vous voyez ? C'est impressionnant de se retrouver dans une même pièce…

À vrai dire, il était dans la rue. Je l'ai croisé sur le chemin du métro.

Génial. Bref. Avec Fatima, j'étais tellement stressée… Je n'arrêtais pas de passer aux toilettes. Nous avons patienté pendant près d'une heure. Mais quand notre tour est arrivé, Soleil, qui avait organisé toute l'expédition, m'a attrapé le bras et m'a suppliée de passer la première. J'ai accepté. Il fallait bien que quelqu'un prenne les choses en main. Je tenais mon exemplaire de *Contre-courant* serré contre moi… une vraie gamine avec son doudou. [rires] [silence] Désolée. [se mouche] Les allergies. [se racle la gorge] Je me suis cramponnée à mon bouquin et je lui ai parlé.

De quoi ?

C'est drôle, parce que je m'en souviens à peine. En revanche, chacune de ses paroles reste gravée dans ma mémoire. J'ai dû me présenter et je lui ai sans doute cité ma phrase préférée du livre, en expliquant pourquoi il m'avait autant touchée. C'est même certain, puisque je l'avais répétée avant de venir. Je n'ai pas honte de l'avouer. Nous avions toutes préparé notre petit speech. On en avait même discuté dans la voiture, pendant le trajet. Si Soleil et Penny prétendent le contraire, elles mentent. Fatima m'a regardée droit dans les yeux et m'a répondu : « Je suis ravie de te rencontrer, Miri. Tu vibres d'énergie. » Voilà ce qu'elle m'a dit. Je vibrais d'énergie. Imaginez que Tarantino vous ait dit ça…

Ç'aurait été carrément cool.

C'est exactement ce que j'ai ressenti avec Fatima. Et elle m'a appelée par mon prénom, comme ça. Cette fille semblait… à fond. Curieusement, en même temps, elle m'apaisait. C'était son aura. [soupir] Ensuite, je lui ai demandé une dédicace, puis je lui ai présenté Soleil, Penny et Jonah. J'ai eu de la chance de passer la première. J'ai toujours pensé que nous avions une relation particulière parce qu'elle m'avait vue en premier. Elle me considérait comme la meneuse.

Tu te souviens de la conversation entre Fatima et tes amis ?

[rires] Le plus drôle, c'était Jonah : il n'avait même pas lu *Contre-courant*, mais il fallait acheter un exemplaire pour le faire signer, alors il en a pris un. Il n'avait rien à dire à Fatima, donc il a marmonné une platitude. Du genre : « Les romanciers sont les artistes les plus précieux de notre époque », puis il a enchaîné sur les nouvelles technologies, les iPad comparés à la télévision et aux livres. Je ne sais pas ce qu'il lui racontait exactement. [rires] [soupir] [silence]

Tu veux ajouter quelque chose ?

[regarde son téléphone]

Miri ?

Pardon. Je m'inquiète pour Jonah…

Tu as des nouvelles ?

Non. [repose son téléphone] Vous pensez qu'ils retrouveront ceux qui l'ont agressé ? C'étaient forcément des gens de son ancien lycée. Aucun doute là-dessus.

L'enquête se poursuit.

J'espère bien. Pour qu'on accuse enfin les vrais coupables et pas Fatima Ro.

J'attends de voir. Donc, une fois que Fatima t'a dédicacé ton livre...

Ah, oui. [prend sa bouteille d'eau et boit une gorgée] Il était tard : nous étions les derniers dans la librairie. Les employés empilaient les chaises. Ils avaient déjà fermé la caisse. Fatima a rassemblé ses affaires et, sans savoir comment, nous nous sommes retrouvés dehors, à marcher avec elle, exactement comme on l'avait prévu. C'était fou. Avant, j'aurais dit que c'était le destin, mais comme Fatima, je n'y crois plus. Nous traçons notre propre chemin.

Ça s'applique à Jonah ? Tu penses qu'il se retrouve dans le coma aujourd'hui parce qu'il a « tracé son propre chemin » ?

Peut-être. Vous allez sûrement me trouver cruelle.

Pas du tout.

Je suis simplement sincère.

Et je t'en remercie.

Bref, Fatima nous a demandé dans quel lycée nous allions. Lorsque nous avons mentionné Graham, sur la côte nord, elle était emballée, parce qu'elle venait juste d'emménager dans les environs, à Old Westbury. Vous connaissez le coin ?

Oui.

En fait, c'est à quelques kilomètres de Graham. Elle habitait à dix minutes de chez moi. Cinq minutes de chez Penny et Soleil. Comment cette info avait pu nous échapper ? Nous étions voisins ! [secoue la tête] On n'en revenait pas. Nous lui avons parlé du lycée, des boutiques du centre commercial. Et devinez quoi – ça ne s'invente pas – Fatima nous a dit : [s'éclaircit la gorge] « Si vous ne faites rien jeudi soir, venez au café Witches Brew. J'anime un débat autour du livre. »

Incroyable.

Nous étions retournées. J'aurais pu m'allonger sur le trottoir et mourir. Avec mon *Contre-courant* serré contre moi.

NEW YORK MAGAZINE

UNE SÉRIE EN QUATRE PARTIES

Au-delà de la fiction :

La véritable histoire du roman polémique

L'Absolution de Brady Stevenson

LA VERSION DE SOLEIL JOHNSTON,
PREMIÈRE PARTIE

Extrait de journal

22 septembre 2016

Witches Brew, Hempstead, Long Island

J'y. Crois. Pas. Fatima Ro nous a reconnus quand nous sommes entrés ! Elle nous a fait signe en criant : « Salut, lecteurs de Graham ! Contente de vous voir ! » Et moi, qu'est-ce que j'ai fait ? J'ai répondu en agitant mon exemplaire dédicacé de *Contre-courant*. Pourquoi ? Parce que je suis la fille la plus pathétique de l'univers.

L'endroit est génial. J'adore le côté bohème avec ces meubles dépareillés. J'essaie de faire comme si j'étais déjà venue des dizaines de fois. À partir d'aujourd'hui, je jure de devenir une habituée. C'est décidé. Le Witches Brew devient notre repaire. Ça sera notre Central Perk (note pour plus tard : arrêter de regarder les rediffusions de *Friends*. Sérieux, qu'est-ce que je fais de mes journées ?).

Le serveur m'appellera par mon prénom et m'apportera directement ma boisson préférée. J'aurai mon coin, là-bas sous la verrière, au fond de la salle, précisément contre le mur, à cette petite table avec un plateau de mosaïque en forme de soleil.

Public génial : une douzaine de personnes, certains de notre âge, d'autres plus âgés. Une ambiance très intime, qui me rappelle le concert d'Ed Sheeran, au Artists Den. (Aaaah. Je dois absolument revoir la vidéo. Tu me manques, Ed, mon rouquin d'amour.) Ici, au Witches Brew, sont réunis les plus grands fans de Fatima. Et tous les quatre nous avons été – attention – invités !

Fatima : chemise en lin blanche XXL sur minijupe en jean, tennis négligemment lacés, sans chaussettes. Yeux charbonneux, joues pâles, lèvres nues. Cheveux en bataille.

Pourquoi je ne peux pas tenter un look aussi glam, à moitié maquillée avec un look saut du lit ? J'aurais l'air d'une folle

Fatima commande un thé vert. Il paraît qu'il a des propriétés magiques.

Note : me mettre au thé vert.

Fatima accueille le public, nous remercie d'être venus. Elle remarque que le café est adorable. Elle non plus n'était jamais venue. Hé... peut-être qu'elle reviendra souvent, comme moi, et qu'on se croisera de temps en temps. Très vite, on passera au stade : « Salut ! Ça va ? » Ça serait pas dément, ça ?

Jonah (sale gosse) ne lâche pas son téléphone. Je lui donne un coup de parapluie.

La rencontre avec Fatima Ro pour son livre, *Contre-courant*, c'est MAINTENANT !

Premier jet : elle l'écrit en six mois à un rythme effréné après la mort de sa mère. Elle mange peu, dort autant ; évite les communications ; reste presque injoignable, excepté sur ligne fixe. Pour elle,

Internet n'existait plus. Pour sa famille et ses amis, elle faisait son deuil et c'était le cas, bien sûr, mais pas un « deuil immobile ». Un « deuil féroce ».

« Un deuil féroce. »

Sa mère, c'était son point d'ancrage. Sa mère, c'était le bon sens, le travail, le tout avec les deux pieds sur terre. Sans elle, Fatima se sentait dissociée du monde, prise dans un brusque tourbillon. Enfant, elle était fantasque, tête en l'air, ne tenait pas en place. Mais pour elle, ça n'était pas un problème, car sa mère la rattrapait toujours avant qu'elle ne s'envole. À sa mort, *Contre-courant* est devenu une tentative désespérée de retenir l'amour de sa mère avant qu'il ne lui échappe à tout jamais.

Le titre, *Contre-courant*, elle l'avait en tête avant même de commencer à écrire, parce qu'elle se sentait comme prisonnière de ce phénomène.

Contre-courant : l'émotion sous la surface

Contre-courant : courant de déchirure, courant de fond, forces en opposition

Pour elle, la rédaction de *Contre-courant* reste la chose la plus difficile qu'elle ait jamais vécue, parce que c'était un processus de deuil. À travers le personnage de Lara, Fatima a pu se laisser happer par le sentiment de perte, ressentir l'absence dans ce qu'elle a de plus viscéral. Elle ignore comment elle aurait pu dépasser sa souffrance si elle n'avait pas eu cet espace pour le faire.

Espace = état d'esprit pour devenir Lara et écrire *Contre-courant*.

La phase de retravail fut une lente remontée vers la surface. Une période pendant laquelle elle luttait et se débattait pour retrouver le chemin du monde. Émotionnellement, physiquement.

[Fatima me regarde pianoter sur mon ordinateur. Je suis instantanément hyper-consciente de ce que je fais. Je sens mes mains, mes doigts, mes épaules et mon front qui se plisse, exactement comme une mauvaise actrice qui ferait semblant de prendre des notes sous ses yeux.]

Perdre sa mère à vingt ans, c'était une métamorphose, l'inévitable passage de l'enfance à l'âge adulte. L'enfant insouciante s'est brusquement sentie vieille. Fatima a décidé de donner dix-sept ans à Lara. C'est l'âge qu'elle avait quand sa mère est tombée malade et c'est aussi celui qu'elle avait toujours l'impression d'avoir à sa mort.

Elle a vécu la phase de retravail comme une vraie torture, à plusieurs égards : elle l'obligeait à revivre son deuil encore et encore. En allégeant le texte (elle l'a réduit de 120 000 à 80 000 mots), elle a fait émerger une nouvelle facette d'elle-même et a pu observer sa propre souffrance d'un point de vue toujours différent. Mais elle luttait si violemment contre les changements que *Contre-courant* devenait douloureux à réécrire, et elle devait parfois le mettre de côté pendant des semaines, voire, une fois ou deux, des mois.

Enfin, elle a terminé le manuscrit. Elle l'a imprimé et n'en revenait pas de son poids : littéralement, les mots pesaient entre ses mains. Elle s'étonnait de le mesurer en kilos et en grammes. Elle l'estimait, le comparait à d'autres objets dans son appartement.

Ces pages pèsent plus lourd qu'une boîte de mouchoirs ;

Ces pages pèsent moins lourd que cette botte ;

< qu'une brique de lait ;

> qu'un cadre photo ;

> qu'un flacon de shampooing;

< qu'une bible.

Encore et encore, où qu'elle se trouve, elle songeait au poids du manuscrit parce qu'elle n'arrivait pas à croire que son chagrin représente une véritable masse, une présence physique. Le chagrin se comptait donc en kilos.

Le chagrin se mesure en KILOS !

Elle est devenue obsédée par l'idée de savoir combien exactement.

[J'ai l'impression d'halluciner. Pourquoi est-ce que personne ne filme ça pour les générations futures ? Même Jonah semble attentif, une cuillère en équilibre sur deux doigts. On dirait qu'il la soupèse.]

Fatima n'avait pas de balance. Mais un jour, elle avait rendez-vous chez le gynécologue et pendant qu'elle attendait le médecin, dans sa tunique jetable, elle a sorti le texte de son sac et l'a posé sur la balance. 1,7 kilo.

1,7 kilo.

[Fatima s'interrompt et réfléchit. Tout le monde essaie d'imaginer.]

[Qu'est-ce que Jonah peut bien avoir à peser, lui ?]

Découvrir le poids de son chagrin fut une vraie révélation pour Fatima : il pouvait donc être contenu.

[De nouveau, Fatima m'observe. Est-ce qu'elle veut que j'arrête de taper ? Est-ce que tout cela lui semble trop personnel pour que je le prenne en note ? Mais alors, pourquoi le raconter à un groupe de parfaits inconnus ?]

[J'ai cessé d'écrire pendant quelques minutes. Elle ne me regarde plus. Alors je continue.]

Debout dans ce cabinet médical, elle se sentit tout à coup très fière de son manuscrit. C'était la première fois qu'elle le considérait comme un roman – une entité indépendante d'elle-même – parce qu'il était maintenant séparé de son corps, de son esprit et contenu dans un matériau d'un kilo sept. Jusqu'à cet instant, elle n'avait pas imaginé *Contre-courant* comme un livre. Le plus souvent, elle le voyait comme une bête sauvage qu'elle affrontait. D'autres jours, c'était un animal blessé qu'elle tentait de soigner. Mais là, dans le cabinet du gynéco, c'était soudain devenu un roman.

Et pour la première fois, elle en était fière. Mais, comble de l'ironie, qui avait-elle envie d'appeler pour en parler ?

Sa mère.

[Mon cœur se brise, il se fracasse. Il est en miettes. Je suis en pièces, là, au Witches Brew, comme de minuscules tessons de mosaïque. Je n'imaginais pas adorer *Contre-courant* plus que je ne l'aimais déjà.]

Et. J'avais. Tort.

22 h 43, chez moi

Notre plan a encore fonctionné. Nous nous sommes attardés. Un type avec une casquette rouge a fait de même, mais il s'est contenté de remercier Fatima pour sa présence et de faire signer son livre avant de disparaître. J'ai expliqué à Fatima qu'elle m'avait fait voir une nouvelle dimension de *Contre-courant* et qu'il avait bien plus de sens que je ne le pensais. Et là, elle m'a tuée. Littéralement comme si j'avais reçu une brique en pleine tête. Elle a remarqué que je prenais beaucoup de notes pendant sa présentation et elle a voulu les lire !

L'angoisse. Totale. Je l'avais citée. J'avais parlé de la façon dont elle me regardait. J'avais inséré mes réflexions personnelles concernant la période la plus difficile de sa vie. J'avais ajouté des commentaires sur son maquillage. J'avais raconté sa visite chez le gynéco ! Qu'est-ce qui m'a pris de taper ça ? Qu'est-ce qui m'a pris de croire que j'avais le droit de consigner tout ça par écrit ? Qu'est-ce que j'avais bien pu noter d'autre ? Je ne m'en souvenais même plus.

J'ai demandé à Fatima si je pouvais les reprendre avant de les lui montrer : c'était un fouillis total. Si elle me laissait le temps de les mettre au propre, je pourrais les lui envoyer par e-mail, plus tard. Mais alors que je prononçais ces mots, j'ai compris qu'elle allait refuser. Pourquoi attendrait-elle ? Et pourquoi me donnerait-elle son adresse e-mail ?

– Je préférerais y jeter un œil tout de suite. Je suis curieuse de savoir ce qui t'a le plus intéressée. Tu semblais vraiment concentrée, tu tapais tout. Tu écris, toi aussi ?

– Quoi ? Non, pas du tout. Mais ça me plairait, j'ai répondu.

– Alors j'aimerais beaucoup les regarder, voir ton point de vue de future auteure.

Qu'est-ce que je pouvais faire d'autre ? Je n'avais pas le choix. J'avais l'impression qu'elle m'avait prise à tricher pendant une interro et qu'elle voulait vérifier mes réponses devant moi. Miri et Penny me faisaient des signes : « Allez, montre-lui. Où est le problème ? » Sans compter que Fatima me considérait comme une « future auteure ». Alors, je me suis assise et j'ai ouvert mon ordinateur.

Fatima Ro se tient à côté de moi. Fatima Ro lit mes notes. Elle touche mon clavier. Elle a vu mon fond d'écran débile, une image de *The Bling Ring*. Juré, je n'apprécie cette image que pour sa valeur photographique : composition, couleurs, agencement de l'espace positif et négatif. Pas pour le film. Bon, j'avoue, je l'ai apprécié, dans le genre « plaisir coupable », mais ça ne fait pas de moi une fan. Tout ça, j'aurais préféré le lui dire, mais j'étais incapable d'articuler un mot.

Elle n'a dit qu'une chose : « Merci. »

Merci ? Elle cherchait à me tuer à coups de malaise ?

– Pas de quoi.

Elle s'est levée et m'a observée.

J'ai refermé mon ordinateur. Fichu *Bling Ring*.

Puis elle m'a de nouveau regardée.

– Qu'est-ce que vous faites, maintenant ?

Une seule réponse possible :

– Absolument rien.

– En fait, mon prochain roman se déroule dans une école privée. J'avoue que depuis le bac, j'ai oublié à quoi elles ressemblaient. Vous voudriez bien me faire visiter Graham ?

QUOI ???!!!

▶ ⏭

PENNY

Parle-moi du soir où Miri, Soleil et toi avez emmené Fatima à Graham.

Euh… [rires] Oh là là. J'ai massacré mes ballerines, cette nuit-là. Vous savez, celles qui se lacent sur les chevilles. Et à l'époque, j'étais la seule à en porter, des comme ça. Je voulais en faire mon signe distinctif, vous voyez, plutôt que de mettre des baskets ou des sandales comme tout le monde. J'essayais de travailler mon style. Et puis je pensais passer la soirée assise dans un café, pas crapahuter dans le campus du lycée à dix heures du soir. En plus, il avait plu ce matin-là, et il y avait de la boue partout… c'était bien ma veine. [soupir] Mais ça en valait la peine, pour Fatima. [silence] Du moins, c'est ce que je me disais.

Tu as changé d'avis ?

Mon ami a fini à l'hôpital, alors…

Je suis désolé, pour Jonah.

[regarde son téléphone] Je ne peux pas m'empêcher de vérifier mes SMS toutes les cinq minutes, au cas je recevrais des nouvelles… J'ai peur qu'en arrêtant de penser à lui, quelque chose de grave se produise sans que je le sache.

S'il y a du nouveau, je suis certain qu'on t'avertira. Des informations aussi importantes ne se donnent pas par SMS.

[repose le téléphone] Vous avez parlé à Miri ?

Oui.

Est-ce qu'elle s'inquiète pour Jonah au moins ?

Elle est bouleversée.

Ça m'étonnerait.

Pourquoi cela ?

Parce que, en dehors de Fatima Ro, personne ne l'intéresse. Elle veut que Jonah s'en sorte uniquement pour qu'on arrête d'accuser Fatima.

C'est une grave accusation, ça.

[haussement d'épaules]

Miri était-elle proche de Fatima ?

En vrai ? C'était… son clone.

Et le reste du groupe ? Parle-moi de cette soirée.

[prend une grande inspiration] Bon… La grille était ouverte, alors nous sommes entrés. L'interdit nous excitait, comme si nous commettions une effraction, mais sans crime. Je ne m'étais jamais retrouvée au lycée en dehors des heures de cours. Et je n'avais jamais côtoyé quelqu'un de connu. Enfin, un cousin de Soleil a participé à une émission de téléréalité, une fois, mais c'était très différent de Fatima Ro. Bref, on se faufilait dans la cour. Soleil et Jonah fredonnaient la musique de *Mission impossible.* [éclate de rire] Bref, l'adrénaline montait, quoi ! On était avec Fatima Ro !

Et ensuite ?

Cette nuit-là… le ciel semblait si… clair. Je ne l'oublierai jamais. On voyait les strates de… je veux dire, les étoiles à différents niveaux de profondeur. Exactement comme au planétarium – on nous y avait emmenés, à l'école primaire –, mais en vrai. Fatima a grimpé sur une table dans la cour, et s'est allongée dessus. Elle s'est exclamée : « Vous devez absolument essayer ! Allez-y ! Chacun sa table. » Alors on s'est installés. Ça aussi, ça m'a rappelé le planétarium. Vous connaissez ?

Non.

Les fauteuils s'inclinent à l'horizontale.

Ah.

Moi, j'ai pris notre table habituelle. Celle où on déjeune le midi, quand il fait beau. Et ça semblait vraiment délirant de se trouver là, de nuit, avec elle. Dire qu'on avait passé presque toute l'année là, à parler de Fatima Ro, et d'un seul coup, elle se tenait là parmi nous, à regarder les étoiles. [silence] C'était un moment parfait, si parfait qu'il devenait absurde. Enfin, sauf pour mes chaussures. [rires] J'ai précisé que c'était des Stuart Weitzman ?

Non.

Oui… [soupir] Et puis, Fatima nous a raconté un truc hilarant. Quelques mois après la sortie de son livre, elle se trouvait dans une gare et un titre vieillot passait à la radio, un chanteur un peu ringard, du genre Conway Twitty – c'est ce qu'elle nous a dit. Une dame âgée lui a tapoté l'épaule et lui a expliqué que lorsqu'elle avait seize ans, elle était tombée amoureuse d'un garçon au club de la plage où elle passait ses vacances. Ils faisaient l'amour dans son bungalow toutes les nuits, pendant que ses parents sortaient danser. Même après toutes ces années, dès qu'elle entendait *It's Only Make Believe*, elle avait un orgasme. [éclate de rire]

[rires] C'est super, comme anecdote.

On était morts de rire. Franchement… qui raconte ce genre de trucs ? C'était… absurde de l'entendre de la bouche de Fatima. Vous, imaginez, Fatima Ro qui parle d'orgasme ?

Pas mal, oui.

Oui… Mais cette histoire a changé sa vie, parce que c'est à partir de là qu'elle a développé sa théorie des contacts humains.

Des contacts humains ?

C'est l'idée selon laquelle on devrait tous... s'aborder les uns les autres avec un cœur ouvert, être sincères et dévoiler notre personnalité authentique à travers de précieuses vérités.

De précieuses vérités ? Mais encore ?

Eh bien, euh... c'est comme cette vieille dame avec son histoire de bungalow. Cette femme était une parfaite inconnue, mais en quelques secondes, elle et Fatima sont devenues plus intimes que des amies d'enfance. Fatima pense qu'en regardant les gens dans les yeux, en partageant nos pensées les plus secrètes, on peut faire sauter les barrières, faire tomber les gens amoureux... littéralement mettre fin aux conflits.

Mhhh...

Je sais, ça paraît dingue, comme ça, mais ça ne l'était pas. C'était Fatima Ro et nous observions les étoiles et brusquement, ça paraissait plus logique que tout le reste. Elle nous expliquait qu'on peut fréquenter des personnes pendant des années sans jamais les connaître vraiment.

C'est vrai.

Ah, vous voyez! Selon Fatima, ça se vérifiait pour les voisins, les gens qui se retrouvent assis côte à côte en classe parce qu'ils sont alphabétiquement proches, mais aussi pour les membres d'une même famille. Du coup, ça m'a fait réfléchir à Soleil, Miri et moi. Au fond… On organisait les soirées les plus cool de Long Island, on déjeunait ensemble dans des restaus branchés, on allait voir Ed Sheeran en concert, on discutait sans arrêt de *Contre-courant*, mais je n'avais pas le sentiment de faire partie du groupe. Je savais ce que mes amies pensaient de moi.

Que veux-tu dire ?

Elles me trouvaient superficielle. Elles croyaient que je ne m'intéressais qu'aux fringues, aux garçons, à *Pretty Little Liars*. Elles, elles se passionnaient pour leurs romans, elles étaient les meilleures du lycée et suivaient même l'option psycho, *le* cours qui valorise un dossier, car ils n'acceptent qu'une poignée d'élèves de première, chaque année. Elles s'imaginaient hyper-cultivées et spirituelles. Ça m'agaçait – vraiment, en fait – parce que moi aussi j'avais des idées, des objectifs, exactement comme elles.

Ça devait être frustrant.

[acquiesce] Et tout en écoutant Fatima, alors que je fixais les étoiles, j'ai pris conscience d'un truc un peu énorme, pour moi.

Qui était ?

C'était ma faute si elles me trouvaient creuse. Comment pouvaient-elles deviner ce que je pensais puisque je ne partageais pas mes

opinions ? Je n'étais pas dans la transparence, comme Fatima le suggérait.
Mon cœur n'était pas ouvert, je ne révélais pas mes précieuses vérités. Au fond, qu'est-ce que je faisais, à part choisir nos tenues de soirée et m'occuper de récupérer les cinquante dollars de participation à l'entrée ?

Cinquante dollars ? La vache !

Nos soirées étaient vraiment très classe. Vous ne laisseriez pas n'importe qui entrer chez vous ?

Non, mais tout de même. J'imaginais quelque chose dans les cinq dollars.

Vous savez combien ça coûte de louer des tables de black-jack ?

Aucune idée.

Très cher.

Manifestement.

[soupir] Ce soir-là, à Graham, on a goûté au *sel de la vie*. C'était la plus belle soirée… eh bien, de toute mon existence. Rien à voir avec cette soirée casino. Et comme une idiote, je râlais à cause de mes chaussures. Oui, j'étais énervée, mais j'ai aussi eu de vraies révélations. J'aurais pu les partager, mais je ne l'ai pas fait.

Pourquoi ?

Je voulais le faire, mais il s'est passé quelque chose de mieux.

Mais encore ?

Jonah a fredonné cette vieille chanson de Coldplay, vous savez, celle qui parle des étoiles ? C'était sympa. Il semblait heureux. [silence]

Il ne l'était pas, d'habitude ?

En fait… je n'ai pas vraiment envie de parler de lui.

Je m'en doute. C'est juste que tu l'as mentionné.

Je remarquais simplement qu'on se sentait tous heureux, sur le moment.

Très bien. Alors, que s'est-il passé d'autre ?

Nous avons partagé notre présence au monde.

Mmhh ?

C'est moins perché que ce que vous croyez.

Je n'ai pas dit que c'était perché.

Fatima nous expliquait que les contacts humains ne se créent pas uniquement par un échange de précieuses vérités. Ils se développent aussi parfois au travers de précieuses expériences et cette conscience mutuelle de notre présence au monde, ensemble, sous les étoiles, en était une.

C'est ce que je comprends, oui.

Elle avait partagé *Contre-courant* avec nous, et nous partagions les étoiles avec elle.

Je vois.

La plupart des élèves intègrent Graham Academy à partir du lycée. Mais Soleil, Miri et moi, nous y étions depuis la cinquième. Et j'en avais assez. Je craignais que l'année de première ressemble à toutes les autres. Miri et Soleil adorent Graham. Pas moi. Je ne suis pas capitaine d'équipe, comme elles. Le lycée, c'est plus compliqué pour moi. Mais cette nuit-là, dans la cour, j'ai su que les choses allaient s'arranger. Partager ce ciel avec Fatima Ro, ce n'était qu'un début parce qu'enfin, je faisais quelque chose avec mes amies qui ne se résumait pas à du shopping ou à Snapchat, vous comprenez ? C'était… important.

Génial.

Oui. Et vous n'allez pas croire ce que Fatima a ajouté ensuite. Elle a dit qu'on irradiait une énergie positive et qu'elle avait justement déménagé à Long Island pour s'ouvrir à de nouvelles relations et perspectives. Elle s'est redressée, elle nous a regardés l'un après l'autre et a déclaré : «J'aimerais que vous deveniez ma tribu».

Génial !

Je vous jure. [elle secoue la tête] Fatima Ro voulait qu'on soit «sa tribu».

C'est quelque chose, hein ?

C'était absolument… tout.

L'Absolution de Brady Stevenson

DE FATIMA RO

(extrait)

En quittant la maison où il avait grandi, Brady Stevenson emporta ses verres Coca-Cola, mais laissa derrière lui ses trophées. Ils restèrent là où il les avait rangés depuis près d'un an, dans un recoin du placard, parmi quelques cintres oubliés, des chaussettes esseulées et un paquet « Fruit of the Loom » qui contenait un vêtement trop juste. Un cadeau de sa grand-mère qui l'avait toujours cru deux ans plus jeune que son âge.

Mais ce jour-là, tandis qu'il empilait ses cartons dans la camionnette de déménagement, c'est ce qu'il aurait souhaité : avoir deux ans de moins. Il aurait pu tout recommencer : les petits tracas du quotidien comme les grandes peines ; se curer les ongles, subir les cours sur Edgar Allan Poe, la composition de la croûte terrestre et la monarchie de droit divin. Il aurait même accepté de revivre la perte de son meilleur ami, victime d'une leucémie. Il aurait de nouveau tout enduré, si cela lui avait permis d'échapper à une seule nuit, celle qui l'avait précisément conduit à entasser tout ce qu'il possédait dans un fourgon de déménagement.

Mais Brady savait qu'il ne servait à rien de souhaiter l'impossible ; ce qui lui rappela pourquoi il espérait encore changer de vie. Il se jura de bannir à tout jamais les souvenirs en tirant sur la corde du hayon qui se referma d'un claquement sec. Et il s'y tint, jusqu'au coin de Yardly Drive, lorsqu'il aperçut le reflet de son visage dans le rétroviseur.

▶ ⏭

MIRI

Te souviens-tu du moment où tu as découvert le sujet du nouveau livre de Fatima ?

Si je m'en souviens ? J'ai perdu des degrés d'audition quand Soleil a hurlé au téléphone.

C'est elle qui t'a prévenue ?

Oui. Elle passait ses vacances en Californie, chez des cousins. J'ai tout de suite compris que c'était grave, parce qu'elle ne m'a pas envoyé de SMS : elle m'a appelée. À 4000 kilomètres de distance.

Ah.

Bref, mon portable a sonné. J'étais sur le parking de Party City, où j'achetais des décorations pour la baby shower de ma tante. J'ai décroché. Soleil était en voiture, avec ses cousins, sur l'autoroute de la côte Pacifique et elle criait. Je vous jure, j'ai bien cru que mes tympans allaient éclater. Elle s'égosillait : « Oh, mon Dieu. Oh, mon Dieu. Elle m'a poignardée dans le dos, putain. Elle m'a trahie ! Elle parle de Jonah et moi dans son livre. Oh, mon Dieu. »

Waw ! Comment l'avait-elle appris ?

Elle écoutait la radio et Fatima est passée à l'antenne pour une interview.

Bon sang…

Fatima annonçait que le bouquin sortirait en avril, et qu'il racontait l'histoire d'un garçon, élève d'un lycée huppé, qui cachait un terrible secret à sa petite amie.

Soleil devait fulminer.

Moi j'étais sur le parking, mes ballons bleus et roses à la main, et je lui répétais : « Soleil, calme-toi. Fatima ne te ferait jamais de mal. Je suis sûre qu'elle a tout romancé. » Mais plus je gardais mon sang-froid, plus elle devenait hystérique. Elle m'a répondu : « Je t'envoie le lien par SMS, tu vas voir. Elle nous a bien baisés ! C'est pour ça qu'elle est partie. Nous n'aurions jamais dû lui faire confiance. Une fois qu'elle tenait son sujet, elle n'avait plus besoin de nous. Et maintenant, elle va le publier et tout le monde va le lire ! »

NEW YORK MAGAZINE

UNE SÉRIE EN QUATRE PARTIES

Au-delà de la fiction :

La véritable histoire du roman polémique

L'Absolution de Brady Stevenson

LA VERSION DE SOLEIL JOHNSTON,
PREMIÈRE PARTIE

SOLEIL

MIRI ! TU TROUVES ÇA ROMANCÉ, TOI ???!!!

publishersweekly.com/newbookdeals/july/4098899900

Yannik Olstad, directeur éditorial de HarperCollins, vient d'acquérir les droits du second roman adolescent de Fatima Ro, auteure de Contre-courant. *Dans* L'Absolution de Brady Stevenson, *Brady, dix-sept ans, intègre un prestigieux lycée privé dans l'espoir d'échapper à un lourd passé. Quand, malgré lui, il tombe amoureux de Sunny Vaughn, l'une des meilleures élèves de l'école, Brady hésite à lui révéler son sombre secret.*

▶ ⏭

PENNY

J'étais sortie prendre une glace avec une copine, Natalie Singh. J'avais opté pour une boule noisette dans un pot et Natalie, pour une boule forêt-noire dans un cornet.

Un bon souvenir, non ?

Je me rappelle absolument tout, ce jour-là. Le nom de Soleil est apparu sur l'écran du téléphone. Elle m'appelait alors qu'elle était en vacances et la plupart du temps, nous n'échangions que des SMS, donc j'ai décroché. Elle flippait et répétait que Fatima passait à la radio. « Fatima a basé son bouquin sur nous ! Son nouveau roman… ça ne parle que de nous. » Elle criait. D'abord, j'ai eu une réaction du style : « Sérieux ? C'est génial. On va devenir célèbres. » C'est là que Soleil a répondu : « Non, Penny. Elle a tout raconté sur Jonah et moi. Et nous, on a été sincères avec elle. On lui a absolument tout révélé ! Tout ! Repense à tout ce que tu as pu lui dire ! » Je me suis mise à pleurer dans mon pot de glace comme une gamine. Natalie me soufflait : « Quoi ? Qu'est-ce qui t'arrive ? » Ça, je ne l'oublierai jamais. Autant vous dire que pour moi, la glace noisette, c'est fini. Et j'adorais ça. [soupir] Fatima a tout gâché.

L'Absolution de Brady Stevenson

DE FATIMA RO

(extrait)

À ma tribu (ils se reconnaîtront).

▶ ⏭

MIRI

Soleil ne s'arrêtait plus de hurler. Elle traitait Fatima de garce, de manipulatrice. J'ai essayé de la raisonner : « Fatima ne nous ferait aucun mal. Et puis, elle nous a offert *Contre-courant*. Nous n'avons fait que lui donner notre propre histoire en retour. C'est normal. » Là, Soleil a pété les plombs : « Comment tu peux trouver ça "normal" ? Elle ne nous a même pas avertis. Miri, je t'assure que si tu prends son parti, je ne te pardonnerai jamais. » Du coup, moi aussi je me suis emportée : « Ça m'est égal. Elle n'a rien fait de mal. Si tu tournes le dos à Fatima à cause de ça, je ne te connais plus. »

Oh… C'est horrible.

Soleil a répliqué : « Alors, on n'a plus rien à se dire » et elle a raccroché. C'est la dernière fois que nous nous sommes parlé. Voilà comment on en est arrivées là, aux deux pôles opposés du scandale. Fatima nous appelait « sa tribu ». Vous comprenez ce que ça signifie ?

Explique-moi.

Qu'elle nous faisait confiance. Ce doit être atroce pour elle de voir Soleil et Penny la dénigrer publiquement. Elle nous avait accueillis chez elle !

C'est vrai ?

Oui ! La première fois, nous étions invités à sa pendaison de crémaillère. On mourait tous d'envie d'y aller, évidemment. Nous l'avions raconté à tout le monde et nous avions même décidé quoi porter. C'était un véritable honneur. Entrer chez quelqu'un, c'est pénétrer dans un sanctuaire. C'est une révélation.

Et qu'est-ce que la maison de Fatima révélait d'elle ?

[rires] Qu'est-ce que ça ne révélait pas, vous voulez dire ? On a vu ses notes pour *Contre-courant* et même ses PC.

Son PC ?

Non ! Ses *pilules contraceptives*. Elle les laisse sur le plan de travail, dans la cuisine, pour ne pas oublier de les prendre le matin.

NEW YORK MAGAZINE

UNE SÉRIE EN QUATRE PARTIES

Au-delà de la fiction :

La véritable histoire du roman polémique

L'Absolution de Brady Stevenson

LA VERSION DE SOLEIL JOHNSTON,
PREMIÈRE PARTIE

Extrait de journal

25 septembre 2016

Devinez où je me trouve ! Chez Fatima Ro.

Mesdames et messieurs, c'est officiel. J'ai désormais une photo de sa porte d'entrée : la pièce maîtresse de ma collection, pour mon projet d'arts plastiques intitulé « Portes ». Remarquez le superbe travail de menuiserie, en seize panneaux réalisés à la main. Léger rafraîchissement à prévoir ; beaucoup de cachet et de caractère.

Fatima sent la crème solaire à la noix de coco et les cookies à la vanille.

Note pour plus tard : lui demander comment elle fait son chignon flou ! Le sien est tellement parfait, avec son côté coiffé-décoiffé, que j'envie la moindre mèche. Mais j'ai les cheveux si plats… alors que les siens sont épais, avec une texture fabuleuse. J'espère quand même que ça marchera sur moi.

Une vingtaine de personnes (elle aurait pu faire 1 000 dollars de frais de participation). Ses amis de New York sont : des musiciens ;

des genres de mannequins. Aussi : un ou deux vieux (troisième âge).

PS. J'étais *invitée.* Je ne la harcèle pas.

▶ ⏭

PENNY

Niveau vestimentaire, septembre, c'est compliqué. Je n'arrive jamais à décider quoi porter. Je ne voulais pas avoir l'air de trop en faire ni paraître négligée. Fatima avait une classe folle. J'ai fini par acheter une nouvelle robe : courte, de chez Alice & Olivia avec un décolleté en V. Et j'ai emporté un maillot de bain. L'été indien se prolongeait et elle n'avait pas encore recouvert sa piscine. La nôtre l'était déjà depuis le début du mois. Je trouvais presque… impressionnant qu'elle se baigne encore alors qu'octobre approchait. Elle vivait seule, elle pouvait faire ce qui lui plaisait.

En fin de compte, tu avais choisi la bonne tenue ?

Oui, heureusement. J'ai même reçu plusieurs compliments. Fatima portait un maillot une pièce sous une très jolie tunique fine. Elle avait tellement de style… et pas dans le sens où Soleil et Miri essaient d'en avoir. Chez elle, c'était naturel. J'étais très intimidée à l'idée de lui parler, mais sa tunique blanche m'a donné un prétexte. Je lui ai dit que je la trouvais vraiment ravissante et je lui ai demandé où elle l'avait dénichée. Chez Tommy Bahama. J'ai cherché, plus tard, sur Internet. [silence] D'accord, j'ai commandé exactement la même. Mais je ne l'aurais jamais mise devant elle. Je la voulais simplement… pour les vacances.

L'Absolution de Brady Stevenson

DE FATIMA RO

(extrait)

Le passé de Brady lui faisait tellement honte qu'il n'avait qu'un objectif dans son nouveau lycée : devenir invisible. L'uniforme le rassurait : pantalon beige, chemise blanche, cravate bleu marine à rayures jaunes. Le blazer bleu semblait avoir été taillé sur mesure : les épaules tombaient parfaitement. Cette allure, avec l'emblème de Morley Academy brodé sur la poitrine, constituait un premier pas vers la transparence.

Le seul problème, avec l'uniforme, c'était qu'il ne pouvait plus mettre sa veste à capuche grise. Il regrettait la sensation de chaleur qui l'enveloppait et sa propre odeur emprisonnée dans le tissu. Sous sa capuche, il pouvait se réfugier dans son petit espace personnel, peu importait où il se trouvait et avec qui.

Lorsque Sunny Vaughn s'installa près de lui en cours d'arts plastiques et lui dit bonjour, Brady étouffa un juron. D'instinct, il chercha vainement sa capuche.

– Désolée, reprit Sunny en se redressant. Je peux aller m'asseoir ailleurs.

– Non.

Brady désirait être invisible, mais pas grossier. Après neuf mois passés à répondre par monosyllabes, il avait du mal à s'exprimer autrement.

– Reste.

– Comme tu veux.

Sunny observa le jeune homme en reposant son sac à dos.

– Je m'appelle Sunny Vaughn.

Brady soupira. Il se sentait prêt pour un changement d'air, mais pas pour les filles. Elles ne faisaient pas partie de son plan.

– Et toi ?

Il leva les yeux au ciel.

– Brady.

– Salut ! Tu es nouveau ?

Il acquiesça et, une fois de plus, approcha machinalement les mains de sa nuque. Quelqu'un devrait inventer les blazers à capuche, pensa-t-il. Il tenait un concept, qu'il oublia aussitôt lorsqu'il remarqua le regard curieux de Sunny. Cette expression l'angoissa. Elle trouvait le petit nouveau maladroit et mystérieux. Et plutôt beau garçon.

Brady ne le savait pas encore, mais paraître nouveau, maladroit, mystérieux et beau à la fois faisait de lui le garçon le moins invisible de Morley.

▶ ⏭

MIRI

Quand nous sommes arrivés chez Fatima, elle nous a serrés dans ses bras et nous a présentés à ses autres invités. « Ce sont mes copains de Graham, ma nouvelle tribu. » J'étais très touchée. Visiblement, elle leur avait déjà parlé de nous. Mais il a fallu que Penny gâche tout en lui tendant sa boîte en carton. « J'ai apporté des mini-cupcakes. » Elle se croyait où ? À un goûter d'anniversaire ? Vraiment, ce qu'elle est cruche, parfois.

Au-delà de la fiction :

La véritable histoire du roman polémique

L'Absolution de Brady Stevenson

LA VERSION DE SOLEIL JOHNSTON,
PREMIÈRE PARTIE (suite)

Extrait de journal

La salle de bains de Fatima Ro !

Je note tout sur mon téléphone, parce que je dois absolument mémoriser le moindre détail de cette hallu épique et totale : me retrouver chez FATIMA RO.

Son dentifrice : Crest White

Son fil dentaire : Rite Aid (note : elle utilise du fil dentaire !)

Son shampooing et après-shampooing : Pantene

Son gel douche : Dove

Son lait corporel : senteur « pâte à gâteau ». J'ai enfin découvert l'origine de son odeur vanillée et c'est un bonheur (note : à commander illico sur Amazon).

Toujours dans un carton : tampons, serviettes spéciales nuit, laque, fer à friser, bandeaux, élastiques, pinces à cheveux, lunettes de soleil, trousses de maquillage, rouleaux de différentes tailles, fleur de douche, cotons de démaquillage, cotons-tiges, huile pour le corps, ibuprofène, paracétamol, traitement contre le rhume, dissolvant, antibiotiques périmés (?), traitement contre les brûlures d'estomac périmé, crème anti-acné, tubes de Colgate de voyage, déodorants sous cellophane, nettoyant sanitaire, gants de ménage, éponges, papier absorbant.

Vieille baignoire, mais rideau de douche neuf avec une vue de Manhattan en noir et blanc (qui sent encore le plastique et montre des plis bien marqués, signe qu'il vient juste d'être installé).

Pfff, je crois que j'ai fait un flop avec mon cadeau. Quelle nulle ! Qu'est-ce qui m'a pris de lui offrir ce fer à cheval débile ? J'ai vu sur Internet que c'était le présent traditionnel pour une nouvelle maison, alors que je sais très bien qu'il ne faut pas croire tout ce qu'on lit sur Internet. NULLE ! NULLE ! NULLE !

Pu !@1& !!! Je suis dans la salle de bains de Fatima Ro !

Selfie obligatoire dans le *miroir* de Fatima Ro : trop chou !

▶⏭

PENNY

C'était incroyable de se retrouver chez elle… de voir où elle vivait, de rencontrer ses amis, de voir ses cartons éparpillés, qui contenaient encore ses vêtements, ses affaires… C'était presque comme… découvrir un secret de l'intérieur. Bref, c'est difficile à expliquer.

Au contraire, c'est très parlant. Très poétique, même.

Vraiment ? Merci.

Alors, à quoi ressemblait-elle, cette maison ?

Elle était démente ! Enfin… non, pas vraiment. C'était une petite maison de plain-pied, un peu vieillotte pour Old Westbury. En plus, il y régnait un bazar pas possible, parce que Fatima n'avait pas encore tout déballé. [silence] Mais c'était chez elle, vous comprenez ? J'aimerais me sentir aussi indépendante quand j'atteindrai la vingtaine. Je ne rêve pas d'une immense ou d'une belle demeure. Rien qu'un endroit à moi, exactement comme Fatima. Et puis, elle avait des projets pour l'arranger. L'ossature semblait bonne… en tout cas, elle avait du potentiel, quoi. La maison dégageait un charme très rétro, vintage. Les luminaires dataient des années 1960. Je lui ai suggéré de les garder, de les astiquer un peu, au lieu de les changer. Elle a dit qu'elle m'écouterait, que c'était un excellent conseil.

Sympa.

Oui… J'étais contente qu'elle l'apprécie. Elle m'a demandé quelle couleur je choisirais pour les murs et ce que je pensais du carrelage ; il y avait des carreaux hexagonaux en damier dans la salle de bains. J'ai commencé à réfléchir à des idées de déco, pour elle, comme… des nuanciers, des images de meubles qui pourraient lui plaire.

Je vois.

J'étais emballée : et si elle décidait de suivre une de mes suggestions ?

Ç'aurait été très flatteur.

Le design, c'est mon truc, vous savez. J'adore *Mad Men*.

L'Absolution de Brady Stevenson

DE FATIMA RO

(extrait)

Bla-bla-bla fusain. Bla-bla-bla perspective. Bla-bla-bla tonalités chaudes et hachures. Bla-bla Degas. Brady écoutait l'enseignante d'une oreille. Il observait les visages en papier mâché, les mannequins articulés en bois, les rouleaux de grillage qui prenaient la poussière dans un recoin. Il n'avait pas l'habitude de ces odeurs d'atelier : l'essence de térébenthine, l'argile humide et les bidons de peinture rouillés, mais cette nouveauté l'encourageait. Il atteignait enfin ce nouveau départ tant espéré. L'année précédente, il avait beaucoup pensé au «jeu des contraires», auquel il jouait, enfant, lorsqu'il faisait et disait le contraire de tout. C'était justement son objectif, désormais : devenir le contraire de ce qu'il avait été.

– Alors, comme ça, tu es passionné d'art? l'interrogea Sunny Vaughn en ouvrant une page blanche de son carnet à spirale.

Hochement de tête.

– Ton truc, c'est plutôt le dessin, la sculpture… ?

Non, il ne nourrissait aucune passion particulière pour l'art et il ne pratiquait ni l'un ni l'autre. Il avait précisément choisi ce cours parce que l'ancien Brady ne l'aurait jamais suivi. Ni lui ni aucun de ses amis, d'ailleurs. Alors il marmonna : «La sculpture.» Il se rappelait avoir vu des sculptures qui ressemblaient *grosso modo* à des amas de détritus recyclés et soudés ensemble. Il pensait pouvoir réaliser quelque chose de similaire : personne ne pourrait juger de son talent, car – soyons honnêtes – qui aurait pu faire la différence ?

– Cool!

Sunny lui sourit, mais il fit semblant de ne rien voir. Un beau sourire ne pourrait que lui compliquer la vie.

– Tu travailles sur quelque chose de particulier, en ce moment? demanda-t-elle.

Il secoua la tête.

– Ça, c'est mon projet.

Sunny désigna un objet posé sur l'étagère la plus proche : une sorte de cadre recouvert d'un drap.

– Techniques mixtes sur un même thème. C'est un reste du mois de juin, expliqua-t-elle en riant. Je me suis un peu emballée et je ne l'ai jamais fini. Je ne vois pas vraiment quoi en faire, mais Mme Vargas veut que j'y réfléchisse, du coup c'est devenu une sorte de projet indépendant. Tu es sur Instagram? Parce qu'elle propose qu'on prenne des photos à mesure qu'on avance. Ou… qu'on stagne, dans mon cas.

De nouveau, Brady fit signe que non. Quelle pipelette…

– Oh, mais les réseaux sociaux ne sont pas obligatoires. Tu n'as pas envie de savoir sur quoi je travaille? insista-t-elle en scrutant son visage impassible. Quand quelqu'un me raconte quelque chose, j'aime toujours en savoir plus.

Il haussa les épaules. Il aurait aimé en apprendre davantage sur Sunny et son projet. Mais à quoi bon? Nouer des amitiés n'était pas vraiment à l'ordre du jour.

– Mon sujet, c'est les portes. Enfin, les portes en tant que métaphore de la famille, de la vie privée, poursuivit-elle. Quand j'étais petite et que je partais en vacances avec mes parents, on longeait souvent ces maisonnettes sur le bord de la plage, avec des portes de différentes couleurs : mauves, jaunes, orange, j'en avais même vu une à pois. Depuis, je les observe sans arrêt.

Brady fixait la forme recouverte d'un drap. Il ne semblait pas particulièrement fasciné, mais puisqu'il ne lui demandait pas de se taire, Sunny poursuivit son monologue.

– Le truc, avec les portes, c'est qu'elles peuvent être belles, décorées, ou colorées, accueillantes, abîmées, défraîchies, mais on ne sait jamais ce qui se cache derrière.

Brady se redressa sur son siège et regarda Mme Vargas. Il n'avait aucune envie de se faire remarquer en bavardant avec sa voisine dès le premier jour. Ni aucun autre jour, d'ailleurs.

– Bref, voilà sur quoi je travaille.

Sunny avait espéré que son petit exposé lui servirait d'amorce. D'habitude, elle était plutôt douée pour engager la conversation. Par exemple, Brady aurait pu continuer en disant : « Moi, j'ai prévu de... » Mais il ne répondit rien.

Bla-bla les ombres. Bla-bla sanguine. Bla-bla fusain tendre. Bla-bla fusain artificiel. Mme Vargas faisait défiler les diapositives sur l'écran. Sunny posa son carnet sur ses genoux et se mit à dessiner, si bien que Brady se détendit un peu. Bla-bla, contour...

Dix secondes avant la sonnerie, Sunny arracha sa feuille du bloc et la glissa sur la table vers lui. C'était un smiley, mais triste. Tout autour, il remarqua des traces de fusain estompé. Des lettres entouraient le cercle. Brady fit pivoter le croquis, suivant la courbe des mots : « NE FAIS PAS LA TÊTE, BRADY ! REMETS-MOI CE SOURIRE À L'ENDROIT. » Tenu à l'envers, le dessin montrait un visage souriant.

– À plus ! lui lança Sunny. Passe une bonne première journée.

Brady répondit par un grognement. Le problème du «jeu des contraires», c'est qu'il ne durait jamais très longtemps. Impossible de tenir plus d'une heure ou deux. Il s'en souvint tout à coup, lorsqu'il leva malgré lui les yeux vers Sunny, qui soulevait son sac. Son sourire se révéla aussi craquant qu'il le craignait.

▶ ⏭

MIRI

Fatima avait vingt-trois ans, à l'époque. Ça ne t'a pas paru curieux qu'elle vous invite chez elle et cherche à se lier avec vous ?

Qu'est-ce que vous sous-entendez? Que j'aurais dû la voir venir? Que j'étais une pauvre victime, naïve et innocente qu'elle a attirée dans ses filets ?

Non, je n'insinue rien de tel. Mais Fatima était une jeune femme à qui tout réussissait et qui était très occupée. Elle devait avoir d'autres choses à faire, d'autres gens à fréquenter…

Eh bien, pour votre gouverne, si. Je me suis posé la question. Pourquoi Fatima Ro voulait-elle se rapprocher de nous ? Mais à sa soirée, les invités étaient tous de générations différentes. Certains avaient notre âge, d'autres avaient dans les soixante-dix voire quatre-vingts ans. Il s'agissait de ses anciens professeurs de l'université de Columbia. Si vous aviez vu son cercle d'intimes, vous en auriez tiré les mêmes conclusions que moi.

À savoir ?

Que Fatima aimait s'entourer de gens intéressants. Voilà tout. Et pour info, Soleil, Jonah, Penny et moi étions finalement les personnes les plus mûres de cette soirée. La nuit était à peine tombée que Fatima a demandé à la moitié des invités de partir parce qu'ils se comportaient comme des abrutis. Du genre : « Et si on lançait les transats dans la piscine pour voir s'ils flottent ? »

Ces vieux profs de fac, quels filous !

Je parlais de l'autre moitié.

Je plaisante.

[soupir] Écoutez, les médias ont monté ce scandale de toutes pièces. Tant que ça fait vendre, tout est bon. C'est comme ça que les choses marchent, je sais. Mais vous ne trouvez pas ironique qu'ils tentent de faire passer Fatima pour une fille amorale alors qu'eux-mêmes colportent leurs propres ragots ? C'est écœurant qu'ils l'accusent de s'être servie de nous. Et je tiens officiellement à l'affirmer : [se penche, regarde directement la caméra] Fatima n'a rien fait de tel. Nous avons forgé un véritable contact humain avec elle. Ça s'appelle « l'amitié ». Cherchez dans un dictionnaire. Si elle nous a accueillis dans son univers, si elle nous a ouvert son cœur et son esprit, c'est parce que c'est dans sa nature : elle aime observer les choses sous des perspectives différentes. Pas parce qu'elle avait une idée derrière la tête. Fatima n'était pas un vieux pervers en imperméable qui rôdait autour de l'école à l'heure de la récré. Alors, n'essayez pas de la faire passer pour une tordue. Elle ne l'est pas.

C'est noté.

Vous me prenez de haut ?

Au-delà de la fiction :

La véritable histoire du roman polémique

L'Absolution de Brady Stevenson

LA VERSION DE SOLEIL JOHNSTON,
PREMIÈRE PARTIE (suite)

Extrait de journal

OH MON DIEU ! Je n'arrive pas à croire ce que j'ai découvert sous une pile de serviettes de bain et de draps !

Roulement de tambour…

UN CARTON PORTANT LA MENTION « Contre-courant ».

Je vais mourir.

Je meurs…

Je suis morte.

Ça mérite une photo.

▶ ⏭

PENNY

C'était un peu effrayant quand Fatima a mis tous ces gens dehors, le soir de sa crémaillère.

Comment cela ?

Eh bien, elle est sortie, s'est dirigée droit vers la piscine, a arrêté la musique et a lancé : « Ça suffit. Sortez de chez moi. Je regrette de vous avoir invités. Inutile de remettre les pieds ici. Salut. » Elle paraissait si… calme. Comme si l'idée de perdre ses amis ne la touchait pas. Lorsqu'ils sont partis, elle nous a raconté qu'elle s'était lassée des relations superficielles qu'elle tentait de maintenir avec ses amis de New York. J'étais terrifiée de voir avec quelle facilité elle coupait les ponts. Au fond, certains la connaissaient depuis la fac.

Hum…

Elle a expliqué que pour elle, chasser ces gens de sa nouvelle maison prenait une dimension symbolique. C'était… « l'ultime transition » vers sa nouvelle vie, ou un truc du genre. Elle appelait ça faire… bref, j'ai oublié. Ces personnes-là ne comprenaient rien aux véritables contacts humains. Elle s'était jetée corps et âme dans l'écriture de *Contre-courant*, et à travers lui, elle tentait de les interpeller, mais c'est à peine s'ils avaient remarqué l'existence du livre. Elle était déçue de s'être mise à nu, et de ne rien obtenir en retour.

C'est un peu triste, en effet.

Quelque part, c'est un sentiment que je connais.

Dans quelle mesure ?

Parce que… mes copines et moi, nous organisions ces soirées, chez moi, vous voyez ? Les élèves de Graham adoraient ça et mes parents étaient heureux de recevoir. Ils appréciaient que je… me crée un réseau, que j'apprenne à gérer ce genre d'événements, que je développe mon sens de l'organisation.

Oui…

Le truc, c'est que… même en dehors des soirées, la moitié de l'école débarquait souvent chez moi pour jouer au basket sur notre terrain, profiter de la piscine, regarder la télévision dans la salle de projection. Mais combien d'entre eux me connaissaient vraiment ? Deux ? Je pouvais parfois rester à l'écart, chez moi, toute la journée sans que personne ne le remarque.

Oh…

Les copains de Fatima ne comprenaient rien à l'idée d'un cœur qui s'ouvre à un autre. Mais elle expliquait que depuis cette soirée dans la cour du lycée, elle avait bien compris que nous étions tous les quatre prédisposés à la sincérité, à vivre dans la transparence. Au fond d'elle-même, elle savait que nous pourrions nous livrer les uns aux autres. J'espérais que nous serions transparents. Je voulais que mes amies me prennent au sérieux. Et puis, je craignais qu'elle ne me coupe moi aussi de son existence.

Je vois.

« Faire table rase » ! Voilà ce qu'elle avait dit ! C'est bien ça ?

Oui, recommencer à zéro, en quelque sorte.

C'est ça. Un nouveau départ. Elle prétendait qu'elle avait longtemps attendu des gens comme nous. Pour nous, sa vie devenait un livre ouvert. [silence] Pardon, je ne voulais pas faire de mauvais jeux de mots. Désolée. Coupez ça.

[rires]

Attendez, vous allez couper certaines phrases, non ? Enfin, je veux dire, vous n'allez pas garder toutes les choses débiles que je raconte, quand même ? Parce que vraiment, je dis beaucoup de trucs stupides.

Nous verrons.

Oh mince… [soupir] [avale une gorgée d'eau]

Donc, Fatima était un livre ouvert ?

[rires] Oui… Soleil a aperçu une boîte étiquetée « Contre-courant ».

Waouh ! Elle l'a ouverte ?

C'est Fatima qui l'a fait. Soleil et moi n'arrêtions pas d'en parler à voix basse quand Fatima s'est exclamée : « Pourquoi ne pas tout simplement me demander de l'ouvrir, cette fichue boîte ! » [rires] Elle s'est assise par terre, au milieu du salon, et l'a déballée avec nous.

Et que contenait-elle, cette boîte ?

Des tas de choses : des cahiers de brouillon, des blocs-notes, des photos de famille et des versions imprimées de *Contre-courant* à différents stades de la rédaction, avec des annotations en couleur et des Post-it. Soleil me soufflait : « C'est le manuscrit qu'elle a pesé dans le cabinet médical ! » Elle paraissait tout excitée. Mais le plus dément, c'était le rouleau d'essuie-tout.

Un rouleau d'essuie-tout ?

Oui, vous voyez, ce papier brun, très rêche, qu'on trouve parfois dans les toilettes publiques, pour s'essuyer les mains ?

Oui…

C'était un truc de ce genre. Quand elle l'a déplié, on a découvert une frise chronologique de *Contre-courant*, du début à la fin, inscrite au marqueur noir. Déroulé, il allait jusqu'à la porte d'entrée.

Incroyable…

Oui ! Mais ce n'était pas une simple chronologie de l'intrigue. Elle appelait cela une « chronologie des émotions » : ce que les personnages ressentaient, au plus profond de leur âme, au fil du livre, en regard de ce qu'elle-même éprouvait en l'écrivant.

Ah, c'est passionnant !

Tout le monde bloquait sur ce truc. Moi, j'étais davantage intéressée par les photos. La mère de Fatima était vraiment très jeune. Du moins, elle semblait jeune. Mais sans que je comprenne pourquoi, la chronologie était devenue la grande attraction, alors je n'ai rien dit. Je ne voulais vexer personne. Vous savez, Fatima a volé ce rouleau dans un restaurant.

Sérieusement ?

Oui, dans un Olive Garden, la chaîne de restaurants italiens.

Tu plaisantes ?

Non… elle a carrément démonté la machine pour le sortir.

Haha, excellent !

Dingue, hein ? Pourtant, j'imagine mal Fatima Ro dans ce genre de restau.

L'Absolution de Brady Stevenson

DE FATIMA RO

(extrait)

Ce soir-là, Sunny Vaughn ouvrit son ordinateur portable et entra « Brady Stevenson » dans le moteur de recherche. Il ne lui avait pas donné son nom, mais elle l'avait aperçu sur sa feuille d'emploi du temps, posée à l'envers, sur la table.

Son Brady n'était ni sur Facebook, ni sur Instagram, ni sur Twitter. Les seuls Brady Stevenson qu'elle trouva étaient soit dans un autre État, soit des septuagénaires. Un Brady Stevenson de soixante et onze ans, sur Facebook, avait un profil dédié aux voitures de collection, dont deux semblaient parquées dans son propre garage : une Jaguar rouge et une petite MG noire. Ce n'était pas le bon Brady Stevenson, et la curiosité de Sunny pour ses voitures s'arrêta là.

▶ ⏭

MIRI

Je ne vous mens pas : même Jonah était impressionné par la frise de Fatima. Il l'a prise en photo, comme nous. Cette chronologie, c'était une preuve de sa sensibilité en tant que personne et auteure. Elle écrit comme elle vit : à fleur de peau. Quand les émotions s'expriment de façon créative, on ne peut pas les museler et encore moins les censurer.

Tu fais allusion à *L'Absolution de Brady Stevenson* ?

Exactement. Elle avait parfaitement le droit d'écrire ce livre. Nous vivons aux États-Unis : on ne peut pas imposer des sujets aux artistes. L'inspiration peut venir de n'importe où. Et ce n'est pas parce que nous l'avons inspirée que notre relation avec elle n'était pas sincère. Les musiciens écrivent bien des chansons sur leurs copines, leurs maris, leurs maîtresses, non ? En quoi c'est différent ?

Très juste.

Alors, expliquez-moi pourquoi le *New York Magazine* ne traite pas Taylor Swift de prédatrice dans ses colonnes ?

NEW YORK MAGAZINE

UNE SÉRIE EN QUATRE PARTIES

Au-delà de la fiction :

La véritable histoire du roman polémique

L'Absolution de Brady Stevenson

LA VERSION DE SOLEIL JOHNSTON,
PREMIÈRE PARTIE (suite)

Extrait de journal

Photos de la frise émotionnelle de Fatima. Tandis que nous la déroulons, les larmes lui montent aux yeux. « Si j'avais développé la théorie des contacts humains avant la mort de ma mère, les choses auraient été bien différentes. »

MOI : Toujours pas douchée. Ça m'est égal. Sale, décoiffée, affamée. De toute façon, comment me remplir ? Plus rien, jamais rien, ne pourrait combler ce vide.

Chapitre 15
LARA : Si elle part, le vide se creusera, trop vaste, trop profond. Je ne saurai pas comment le remplir. Je n'y parviendrai jamais. Il ne sera jamais comblé, jamais comblé, jamais comblé, jamais.

MOI : L'angoisse au cœur de la nuit. Personne à appeler. Qui appeler ? Je fixe le téléphone. C'est elle, elle, elle, que je voudrais appeler. Je ne l'ai pas fait quand je le pouvais. JE. NE. L'AI. PAS. APPELÉE. Pourquoi ? Qu'est-ce qu'il me reste, maintenant ? Une messagerie, que j'ai peur d'écouter parce que j'entendrais sa voix, puis ce sera fini. Ce téléphone... il se rit de moi. Allô allô allô allô allô allô allô...

Chapitre 17

LARA : Je m'accroche à lui, j'enfonce les doigts dans son dos, toujours plus près de la limite. J'ai besoin de lui : n'importe qui pour combler ce vide, pour me sentir irresponsable et immature. Dans le noir, je rentrerai en douce à la maison où elle criera, hurlera que je ne suis qu'une gamine inconsciente. J'entendrai sa voix forte et je verrai sa silhouette, debout, et alors, elle saura qu'elle ne peut pas mourir, parce que je ne suis qu'une gamine inconsciente, inconsciente. Ici. Maintenant. Voilà comment arrêter le temps. Voilà où me toucher. Ici, ici et là.

C'était parfaitement bouleversant.

▶ ⏭

PENNY

J'ai entendu Fatima et Soleil discuter dans la chambre, pendant qu'elle lui montrait comment réaliser son chignon flou.

De quoi parlaient-elles ?

Euh… [silence] de Jonah. [silence]

Continue.

[hoche la tête] Fatima était curieuse, parce qu'il ne disait jamais rien, se tenait souvent à l'écart. Est-ce qu'il allait bien ? Est-ce qu'il avait des soucis ? Est-ce qu'elle avait commis une maladresse ? Ce genre de choses. Soleil lui a expliqué que Jonah… c'était Jonah. Il était toujours comme ça. Fatima ne lâchait pas l'affaire. [secoue la tête] Elle n'aurait pas dû chercher plus loin.

Que veux-tu dire ?

Euh… Je n'ai pas vraiment envie d'en parler.

Je crois que tu sais que c'est important, Penny. Sinon, tu n'aurais pas abordé la question.

D'accord, d'accord. Euh… [silence] Fatima disait qu'il semblait avoir des problèmes. Selon elle, puisque Jonah établissait difficilement des contacts humains, nous devions tous fournir un effort supplémentaire pour mieux le connaître. De cette manière, nous pourrions l'aider à surmonter ses difficultés. Soleil préférait ne pas se mêler de ce qui ne la regardait pas. Elle craignait qu'il se braque et s'éloigne. Je l'ai entendue raconter qu'elle avait essayé d'en apprendre davantage sur lui, sur Internet, mais qu'il paraissait introuvable. Fatima a demandé à Soleil de chercher le moyen de se rapprocher de lui. La transparence ne pouvait faire que du bien à Jonah. Et puis… [silence]

Et puis… ?

Fatima a ajouté : « Tu as lu *Contre-courant*. Tu as vu mes notes. J'ai tout partagé avec vous. C'est ça, la transparence. Je crois vraiment que tu peux le persuader de s'ouvrir à toi. C'est la seule façon de construire une véritable amitié entre nous. » Soleil vénérait Fatima. Elle aurait fait absolument n'importe quoi pour elle, alors évidemment…

C'était… Fatima Ro.

Voilà.

L'Absolution de Brady Stevenson

DE FATIMA RO

(extrait)

À quelques kilomètres de là, dans la ville voisine, à l'instant où Sunny fermait l'onglet Google et ouvrait Netflix pour regarder un nouvel épisode de *Arrow*, Brady Stevenson chercha « Sunny Vaughn » sur Internet.

Il la trouva sur Facebook, exposée aux yeux de tous. Brady creusa un peu plus loin, espérant glaner quelques détails.

SUNNY VAUGHN

HABITE À : Long Island

DE : Long Island

MUSIQUE : Imagine Dragons, Ariana Grande, Charlie Puth, Bruno Mars

TÉLÉVISION : Freeform, Bravo, *Stranger Things*, The CW

LIVRES : *La Noyade*

AUTRES : Dylan O'Brien, Kate Winslet, Marc Jacobs, Sephora, Sugar Factory

CITATIONS FAVORITES : « Tu peux revendiquer le droit à une belle vie » – Selena Gomez

À PROPOS : ancienne championne de hula-hoop, procrastinatrice acharnée, future-quelque-chose en lien avec les mots, l'art, le cinéma, la nourriture ou les quatre à la fois.

SITUATION AMOUREUSE : célibataire

Son Instagram montrait des photos retraçant l'avancée d'un projet de #techniquesmixtes au #Vargasatelierdart sur le thème des portes. Les premiers clichés détaillaient ses matériaux de base : une grande planche de bois, des portes de maison de poupée, des photos de portes, des illustrations avec des portes, des tableaux représentant des portes, des articles de magazines avec des portes. Sur les suivantes, Sunny avait peint la planche en noir et installé les portes au hasard. Le tout ressemblait à un étrange immeuble rempli de mystérieux occupants. Sunny n'avait pas menti. Cette fille creusait vraiment son idée de #portesmetaphores.

Brady ouvrit un nouvel onglet, chercha *La Noyade* et apprit qu'il s'agissait d'un roman d'une certaine Thora Temple. « Merci, Amazon », lâcha-t-il à voix haute.

> Après son avortement et son renvoi d'un lycée catholique pour absentéisme, Julie Grady, dix-sept ans, est contrainte d'accompagner sa mère en voyage, pour visiter les châteaux d'Irlande. Persuadée que cette excursion n'est qu'un prétexte pour la séparer de son petit ami et la remettre sur un droit chemin qu'elle juge trop étriqué, Julie la suit, mais emporte son ressentiment avec elle. Lorsqu'elle découvre la maladie de sa mère et comprend que ce voyage pourrait être le dernier, elle décide de rétablir le lien qui les unissait, avant qu'il ne soit trop tard.

Brady aimait lire, mais les romans n'étaient pas vraiment sa tasse de thé. Il préférait les récits sur la guerre du Vietnam, ou d'obscurs ouvrages documentaires, en particulier sur l'histoire médicale. Lorsqu'il s'autorisait de grandes bouffées d'ambition, il s'imaginait volontiers devenir chirurgien. Plus jeune, il adorait assembler des modèles réduits d'avions de chasse ou de bateaux de guerre. Il pensait que la précision et la concentration semblaient ses points forts. Il appréciait aussi la perspective de se focaliser sur une tâche jusqu'à occulter toute autre pensée, ou souci. Sauver des vies serait un plus. Il aurait voulu contribuer au bien-être de la société. Ça, plus que tout le reste.

La Noyade ne correspondait pas à son genre de lectures, mais il ajouta le livre à son panier, au cas où. Au cas où quoi ? Aucune idée.

MIRI

Vous devriez parler à Penny de la clé de la porte vitrée, chez Fatima.

Fatima lui avait donné une clé ?

Ça vous étonne ? Posez-lui la question. D'ailleurs, tant que vous y êtes, demandez-lui si elle l'a rendue. Fatima ne vit peut-être plus là-bas, mais je vous parie mon chèque d'anniversaire et même ma voiture qu'elle est restée accrochée à son porte-clé en forme de cornet de glace.

Comment peux-tu en être aussi sûre ?

Parce que avec son air de cocker battu, Penny peut raconter comment Fatima l'a manipulée, mais ne vous laissez pas abuser. Faire partie de la vie de Fatima Ro, c'était extraordinaire et Penny le sait parfaitement.

NEW YORK MAGAZINE

UNE SÉRIE EN QUATRE PARTIES

Au-delà de la fiction :

La véritable histoire du roman polémique

L'Absolution de Brady Stevenson

LA VERSION DE SOLEIL JOHNSTON, PREMIÈRE PARTIE (suite)

Extrait de journal

Fatima m'a finalement donné son adresse mail ! fatima.ro.auteure@gmail.com ! Intérieurement, je fais ma petite danse de la joie. Ça signifie quoi ? Qu'on est les meilleures amies et qu'on va se vernir mutuellement les ongles en chantant la BO de *Vaiana* ? Non, bien sûr. Mais ça montre qu'elle veut apprendre à nous connaître, les filles, Jonah et moi (en admettant que j'arrive à le convaincre de se confier !). Je vais continuer d'essayer.

▶ ⏭

PENNY

Fatima avait un chat adorable : Mulder. Il ressemblait à un chaton, mais elle nous avait assuré qu'il était déjà adulte. Il était gris avec de petites pattes blanches… trop mignon ! Il traînait ce jouet… un machin poilu accroché à un bâton, franchement répugnant. On aurait dit une peau de rat à moitié rongée, mais ça l'amusait. J'ai joué un peu avec lui, mais quand le volume de la soirée est monté d'un cran, il s'est réfugié dans la chambre. Fatima a vu que je l'aimais bien, donc elle m'a demandé si j'étais d'accord pour passer de temps à autre le nourrir, lorsqu'elle rentrait tard, par exemple.

Génial.

J'étais flattée. J'appréciais qu'elle me fasse confiance. Elle m'a donné la clé de la baie vitrée.

Et tu l'as fait ? Tu y allais pour t'occuper du chat ?

Sans arrêt. Elle m'envoyait un message dès qu'elle avait besoin de moi. J'ai aussi commencé à lui apporter des trucs pour sa décoration.

De quel genre ?

Au début, je me limitais à des nuanciers, pour des teintes jaunes et orangées. Elle a entouré deux tons qui lui plaisaient, alors la fois suivante, j'ai apporté deux échantillons avec des mini-rouleaux d'essai. Je me disais : « Fatima Ro va repeindre son salon de la couleur que j'ai choisie pour elle ! » Je n'en revenais pas qu'elle m'ait confié son numéro et sa clé. En fait, j'ai toujours du mal à croire tout ce qui est arrivé.

L'Absolution de Brady Stevenson

DE FATIMA RO

(extrait)

Brady écarquilla les yeux en apercevant le terrain de basket couvert, avec ses lignes nettes bleues et blanches. La lumière filtrait par des lucarnes, éclairant les lettres « TRP » sur le sol, sans doute les initiales du père de Paloma. Brady avait deviné à son Range Rover qu'elle était riche, mais pas au point de posséder son propre terrain de basket. C'était précisément la raison qui l'amenait chez elle : observer le train de vie des élèves de Morley. Des rumeurs circulaient sur les soirées délirantes organisées dans cette maison. Brady pensait venir jusque-là, jeter un coup d'œil à cette existence dorée puis repartir. Il semblait inutile de s'attacher.

Le parquet reluisait tant qu'il aurait pu manger par terre. Il s'imagina dribbler là-dessus. Il percevait d'ici le crissement de ses baskets sur le revêtement et le froissement du filet quand le ballon traverserait le panier. L'aspect purement, brutalement physique du sport lui manquait – pas seulement de la lutte, mais de toutes les disciplines. À Morley, il évitait d'en faire trop en cours d'EPS et feignait un désintérêt total. En conséquence, quand les capitaines constituaient leurs équipes, ils le choisissaient en neuvième, dixième, voire douzième position. Après ceux qui appartenaient aux clubs, mais avant les maigrichons pâlots aux bracelets signalant leurs allergies alimentaires. Dans son ancien lycée, on le sélectionnait toujours en premier, même si, désormais, cela n'avait plus aucune importance, se répétait-il. Il ne se soucierait plus d'être le premier – à gagner ou à perdre.

– Quelques lancers ? lui proposa Sunny en remarquant sa stupéfaction. Les gens viennent tout le temps, ici. Paloma s'en moque. Si son père est là, il descendra sûrement jouer avec toi.

– Non, ça ira.

Se laisser aller sur un terrain pareil lui semblerait bien trop délicieux. Brady ne voulait pas retrouver le goût de sa vie d'athlète.

– Plutôt chouette, hein ? continua Sunny.

– « Chouette ? » s'esclaffa Brady.

À l'évidence, Sunny venait elle aussi d'un milieu aisé. Comme la plupart des élèves de Morley, d'ailleurs. Les différences se mesuraient à la taille de leurs joujoux. Brady, lui, n'avait pas ce genre de moyens. Ses grands-parents avaient pris en charge ses frais d'inscription à Morley. Ils tenaient à offrir une seconde chance à leur unique petit-fils.

– Tu pratiques un sport ? l'interrogea Sunny, tandis qu'ils poursuivaient la visite, et pénétraient dans la cave à vin par une porte dissimulée du terrain.

– La lutte, répondit-il par habitude.

S'apercevant de sa gaffe, il secoua la tête. *Crétin, crétin, crétin.*

– Ah oui ?

Étonnée, Sunny se retourna et posa la main sur le rebord du billard.

– Tu veux dire que tu fais partie du club ?

Elle ne l'avait jamais aperçu avec les membres de l'équipe de Morley, et elle n'avait pas non plus entendu son nom après les rencontres. Pour autant qu'elle puisse en juger, Brady ne s'était fait aucun ami au lycée, ce qui l'avait poussée à l'inviter, ce soir-là.

– Non, c'est juste que j'en faisais, avant. Plus maintenant, balbutia-t-il.

– Ah… Pourquoi ça ?

Brady ne s'attendait pas à devoir aborder le sujet.

– Euh. J'ai arrêté, c'est tout.

– Désolée. Tu n'es pas obligé d'en parler.

Lentement, Sunny pivota. Les choses se déroulaient moins bien que prévu.

– D'ailleurs, tu ne rates pas grand-chose. Notre club de lutte ne vaut rien. Le point fort du lycée, c'est le lacrosse. Et le foot féminin. Masculin aussi, remarque. La natation. Ah… et l'escrime féminine. Bref, tout sauf la lutte, quoi.

Comment le pousser à s'ouvrir s'il se braquait pour si peu ? Plus de questions, résolut-elle. Elle s'en tiendrait aux sujets superficiels et tâcherait d'en apprendre davantage par ce biais. Elle commencerait par l'amadouer et le mettre à l'aise.

▶ ⏭
MIRI

Mon téléphone vibre. Excusez-moi. [regarde son écran]

Je t'en prie.

Ouf, ce n'est rien. [soupir] C'est ma mère, au premier. Elle aimerait savoir si ce sera encore long.

Juste quelques minutes pour aujourd'hui.

Très bien. [tape un SMS] Je suis sûre que s'il arrivait quelque chose, on m'appellerait, mais quand même. Je ne peux pas m'empêcher de vérifier mes SMS.

Je comprends, Miri. Et tes parents ? Que pensaient-ils de ton amitié avec Fatima ?

Ils étaient ravis.

Vraiment ? Pourquoi cela ?

[rires] Sérieusement ? Ils l'adoraient. Ils sont divorcés. Entre eux, même la météo devient un sujet de dispute, mais concernant Fatima, ils tombaient d'accord. Si vous voulez, je vais poser directement la question à ma mère. [envoie un message] *Maman, qu'est-ce que tu penses de Fatima ?* [redresse la tête] Ils avaient regardé ses interviews sur Internet et la trouvaient formidable. Ils mouraient d'envie de la

rencontrer, mais l'occasion ne s'est jamais présentée. Ma mère me répétait : « Cette jeune femme s'exprime tellement bien. C'est très bien de fréquenter des personnes de qualité, Miri. Tu devrais mentionner votre lien dans tes lettres de candidature pour l'université. » [rires] C'est exactement ce que j'ai fait. Et pour info, ça a payé. Je suis acceptée à Brown.

Félicitations.

Merci. [le téléphone vibre] [lit le SMS] Elle répond : « Brave petite. Brillante. Les médias sont des requins. » Voilà, vous voyez. Avant l'arrivée de Fatima, mes parents n'appréciaient pas du tout la tournure que prenaient mes fréquentations.

J'imagine que les soirées ultra-glam ne leur plaisaient pas vraiment ?

Pour eux, ce genre de soirées menaient directement à la case « junkie ». « Nous avons construit notre entreprise à la sueur de notre front, pas à coups de mondanités et de feuilletés-saucisses ! » [rires] Ça vient d'une pub. Ils approuvaient mon implication dans l'événementiel uniquement parce que je m'arrangeais pour que dix pour cent des recettes soient reversées à une association caritative. J'ai choisi « Une garde-robe pour un job », qui propose aux gens dans le besoin des vêtements adaptés aux entretiens d'embauche.

Bel engagement.

Je sais. Les collectes de fonds ont produit leur petit effet sur mon CV, pour les dossiers de candidature. C'est pour ça que mes parents n'ont pas trop objecté pour les soirées. Mais quand j'ai commencé à fréquenter une auteure reconnue, qui préférait regarder *Charlie et la chocolaterie* le samedi soir plutôt que de sortir en boîte, ils étaient carrément soulagés. Mais je tiens à préciser, pour que ce soit bien clair, que nous n'avons jamais servi de feuilletés-saucisses à nos soirées. Plutôt mourir de faim. [vibration du téléphone] [répond au message] *Bon, maman, arrête de m'envoyer des SMS. Je panique à cause de Jonah ! Je t'appelle quand on aura terminé.* [se redresse] Désolée, Nelson. Elle voulait descendre grignoter quelque chose, mais elle a peur des caméras.

Laisse-la faire. On peut couper quelques minutes.

Non, non. Elle a ses bigoudis. Pas question de se montrer.

Ça ne me dérange pas.

Mais elle, si. [soupir] [prend une gorgée d'eau à la bouteille] Bref, je sais que ça va sans doute paraître cruel, mais la vérité, c'est que Jonah incarnait un personnage tragique à l'instant où il a franchi les portes de Graham. Évidemment que Fatima l'a choisi pour protagoniste. Il avait ce côté ténébreux, mystérieux… Il devait certainement, non, *obligatoirement* attirer l'attention. C'est pour ça qu'au début, on était obsédées par LPDJ.

LPDJ ?

«Le Problème de Jonah». C'était une petite blague entre Soleil, Penny et moi parce qu'il se montrait toujours très secret. Même avant de rencontrer Fatima, on jouait à ce petit jeu pour essayer de comprendre la cause de son comportement. On s'envoyait des SMS dix fois par jour avec des hypothèses absurdes sur sa vie cachée.

Quel genre d'hypothèses ?

Oh, la plupart du temps, c'était juste un délire entre nous. Vraiment, j'en ai honte. Par exemple, un jour, nous étions chez Fatima, et Soleil fouillait dans son placard pour regarder ses robes. Jonah a pété les plombs et s'est lancé dans un sermon sur la violation de la vie privée. Franchement, personne n'a compris : Fatima s'en moquait éperdument. Elle était dans la transparence totale avec nous, à ce moment-là. On ne voyait pas pourquoi il en faisait tout un plat. Alors les filles et moi, on s'est échangé des messages et j'ai écrit : «Son truc, c'est les vêtements féminins, donc une robe fourreau Diane von Furstenberg, c'était trop pour lui.» [secoue la tête] Je vous avais prévenu : c'était complètement débile. Je n'aurais pas dû dire ça. Mais pour être honnête, si nous étions curieuses, c'est parce qu'on s'inquiétait pour lui. Comme Fatima, on l'aimait bien. On espérait découvrir ce qui se passait dans sa tête pour mieux le soutenir, d'une manière ou d'une autre.

Au-delà de la fiction :

La véritable histoire du roman polémique

L'Absolution de Brady Stevenson

LA VERSION DE SOLEIL JOHNSTON,

PREMIÈRE PARTIE (suite)

Extrait de journal

DATE : 26 septembre 2016

À : fatima.ro.auteure@gmail.com

DE : soleil410@gmail.com

OBJET : Chère Fatima

Chère Fatima,

Merci encore de nous avoir invités à ta pendaison de crémaillère. Nous avons vraiment passé une excellente soirée et tes notes concernant *Contre-courant* m'ont beaucoup inspirée. J'espère que le fer à cheval t'a plu. Tu as raison : on est bien censé l'accrocher à la porte, mais j'ignore toujours dans quel sens il porte bonheur. Les mythes parlaient de l'un comme de l'autre, alors tu peux sans doute choisir.

Je comprends ce que tu voulais dire au sujet de Jonah. Il est gentil, mais distant et il laisse « tellement de zones d'ombres », comme tu disais. Tu m'as demandé de t'envoyer ce que je savais et je commencerai par le cours d'arts plastiques. C'est là que je l'ai rencontré. Pour son projet de « commentaire social », il a réalisé une sculpture à partir de son vieil ordinateur et de chargeurs de téléphones. La prof, Mme Lagos, a décrété qu'elle en disait long sur le gaspillage dans notre société et sur le consumérisme, une sorte de roue de hamster dans la cage dorée américaine. C'était la première fois que je voyais Jonah sourire alors je lui ai proposé de passer du temps avec nous. Ce soir-là, il est venu chez Penny. Je lui ai fait visiter la maison, pendant que Penny et Miri nous attendaient, au sous-sol, où se trouve la salle de cinéma.

Je t'en dirai davantage plus tard.

Soleil

PS. Je travaille à un projet artistique, de techniques mixtes, que j'ai intitulé « Portes » : c'est une métaphore pour les secrets que les gens cachent. Ça t'ennuierait que j'utilise une photo de la tienne ? Bien entendu, je ne mentionne ni nom ni adresse. Si ça t'intéresse, tu peux voir le résultat sur Instagram #Largosstudioart. Ça serait vraiment génial si tu acceptais de me suivre. Sinon, ça ne fait rien. Mais je voulais simplement t'en parler.

▶ ⏭

PENNY

Les médias emploient sans arrêt le mot « sensationnel » pour parler de cette histoire. C'est drôle, j'avais toujours cru que « sensationnel » avait une connotation positive, un peu comme « merveilleux ». Mais j'imagine qu'en réalité, c'est un synonyme de « buzz ».

En quelque sorte. Ça signifie « qui suscite l'intérêt, qui cause la sensation ». Ça t'étonne ?

Tout m'étonne. Depuis l'année dernière, je vais de surprise en surprise.

C'est compréhensible.

Je peux vous poser une question ?

Je t'écoute.

Savez-vous où se trouve Fatima en ce moment ?

Non.

Vous me le diriez si vous le saviez ?

Je n'aurais pas de raison de te le cacher.

Bon. J'espère simplement que le petit Mulder va bien. Il était vraiment adorable.

L'Absolution de Brady Stevenson

DE FATIMA RO

(extrait)

Sunny conduisit Brady jusqu'à l'escalier, de l'autre côté de la maison, et aborda un sujet moins explosif que sa carrière d'athlète : la salle de cinéma de Paloma, avec un écran de projection, un son surround, un bar à pop-corn et un immense canapé en U. Lorsqu'ils entrèrent, Paloma et Marni se retournèrent, mais ne se levèrent pas, comme englouties par le gigantesque canapé.

– Salut ! Prêt pour la soirée marathon ? lui lança Paloma en levant sa cannette.

Brady repoussa sa vieille capuche.

– Sacré look, quand t'es en civil, commenta Marni. J'adore ton côté « fugitif ».

– Salut, lança-t-il avec un geste maladroit, avant de fourrer les mains dans ses poches. Merci, euh… de m'avoir invité.

– Il parle ! s'écria Marni avec une tape à Sunny.

Sunny était ravie que ses amies acceptent Brady. Elle espérait que désormais, ils se retrouveraient plus souvent tous les quatre. D'ordinaire, les beaux garçons étaient si bruyants et s'ingéniaient toujours à tout faire pour qu'on les remarque. Passé vingt minutes, leur présence devenait pesante. La timidité de Brady le rendait beaucoup plus intrigant.

Les filles échangeaient des reparties rythmées, comme préparées d'avance. Elles passaient d'un sujet à l'autre : à quel épisode commencer, combien de temps réchauffer le chocolat, et un débat s'engagea sur les moquettes antitaches. Se vendaient-elles prêtes à l'emploi ou fallait-il y appliquer un produit spécial ? Amusé par ces chamailleries incessantes, Brady souriait dans son coin. Il s'étonnait de trouver si simple de côtoyer des filles. Avec elles, l'énergie paraissait plus vive, mais également plus douce que celle qui régnait avec ses anciens copains du lycée. À bien y réfléchir, ils entretenaient une rivalité constante. C'était à qui terminerait les jeux vidéo, à qui finirait la dernière part de pizza, à qui aurait les baskets les plus blanches, à qui aurait la voiture la plus moche, bref, sur absolument tout. Au milieu de filles, il appréciait surtout de ne pas se sentir seul, sans pour autant occuper le centre de l'attention.

À Morley, ses parents voulaient qu'il se focalise sur ses résultats. Mais maintenant qu'il avait abandonné la lutte, ses notes ne poseraient aucun problème. Il avait plus que jamais le temps d'étudier. Il mangeait mieux, aussi : il dévorait, même, puisqu'une éventuelle prise de poids, qui l'inquiétait tant avant les tournois, n'avait plus d'importance. La nourriture, en quantité, l'aidait à se concentrer davantage en cours. Tant qu'il s'en sortait sur le plan scolaire, sa famille serait satisfaite. Il n'y avait donc aucun mal à passer un peu de temps avec ces filles.

En fin de compte, Brady préféra la salle de cinéma au terrain de basket. Les en-cas étaient d'excellente qualité, il faisait sombre et, lorsque Paloma lança leur série favorite, Brady n'eut plus besoin de prononcer un mot.

▶ ⏭

MIRI

[rires] Nous avons obligé Jonah à se farcir un marathon de *Pretty Little Liars.* Comme ça n'a pas eu l'air de le gêner, j'en ai aussitôt conclu que j'avais percé son grand secret. À l'évidence, Jonah était gay. Vous avez déjà vu un garçon hétéro regarder *Pretty Little Liars* sans faire un commentaire devant deux filles qui s'embrassent ? Moi, jamais.

Ça me paraît une bonne mise à l'épreuve.

Carrément ! Donc, il était forcément gay. De temps à autre, il demandait qui était qui et qui faisait quoi, mais dans l'ensemble, il n'a pas bronché. Aucune des tirades habituelles de mecs sur les seins, les fesses, ou les minijupes des personnages. Il s'est contenté d'écouter ce qu'on racontait. En plus, il fait le difficile en matière de bonbons.

Tu as fait part de tes conclusions à Soleil et Penny ?

Évidemment, je leur ai tout de suite envoyé un SMS. J'avais l'impression d'avoir résolu le mystère.

Tu leur as envoyé un SMS alors que Jonah se trouvait à côté de toi ?

C'est un très grand sofa.

Bon. Et comment ont-elles réagi ?

Penny a répondu par un «Haaan» avec trois lignes de *a*. Soleil a dit qu'elle n'y croyait pas, qu'elle ne sentait pas le côté gay chez lui, comme si elle s'y connaissait. Bien sûr, elle refusait de l'admettre parce qu'elle rêvait de lui sauter dessus. Quand je lui ai fait la remarque, elle a rétorqué : «On est juste copains. Je t'assure.» Moi, je savais qu'il lui plaisait. Jonah était tout à fait son genre : une peau pâle, des cheveux en bataille, et une carrure de rugbyman. [rires] Soleil a toujours eu un faible pour les corps d'athlète et les types qui se tiennent bien droits. D'après elle, ça respire la confiance en soi. Chacun son truc, hein. Je lui ai fait observer qu'elle portait son soutien-gorge des grands soirs. Plus clair, tu meurs. Elle n'avait quand même pas mis ce machin infernal pour nous. Elle a répliqué : «Faux!!! J'ai fait des lessives, aujourd'hui. C'était le seul qu'il me restait.» Soleil est la pire des menteuses. Mais bon. Après tout, ce sont ses seins. [jette un regard sur le côté] Excusez-moi, Nelson, ça vous ennuie si je baisse un peu les stores? Je viens d'apercevoir mon reflet, dans ce miroir là-bas, et cette lumière n'est vraiment pas flatteuse.

Au-delà de la fiction :

La véritable histoire du roman polémique

L'Absolution de Brady Stevenson

LA VERSION DE SOLEIL JOHNSTON,

PREMIÈRE PARTIE (suite)

DE : fatima.ro.auteure@gmail.com

À : soleil410@gmail.com

OBJET : RE : Chère Fatima

Les véritables contacts humains exigent de partager la substance. Quand j'ai écrit *Contre-courant*, j'ai littéralement saigné sur ces pages et… c'est ça que j'obtiens en retour ? Tes « chères Fatima », tu peux te les garder.

DE : soleil410@gmail.com

À : fatima.ro.auteure@gmail.com

OBJET : RE : Chère Fatima

Pardon, je ne voulais pas t'insulter. Que faut-il que je t'envoie ?

DE : fatima.ro.auteure@gmail.com

À : soleil410@gmail.com

OBJET : RE : Chère Fatima

Trouve.

▶⏭
PENNY

Revenons sur LPDJ.

Pardon ?

#LPDJ.

Qui vous a parlé de ça ?

[pas de réponse]

C'est Miri, c'est ça ? Elle vous a dit que c'était ma faute si Jonah s'est retrouvé dans le coma, hein ? Elle m'a balancée, c'est ça ?

Je n'ai pas dit ça.

Franchement, je ne pensais pas à mal avec cette histoire, je vous jure. C'était pour rire.

Qu'est-ce que c'était ?

Tout a commencé le jour où Soleil a invité Jonah à la maison. Je ne le connaissais pas, mais c'était sans importance. Comme je vous l'ai expliqué, des tas de gens passent chez moi, j'ai l'habitude. Comme il venait d'arriver au lycée, je croyais qu'on chercherait à le connaître un peu mieux. On s'est tous retrouvés affalés sur le sofa, à regarder la télé, en essayant de plaisanter avec lui, qui ne desserrait pas les dents. Il y avait comme un malaise. Alors, j'ai envoyé un texto qui disait : «LeProblèmedeJonah : on en parle ?» à Soleil et Miri. Miri a répondu qu'il devait être gay, ce qui paraissait logique.

Je vois.

Voilà comment #LPDJ a commencé. Mais ça ne voulait rien dire, au début. Je n'imaginais pas que ça prendrait de telles proportions. Je n'essayais pas de savoir…

[Silence]

Penny ?

Il est tard, vous feriez mieux d'y aller.

Encore quelques quest…

Je ne peux pas, désolée. Le bac approche et je ne suis pas une tête, comme les autres. Je dois travailler pour réussir. Et mes parents ont déjà prévu une fête après les résultats.

L'Absolution de Brady Stevenson

DE FATIMA RO

(extrait)

Dans la cour du lycée Morley, les tables étaient régies par les lois de l'immobilier. Brady n'eut pas d'autre choix que d'accepter l'invitation des filles à s'installer avec elles. Cette journée idéale de début d'automne le mettait de bonne humeur. Il se sentait plus sociable que d'habitude. Personne ne lui prêta attention lorsqu'il s'assit. Il avait l'impression de s'intégrer. Là, le dos bien droit dans son uniforme, il caressait l'idée d'être admis au sein de l'école, du groupe. Il se contenterait de se taire, voilà tout. Tout irait bien.

Marni et Sunny sortirent de leur cours de littérature. Elles avaient détourné l'étude de Mme Krauss sur J.D. Salinger et lancé un vrai débat entre élèves sur *La Noyade* de Thora Temple.

– Mme Krauss est partie dans une longue digression sur la scène d'amour. Je n'ai même pas pu finir d'exposer mon argument sur les métaphores filées, commenta Marni, qui poursuivit la conversation pendant le déjeuner. Je voulais suggérer que les châteaux font référence au paradis.

– Oui, acquiesça Sunny, c'est aussi ce que je pensais, en particulier dans les derniers chapitres.

Brady tendit l'oreille. L'enthousiasme des filles pour ce livre et leur capacité à passionner leur classe pour le sujet l'impressionnait. Marni déplia une serviette en papier sur ses genoux.

– Un passage de la Bible parle de pièces dans une demeure… un truc comme ça.

– C'est comme si la mère de Julie, au seuil de la mort, s'apprêtait à entrer au royaume des cieux, renchérit Sunny en agitant sa fourchette.

– C'est ça ! répondit Marni.

Elle sortit son téléphone et se mit à pianoter sur le clavier.

– Si je ne retrouve pas cette citation de la Bible, ça va me poursuivre toute la journée.

Il y a plusieurs demeures dans la maison de mon père, songea Brady en déballant son sandwich. Issu d'une famille catholique d'origine irlandaise, il assistait à la messe chaque samedi à dix-sept heures avec ses parents. Depuis peu, il avait pris l'habitude d'aller prier à la chapelle sans eux. Il s'en étonnait lui-même. Il avait toujours pensé que, si on lui laissait le choix, il laisserait tomber l'église. Mais curieusement, elle lui procurait un réconfort dont il ne pouvait se passer.

– Ah, voilà, continua Marni qui mâchonnait une branche de céleri trempée dans du beurre de cacahuète. « Il y a plusieurs demeures dans la maison de mon père : si ce n'était pas le cas, je vous l'aurais dit. Je m'en vais vous y préparer une place. »

Un psaume de David lui ressemblait et Brady le connaissait, lui aussi. *Tu prépares une table pour moi en présence de mes ennemis. Tu oindras ma tête d'huile ; ma coupe déborde. Sans doute, la bonté et le pardon me suivront chaque jour de ma vie : et je demeurerai dans la maison du Seigneur à tout jamais.*

– Donc, les châteaux représentent la maison de Dieu, poursuivit Paloma qui regarda Marni, puis Sunny, comme si elle cherchait leur confirmation.

Marni la toisa d'un air condescendant.

– Ben… évidemment.

Mortifiée, Paloma s'affaissa sur son siège.

– Sunny, tu as remarqué que la moitié de la classe a lu *La Noyade* depuis que nous en avons parlé au dernier cours ? reprit Marni.

– Influenceuse ! s'écrièrent ensemble Marni et Paloma avant de prendre un selfie.

Cette habitude avait débuté l'année précédente : les deux amies s'étaient mises à porter des foulards avec une broche et presque tout le lycée avait suivi. Paloma soupira.

– Et toi, demanda-t-elle à Brady. Tu l'as lu, *La Noyade* ?

Autour d'elles, aucun garçon ne connaissait le roman, mais puisque Brady était gay, comment savoir ?

La couverture qu'il avait vue sur Internet lui revint clairement en tête : le fond d'une piscine en béton où une gerbe de bulles remontait à la surface. Le titre imitait des caractères manuscrits, noirs et lisses.

– Non, répondit-il, préférant taire sa découverte.

– Oh, il est génial, je t'assure, affirma humblement Paloma. On est… complètement fans.

Brady se radoucit en comprenant qu'elle essayait de l'inclure dans la conversation. Au même moment, Paloma se découvrit une affection plus grande pour le jeune homme. Elle était soulagée qu'il ait rejoint leur groupe. Elle appréciait le calme, le silence par lequel il y rétablissait un certain équilibre.

EXTRAITS VIDÉO NON ÉDITÉS

LA VÉRITÉ À NU

Interview de Miri Tan et Penny Panzarella par Nelson Anthony

Du 3 au 17 mai 2018 (suite)

0:44:20 / 3:04:23

MIRI

[fait défiler une page sur son smartphone] Pendant que vous installiez le matériel, j'ai parcouru l'article du *New York Magazine*. Soleil en fait des tonnes.

Puisque nous abordons le sujet, si tu nous parlais d'elle ? La caméra tourne.

Très bien. Eh bien, il y a beaucoup à dire. D'abord, cet e-mail de Fatima l'avait traumatisée. Je ne l'avais jamais vue aussi abattue. Sérieusement : elle est arrivée en retard en cours, les yeux rouges et bouffis. Elle aurait fait n'importe quoi pour plaire à Fatima. Avec le recul, je crois qu'elle développait une sorte d'obsession un peu malsaine. Elle a refusé de me montrer ce message, à l'époque, mais je l'ai lu dans le *New York Magazine*. Quand je pense qu'elle lui a carrément demandé de la suivre sur Instagram… Il faut être sacrément désespérée pour tomber si bas. La honte ! Bref, Fatima a donc exigé de Soleil une plus grande sincérité. Tout devient clair, maintenant.

Soleil m'avait expliqué qu'elle voulait faire preuve de plus de franchise et partager quelque chose de vrai avec Fatima.

Et qu'a fait Soleil, exactement ?

Eh bien, ce que je lui ai conseillé de faire.

C'est-à-dire… ?

De suivre les fondamentaux les plus élémentaires des contacts humains : révéler à Fatima sa précieuse vérité. Soleil tenait son journal presque quotidiennement. Je lui ai fait remarquer qu'elle n'avait pas forcément besoin d'inventer quelque chose de nouveau pour Fatima. Sa vérité la plus essentielle se trouvait dans ces extraits de journal qu'elle n'aurait jamais pensé montrer un jour. Vous vous souvenez que Fatima avait demandé à lire ses notes au Witches Brew ?

Oui.

Fatima ne l'a pas laissée les retravailler. Je savais que c'était ce qu'elle voulait voir : la facette la plus spontanée, la plus authentique de Soleil, qui commenterait le côté brut de Jonah, sans fard. Alors, j'ignore ce que Penny vous a raconté, mais ces échanges d'e-mails, c'était mon idée, pas celle de Fatima. Elle n'a jamais obligé Soleil à écrire quoi que ce soit.

Humhum.

Grâce à cela, Soleil s'est rapprochée de Jonah et de Fatima : exactement ce qu'elle espérait. Et est-ce qu'elle m'a remerciée, pour ça ?

Eh bien ?

[rire agacé]

NEW YORK MAGAZINE

UNE SÉRIE EN QUATRE PARTIES

Au-delà de la fiction :

La véritable histoire du roman polémique

L'Absolution de Brady Stevenson

LA VERSION DE SOLEIL JOHNSTON, PREMIÈRE PARTIE (suite)

DATE : 29 septembre 2016

À : fatima.ro.auteure@gmail.com

DE : soleil410@gmail.com

OBJET : Extraits de journal

J'ai pensé que ces passages de mon journal t'intéresseraient peut-être davantage. Je sais que c'est important pour toi, alors voilà :

Recherche : Jonah Nicholls équipe de lutte

→ Nicholls Athlétisme université : NE CORRESPOND PAS

→ Lycée St. Bonaparte, Camden, New Jersey

→ Photo : NE CORRESPOND PAS

→ Lycée Burbank, Burbank, California :

→ Photo : NE CORRESPOND PAS

RECHERCHE : Jonah Nicholls lutteur

→ Essayez avec Jonah McNicholl

NON. ÇA IRA

RECHERCHE VIDÉO : Jonah Nicholls

→ Jonah Hill interprète un lycéen lutteur dans un sketch du SNL : NE CORRESPOND PAS

→ Les meilleurs conseils pour un barbecue réussi avec Jonah et Nick : NE CORRESPOND PAS

→ Nicholls – accords pour tous les morceaux : NE CORRESPOND PAS (mais à mettre de côté pour les accords de guitare).

Bon sang. C'est quoi, #LPDJ ?

À : soleil410@gmail.com

DE : fatima.ro.auteure@gmail.com

OBJET : RE : Extraits de journal

C'est mieux. On se rapproche de l'idée. Continuons à essayer de le cerner. Au fait, j'ai jeté un coup œil à ton projet sur Instagram et maintenant, je te suis. C'est un début prometteur, mais si tu ajoutais une dimension plus profonde à ton concept, il pourrait être encore plus fort. Pense à *Contre-courant* : ce n'est pas le simple récit d'une relation mère-fille. Il y a aussi une relation d'amour, un symbolisme religieux. Essaie toujours de donner plusieurs niveaux de lecture à tes œuvres. Je suivrai tes progrès avec intérêt.

▶ ⏭

PENNY

[traverse la cuisine jusqu'au jardin] Je me disais que nous pourrions discuter ici, aujourd'hui. Il fait un temps superbe.

C'est parfait. Quel magnifique jardin ! Et cette piscine, elle est tout bonnement incroyable.

Merci, nous venons juste d'enlever la bâche. Il fait presque assez chaud pour se baigner. [s'installe à une table à l'extérieur]

Merci de me recevoir à nouveau, Penny.

Je vous en prie. Notre femme de ménage nous a préparé des fruits frais. Servez-vous.

C'est splendide. Merci.

Les choses ont vraiment mal tourné, pour moi, avec les médias et tout le reste. [secoue la tête] Ce gros titre, hier…

« Penny : le nanti-conformisme » ?

Oui. [soupir] Et cette photo de moi qui circule partout. Elle date du mariage de mes cousins. J'étais demoiselle d'honneur : c'est pour ça que je portais ce bijou. Entre la cérémonie et la réception, j'ai troqué ma robe pour un jogging, afin de me mettre plus à l'aise pour m'occuper des préparatifs de dernière minute et des décorations de la cabane des mariés pour leur nuit de noces. Je ne porte pas du Cartier en jogging. Sérieusement, sur cette image, j'ai l'air de sortir tout droit d'un épisode de *Desperate Housewives.*

Je suis désolé que tu aies eu à subir cela. Ce titre était horrible. Et le jeu de mots, franchement minable. Tu tiens le coup ?

Je n'en sais rien. [se reprend] J'évite simplement la télévision, Internet et ce genre de trucs. Du moins, j'essaie.

C'est probablement mieux.

[dépose un carnet à spirale sur la table] Mon père soutient que je dois absolument présenter ma version de l'histoire, même si je n'en ai pas envie. Il pense que toute cette hostilité envers moi résulte d'une mauvaise communication et de malentendus. Voilà pourquoi nous vous avons recontacté.

Ton père est un homme intelligent.

Il dit qu'en racontant ma propre version, je paraîtrai sans doute moins responsable. Mes parents ne supportent pas qu'on me culpabilise autant.

C'est naturel.

Papa était le seul à ne pas l'apprécier, vous savez.

Fatima ?

Oui.

Pourquoi cela ?

Euh… eh bien, c'était moins Fatima en elle-même que le fait que mes amies et moi passions moins de temps chez moi. Mon père est issu d'un milieu modeste. Lorsqu'il avait mon âge, c'était… un vrai loser. Il a fait construire cette maison pour enfin avoir un endroit où inviter ses amis. Il est fier qu'autant de gens viennent ici, l'apprécient, lui tiennent compagnie. Il travaille beaucoup, ici. Il programme des concerts ou des apparitions télévisées pour de jeunes artistes.

Je vois.

J'étais la première à passer mon permis et mes amis ne voulaient plus vraiment rester ici. Ils préféraient se retrouver chez Fatima, alors je suivais le mouvement. Et puis, c'était agréable de profiter d'une certaine forme de liberté. [pioche quelques grains de raisin]

J'imagine, oui.

Mais quand ma mère a expliqué à mon père que Fatima était… une véritable romancière, il a cru qu'elle aurait une influence positive sur moi. Il a toujours souhaité que je lise davantage. [avale un grain de raisin] À présent, il la déteste.

Je comprends.

[regarde en direction de la fenêtre] Papa ! [se penche] Arrête de me surveiller ! Attends à l'intérieur. Bon sang. Je peux me débrouiller. Ça va aller. Je vais m'en sortir. Retourne dans ton bureau. [se rassoit] Désolée.

Ça ne fait rien. Il s'inquiète simplement pour toi. C'est touchant de le voir aussi attentif.

Je sais. Et ce qui est arrivé n'est pas… vraiment normal. [jette un nouveau coup d'œil à la fenêtre] En plus, je crois qu'il s'en veut de ne pas s'être fié à son instinct concernant Fatima. Je l'ai entendu en discuter avec ma mère.

À présent, il aimerait que tu blanchisses ton nom dans cette histoire.

C'est ça.

Au téléphone, tu m'as parlé de vos réunions pour Contre-courant *?*

Ah oui, les réunions de Miri.

Exact.

Eh bien, Miri a décidé de monter un club de fans du roman, au lycée. Pour organiser des lectures, analyser le texte, ce genre de choses. Elle voulait aussi répandre la théorie des contacts humains. Son idée, c'était de rapprocher les élèves, parce que le lycée compte beaucoup de petits groupes, de clans… [soupir] Faire partie du mien n'est pas toujours simple. Les gens s'imaginent qu'avoir de l'argent suffit à vous rendre la vie facile : c'est faux. En tout cas, pas pour moi. Mes résultats restent très moyens et j'ai écopé de plusieurs heures de colle à cause de jupes trop courtes. Bref, Miri voulait « abattre les barrières des préjugés au lycée », un truc comme ça. Elle s'emballe toujours très vite.

[ouvre son cahier] Un soir, nous nous trouvions au Witches Brew quand Fatima nous a expliqué qu'il existait une série d'étapes à suivre pour établir de véritables contacts humains. J'ai pris des notes [elle feuillette les pages], les autres aussi. J'avais mon carnet, Miri avait le sien ; Soleil tapait tout sur ordinateur. Jonah, lui n'a rien écrit, mais il tendait l'oreille en grignotant ses snacks.

Fatima paraissait si… spontanée. Magnétique, vous voyez ce que je veux dire ? Elle parle, on l'écoute. [silence] Elle a commencé à nous décrire ces différentes étapes et comment elles avaient fonctionné pour elle, avec des étrangers. En moins de quinze minutes, tout le café était suspendu à ses lèvres. Les gens tournaient leurs chaises. C'est devenu… *un moment.*

Incroyable…

Je vous jure. Elle dégageait un charisme ahurissant.

À l'évidence.

Voilà ce que j'ai noté. C'est bizarre quand j'y repense, mais certaines personnes que je ne connaissais pas, ce soir-là, au Witches Brew, ont relevé exactement la même chose que moi. Euh… [lit une page] *Regardez-vous dans les yeux. C'est le principe le plus élémentaire pour établir un contact humain, mais, curieusement, les gens font rarement cet effort.* [change de page] *Appelez les gens par leur prénom. Votre interlocuteur se sent immédiatement remarqué, valorisé.* Parfois, Fatima marquait une pause à la fin d'une phrase importante. Elle vous dévisageait, comme pour vous obliger à bien y réfléchir. Elle rajoutait quelque chose du style : « C'est ce qu'on aimerait tous, non ? Être remarqué et valorisé ? » Elle s'est interrompue et a fixé les gens, l'un après l'autre, histoire de laisser l'idée produire son effet. [secoue la tête]

Donc, elle était fascinante.

Voilà. [soupir] Et c'est assez injuste.

Que veux-tu dire ?

Eh bien, la plupart des gens se contenteraient d'être doués dans un seul domaine. Par exemple, on aurait pu penser qu'écrire lui suffirait, mais Fatima avait un vrai talent pour la prise de parole, pour exposer des théories, sans oublier sa classe folle. Pendant ce temps, nous, on lutte pour suivre en cours de physique, vous voyez ce que je veux dire ?

Tout à fait.

Et ce n'est pas tout. [lit son carnet] *Soyez attentif à votre interlocuteur et formulez des remarques tout aussi attentives. Imitez son langage corporel. Ça permet de mettre les gens à l'aise. Posez des questions ouvertes.* Et là, j'ai noté tout un tas de questions ouvertes… [prend une longue inspiration]

Tu sais, j'admets que Fatima paraît un peu grandiloquente dans sa manière de s'exprimer, mais elle décrit des étapes assez judicieuses, du moins pour établir une bonne communication.

C'est ce que je pensais, au début. Mais quelque part… tout a fini par déraper. Je crois que c'est cette histoire de questions ouvertes. [silence] Si elle n'en avait pas tant cité, je n'aurais pas tant cherché de réponses.

[Le père de Penny crie par la fenêtre] Raconte-lui la réunion secrète, Penny ! Dis-lui.
[Penny regarde dans sa direction] Papa ! Arrête ! Je me débrouille. Reste à l'intérieur. Et ne l'appelle pas comme ça. [lui fait signe de s'éloigner] Désolée.

Ça ne fait rien.

J'allais justement vous parler de cette réunion.

Je t'écoute.

Eh bien, voilà. Miri avait posté l'info et mis des affichettes.

Débat sur le roman Contre-courant et la théorie de FATIMA RO

Cour de Graham

Samedi 21 h 00.

Ahhh, la fameuse cour du lycée, la nuit…

Voilà.

Je crois comprendre où tout ça nous conduit.

Miri savait ce qu'elle faisait.

Vous avez observé les étoiles ?

Elles étaient parfaites.

L'Absolution de Brady Stevenson

DE FATIMA RO

(extrait)

Après une longue journée de cours, Brady était impatient de retrouver Cletus, son boxer croisé de onze ans. Il frictionna son museau froncé et l'appela affectueusement.

– Salut Cletus, salut bonhomme !

Il accrocha sa laisse à son collier et l'emmena dans la rue. Au collège, il se montrait souvent trop paresseux pour le promener. Il rentrait de l'entraînement, épuisé, affamé et ne rêvait que d'une partie sur sa console ou d'une bonne sieste. Parfois, il attachait deux laisses bout à bout pour rester sur le pas de la porte pendant que le chien se dégourdissait les pattes sous la véranda et urinait sur l'herbe. Après leur longue séparation, Brady avait réalisé à quel point la présence, le souffle rauque, la simple existence de l'animal lui avaient manqué. Il avait retrouvé son museau plus clair que dans son souvenir. Son pelage blanchissait à vue d'œil, comme pour mieux lui rappeler le caractère précieux du temps passé ensemble. Depuis peu, Brady promenait Cletus deux fois chaque après-midi autour du pâté de maisons, qu'il pleuve ou qu'il neige, la gorge nouée par un sentiment de gratitude.

À leur retour, le duo découvrit un paquet d'Amazon déposé sur le perron.

– Tu as vu ça, Cletus ? Un paquet !

Brady le souleva et laissa le chien le renifler. Cletus remua la queue, pressant sa truffe contre le carton.

– Ça sent bon, hein ? s'amusa Brady. Ça sent le déo et le casque Bluetooth ?

À l'intérieur de la maison, Brady détacha le chien. Il monta le paquet dans sa chambre, avec une bouteille d'eau gazeuse et un reste d'ailes de poulet. Un répondeur se déclencha automatiquement dans la cuisine. *BIP !* « Bonjour, ici Michelle, la secrétaire du docteur Nihati. Elle souhaiterait modifier votre rendez-vous de lundi et l'avancer de dix-sept à seize heures, si cela vous convient. Pourriez-vous nous rappeler pour confirmer ? Nous sommes navrées pour ce contretemps. Merci. » *BIP !*

Brady referma la porte de sa chambre derrière Cletus, qui tentait de grignoter les morceaux de viande.

– Non, mon grand. Ce n'est pas pour toi. Les os, c'est que des problèmes, bonhomme, que des problèmes.

Brady déposa la nourriture sur son bureau et ouvrit le carton à l'aide d'une lame de ciseaux. En faisant l'inventaire de sa commande, Brady ressentit un léger frisson. Il comprit soudain combien il semblait facile de devenir accro au shopping ou à n'importe quoi d'autre en ligne :

Coque waterproof pour iPhone avec protection d'écran incluse

Casque Bluetooth Anker – 8 heures d'écoute de musique

Trash : les œuvres les plus célèbres de matériaux de récupération, *de Félix Woo*

Déodorant AXE : vaporisateur. Excite. Pack de 3

Organiseur de tableau de bord avec 4 poches et séparateurs réglables pour divers objets

PUMA : veste à capuche doublée

2 packs de 3 caleçons Calvin Klein noirs

Les boys de 1967 : du Vietnam à l'Irak, l'extraordinaire récit d'une bande de braves types *de Charles Jones*

La Noyade, *de Thora Temple.*

Brady et Cletus s'allongèrent, entourés de ses dernières acquisitions. Il déballa les flacons de déodorant et les rangea dans le trieur. Il imagina l'employé, dans l'entrepôt d'Amazon, qui avait sélectionné chaque article sur les rayonnages. Brady apprécierait un travail simple et silencieux comme celui-là. Chez Amazon, il aurait pu conduire son mini-véhicule d'allée en allée. Il aurait peut-être même eu le droit d'écouter de la musique toute la journée : un vrai bonus. L'avantage d'un job comme celui-là, c'était que sans la moindre interaction, il réussirait à rendre les gens heureux et à exaucer leurs souhaits.

Une aile de poulet dans une main et *La Noyade* dans l'autre, Brady se plongea dans l'histoire de Julie et de son copain, Sam. Le roman décrivait avec force détails comment ils avaient fait l'amour, pressés, éperdus, sur le parking de leur école privée et la – curieuse – jalousie de Sam en découvrant les SMS que Julie avait reçus de son père biologique. Ces mots, à la fois merveilleux et grinçants, dans un roman pourtant destiné aux ados, choquèrent Brady. *La Noyade* était subtil, langoureux.

Les filles lisent ce genre de trucs ?

Il avait depuis longtemps terminé son en-cas, mais poursuivit sa lecture. À présent, son souffle se faisait plus rauque, impatient, à mesure que les doigts de Sam glissaient sous la chemise de Julie et qu'il retroussait sa jupe sur ses cuisses.

Voilà d'où vient cet engouement…

Quelques chapitres plus loin, Margaret conduisit Julie chez le médecin pour un « vrai » test de grossesse, après avoir essayé plusieurs bâtonnets vendus en pharmacie. Dans la salle d'attente, la mère angoissée égrenait son rosaire alors que le sort de sa fille se jouait derrière la porte.

Je comprends mieux, maintenant.

Brady s'empara d'un crayon et griffonna une note dans la marge, près du mot « bâtonnets ». *Test de grossesse : ça marche comment ?* Il s'était souvent posé la question et chercherait une réponse plus tard. Brady avait la manie d'annoter ses livres : ses interrogations, ses réflexions, parfois les souvenirs qu'ils évoquaient.

Il tournait les pages. Cletus s'était endormi et bavait. Arrivé au chapitre 16, il suivit Margaret et Julie dans un avion, au-dessus de l'Atlantique, en direction de Dublin. Julie suppliait sa mère de se taire, tandis que celle-ci lisait la Bible tout haut. « Si nous confessons nos péchés, il est fidèle et juste et nous pardonnera nos péchés et nous purifiera de toute iniquité. » Brady souligna la phrase. Son téléphone vibra. En levant les yeux pour l'attraper, il s'étonna de l'obscurité qui régnait désormais dans sa chambre.

SUNNY

Salut ! Dédicace de Thora Temple dimanche soir chez Book Revue. Le rêve se réalise ! TU VIENS AVEC NOUS ???

Sunny ne pouvait pas mieux tomber. Bien sûr qu'il brûlait de rencontrer Thora Temple ! Il resta quelques minutes immobile, son téléphone en main, ne voulant pas paraître trop empressé. Tout en caressant le cou de son chien, il réfléchit à une réponse détachée, celle d'un type qui n'aurait pas passé l'après-midi à dévorer *La Noyade.*

BRADY

Euh, je sais pas trop.

SUNNY

Allez ! Quelqu'un doit nous empêcher de jouer les fans hystériques.

BRADY

Bon… OK.

SUNNY

YESSSS !!! ☺!!!

Brady alluma sa lampe de chevet et examina la photo de Thora Temple, sur la quatrième de couverture. Elle avait vraiment la vingtaine ? Il lui donnait à peine dix-huit ou dix-neuf ans. Il se demanda si certaines personnes étaient destinées à un génie précoce ou bien si tout le monde pouvait y parvenir, avec des circonstances favorables et une solide collection de *memes* inspirants. Brady savait ce que signifiait accomplir une chose mémorable très jeune. Mais mémorable ne voulait pas dire admirable. Il s'accrochait à son rêve de devenir chirurgien. N'en déplaise aux employés d'Amazon, la médecine lui permettrait plus efficacement de réaliser son potentiel et de payer sa dette à la société, qui lui avait accordé tant de privilèges, comme on ne cessait de le lui rappeler.

Brady allait donc rencontrer Thora Temple. Par un pur hasard. Ou peut-être pas, après tout. Peut-être que les mois, les années passées l'avaient conduit à ce moment.

Sur la photo, le sourire discret de Thora paraissait si sage. Elle semblait détenir les réponses à toutes les questions qui taraudaient Brady depuis si longtemps. Et s'il ne devait en poser qu'une, dimanche, ce serait : « Crois-tu à l'absolution, à la purification de l'esprit, du corps et de l'âme ? Est-ce pour cela que tu as écrit *La Noyade* ? » Il la nota derrière la couverture, conscient qu'il ne pourrait jamais formuler ces mots sans passer pour le fan le plus hystérique de la bande. Peut-être le découvrirait-il en terminant le roman. En tout cas, il l'espérait. Si *La Noyade* paraissait aussi formidable que le prétendaient les filles, il avait de bonnes chances d'y parvenir. Brady appuya la tête sur le cou épais et chaud de Cletus et respira son odeur, terreuse et grasse. Pour l'instant, elle avait un parfum d'absolution.

▶ ⏭

MIRI

Le père de Penny vous dira que Fatima Ro nous a endoctrinés, pour nous pousser à organiser des réunions et enrôler de nouveaux membres dans sa «secte». [mime des guillemets] Mais je tiens à préciser, et que ce soit clair : [regarde la caméra bien en face] le club Contre-courant n'était rien d'autre : un club. Exactement comme la prévention routière, la junior entreprise, ou les débats. J'en sais quelque chose, puisque c'est moi, la responsable des débats. Je le répète : le club Contre-courant n'était pas une secte. Ça n'était pas non plus l'idée de Fatima. Elle se serait largement contentée de nous retrouver tous les quatre autour d'un thé vert au Witches Brew. C'est moi qui suis à l'origine du club : c'est moi et moi seule qui ai pris l'initiative de rassembler les lecteurs enthousiastes, qui partagent le goût de la littérature et de son impact positif sur nos existences.

NEW YORK MAGAZINE

UNE SÉRIE EN QUATRE PARTIES

Au-delà de la fiction :

La véritable histoire du roman polémique

L'Absolution de Brady Stevenson

LA VERSION DE SOLEIL JOHNSTON,
DEUXIÈME PARTIE (suite)

Compte rendu de réunion du 15 octobre 2016

Réunion du club Contre-courant n° 1

Objectif de séance : définir un espace ouvert, mais sécurisant, pour les fans de *Contre-courant* et de Fatima Ro, où nous pourrons apprendre à nous connaître mutuellement, dans l'esprit de la théorie des contacts humains, et pratiquer ses différentes étapes afin de développer de véritables liens.

1. Désignation des membres du bureau.
2. Exercice A : changer de table et s'allonger près de quelqu'un qu'on connaît mal : partager les étoiles.
3. Lecture de *Contre-courant* par Miri. Extrait du chapitre 13.
4. Discussion/analyse de cet extrait.
5. Introduction à la théorie des contacts humains : Miri donnera quelques exemples concrets montrant comment établir ces rapports. Présentation des différentes étapes.
6. Relier le passage et le reste du roman à la conception par Fatima de la théorie des contacts humains.
7. Exercice B : mise en pratique de la théorie ! Regardez-vous

dans les yeux; valorisez votre interlocuteur; répondez aux questions ouvertes – qu'attendez-vous de la vie ?

8. Débat : les effets de l'exercice A ; comment appliquer la théorie au quotidien ; comment cette théorie peut-elle changer la société ?
9. Conclusion : lisez votre phrase favorite de *Contre-courant.* Ouvert à tous les participants.

▶ ⏭

PENNY

Alors. En fait, Miri a choisi la table que Fatima avait choisie le soir où nous l'avions amenée au lycée. Quand Soleil et moi avons voulu nous installer près d'elle, au début de la séance, elle a décrété que nous devions chacune nous trouver un coin différent, pour nous disperser. J'ai dit : « Comment ça, se disperser ? » « Au cas où les gens auraient des questions. » Mais quel genre de questions auraient-ils pu avoir ? Franchement, hein. J'ai bien compris ce qu'elle cherchait : accaparer l'attention. Elle essayait littéralement d'incarner Fatima Ro. Comme elle, Miri s'est assise en tailleur et elle a même adopté son intonation pour expliquer que nous devrions nous efforcer de partager nos précieuses vérités. [silence] Moi aussi, j'y croyais à ces trucs-là, vous savez ? Vraiment. Je pensais qu'on dirigerait ce club ensemble, exactement comme nous l'avions prévu au Witches Brew. Fatima nous avait même aidés à tout préparer : l'ordre du jour, tout ça. C'était intéressant de discuter des contacts humains, de réfléchir aux personnes à intégrer. C'était un peu comme faire ses devoirs, mais en plus drôle. J'ai horreur de faire mes devoirs.

Comment s'est déroulé le reste de la réunion ?

[soupir] C'était… Miri fait son show, quoi. Elle a surtout parlé d'elle et de la façon dont la théorie l'avait rapprochée de Fatima. Elle se fichait totalement d'analyser le roman ou d'exposer la théorie. Elle cherchait simplement à épater son auditoire en racontant comment elle était devenue l'amie d'une romancière célèbre. Je n'avais même plus envie de l'écouter.

Mais comment le groupe a-t-il réagi ?

Ils marchaient à fond. C'était presque écœurant à voir.

Et Soleil ? Que faisait-elle pendant la réunion ?

Soleil ? Oh, elle n'y prêtait aucune attention. Elle s'était allongée sur sa table et parlait à voix basse avec Jonah. Je me demande comment il était arrivé là, puisqu'il devait établir un contact avec un inconnu. [silence] Au fond, je me moquais que Miri tente de se mettre en avant. Mais je croyais que fréquenter Fatima et apprendre à nouer des rapports plus profonds avec les autres nous aiderait à briser les clans et souderait notre amitié. Au fond, nous ne suivions pas la théorie en tant que groupe. Chacun l'utilisait à son avantage.

Hmmm.

Miri essayait de se rapprocher de Fatima et Soleil, de Jonah.

Tu as raison.

Et moi, je ne m'en servais pas du tout. J'étais juste… [silence]

Quoi ?

Je ne sais pas… celle qui nourrit le chat.

Pas vraiment excitant. J'imagine que tu étais déçue.

C'est ça. Ah, autre chose : un soir, le chat n'avait plus de nourriture. J'avais prévenu Fatima qu'elle devait en racheter, mais est-ce qu'elle m'a écoutée ? Non.

Mince.

Oui… Alors, comme je suis une fille bien et que je ne voulais pas que ce pauvre Mulder meure de faim, je suis retournée chercher les croquettes moi-même. C'est une marque spéciale, pour digestion difficile. Elles coûtaient une fortune. Et pas moyen d'acheter en petite quantité : c'était le grand paquet ou rien. Il pesait plus lourd que le chat. J'ai laissé le ticket de caisse sur la table, mais Fatima n'a jamais proposé de me rembourser.

Ah oui. Je n'aurais pas apprécié.

J'étais furieuse ! Mais je n'ai rien osé dire. Elle s'était offert une maison, mais ne pouvait pas me rendre mes 79 dollars !

[Le père de Penny crie par la fenêtre] Penny, fais-lui voir ce chapitre du livre !
[Penny se retourne] C'était prévu. Va-t'en, papa ! [soupir] Pfff, désolée.

Pas de souci. Tu avais un extrait à me montrer ?

C'est le passage de *Contre-courant* que Miri a lu, ce soir-là. [sort une photocopie de son carnet, qu'elle déplie] Mon père l'avait scanné. Il pensait que ça vous intéresserait.

En effet, merci. C'est parfait. [place la feuille devant la caméra]

> *La clinique de Sloan Kettering l'appelle la « suite chimio », comme une sorte de salon VIP des cancéreux. À Sloan, la « suite » signifie : « Oui, dur de se retrouver dans une merde pareille, mais ça pourrait être pire : au moins, on vous donne un fauteuil inclinable en cuir et un écran géant. »*
>
> *Ma mère adore enchaîner les épisodes de ses séries préférées en sirotant son cocktail anti-nausée. Elle prétend que le seul moyen de traverser tout ça, c'est avec des scénarios qu'on connaît par cœur, des blagues qu'on connaît par cœur, répétées par des personnages qu'on connaît par cœur. Les sitcoms, c'est sa nourriture de réconfort, surtout maintenant que manger ne l'intéresse plus vraiment. Les sitcoms, moi, ce n'est pas mon truc. Les acteurs sont mauvais. Les rires, forcés. Les parents, surimpliqués dans la vie de leur progéniture. Toujours une fesse posée sur le coin du lit, plongés dans une intense conversation avec eux. Toujours à prendre leur parti en cas de conflit avec l'entraîneur ou à terminer les projets scientifiques à rendre en cours. Pour une fois, ma mère me demande de choisir. Alors je propose* Frasier, *l'unique série supportable parce qu'au moins, les dialogues paraissent plus fins et qu'elle nous épargne ces odieuses familles propres sur elles, avec un 4 × 4 et des gosses parfaits.*

Aujourd'hui, Frasier fait semblant d'être juif, parce qu'il veut sortir avec une fille juive qu'il a rencontrée au centre commercial. Lorsqu'elle arrive chez lui, le père de Frasier planque le sapin de Noël dans la salle de bains et son frère, déguisé en Jésus pour une soirée à thème, se réfugie dans la cuisine. Ma mère et moi pouffons aux moments opportuns. Après tout, c'est le meilleur des remèdes, à ce qu'on dit.

Brusquement, mon esprit s'égare vers le morbide. D'ici Noël, ma mère ne sera plus là. J'essaie de chasser cette pensée, mais à chaque rire du public, elle revient. Quand je reverrai cet épisode de la série, ce sera sans doute par hasard. Un jour, je zapperai d'une chaîne à l'autre, je tomberai dessus et je me souviendrai aussitôt de la dernière fois que je l'ai regardé, avec ma mère, dans la « suite chimio », avant sa mort. Cet épisode, cette série tout entière est donc gâchée à jamais. À moins qu'elle n'en soit devenue plus précieuse. Je ne le saurai pas avant ce jour, l'inévitable changement de chaîne, la vision de cet épisode de Frasier. *Quand est-ce qu'il arrivera ? Une chose de plus à redouter. Le public rira toujours, mais ma mère, elle, sera morte.*

J'ai raté une blague (une repartie entre Frasier et Niles), alors elle me touche le bras. Je ris, je feins l'amusement. L'infirmière entre pour raccorder les tubes au bras de ma mère et enclencher la perfusion. Et là, les yeux rivés sur l'écran, je regrette soudain de ne pas rire de nos propres histoires. Voilà un an que nous ne nous racontons plus rien. Je préférerais éteindre la télévision pour qu'elle évoque ce jour où elle avait rendez-vous avec un garçon, sur la plage, et que le rembourrage de son soutien-gorge s'était fait la malle. J'aimerais qu'elle me décrive le moment où ils sont « remontés à la surface de l'eau, comme deux croissants détrempés ». J'aimerais lui reparler de mon premier rendez-vous, en cinquième, avec Trevor Logan, lorsque sa mère est arrivée avec lui, s'est assise près de lui au cinéma, en lui passant des bonbons qu'elle gardait dans son sac.

Je panique à l'idée de laisser filer ces moments, ces petites histoires, nos mots, nos rires. Je veux les entendre et les raconter, maintenant. Et le temps est presque écoulé. Impossible de faire marche arrière, de nous retrouver quelque part en zappant d'une chaîne à l'autre, tard un soir, devant la télé. Dis-moi, dis-moi, dis-moi et je te dirai moi aussi. Nous avions tout le temps, mais à présent, c'est fini. Entre les dosages des médicaments, les disputes, les tentatives pour s'éviter, nous l'avons gâché.

Je baisse le son, je fais taire Frasier, Niles, Martin et Eddie le chien puis je me tourne vers ma mère.

– Eh bien ? Il n'y a plus de son ?

– Dis, maman… Raconte-moi encore ton rendez-vous, avec ce garçon. Tu te rappelles ? À la plage…

Ma mère se met à rire avant même de commencer. Son récit me fracasse le cœur, l'ouvre en deux. J'entends sa voix, je saigne, je saigne.

Je me souviens de ce passage. Fatima est vraiment, vraiment douée. C'est très intense.

Oui, hein ? J'avais beau en vouloir à Miri, ça m'avait beaucoup touchée. Tout le monde était bouleversé… C'était un tout, je crois…

Les étoiles, la lecture de l'extrait. J'entendais encore la voix de Fatima nous parler de partager nos précieuses vérités. Je me tenais à côté de Natalie Singh. C'était la meilleure de la classe, du genre 18 de moyenne. C'est moi qui ai eu l'idée de l'inviter, parce que c'était un bon élément, tout ça. Je n'imaginais pas me retrouver à la même table qu'elle. Elle avait l'air plutôt sympa, mais nous n'avions jamais échangé plus de deux mots. C'était bizarre de me tenir là, allongée près d'elle. En nous redressant, nous devions échanger un regard, tenir compte de notre présence mutuelle dans l'ici et le maintenant et exister ensemble, l'espace d'un instant. Tout ça, c'était ce que Fatima nous disait, mais c'était complètement différent de le tenter avec quelqu'un… dans la réalité, quoi. Un peu comme si la personne en face de vous cessait d'être une personne quelconque et devenait *quelqu'un*. Enfin, je ne peux pas vraiment l'expliquer, mais ça a marché. J'ai eu l'impression de… voir Natalie pour la première fois.

Cette expérience semble t'avoir beaucoup marquée. Je dois encore interviewer Natalie et quelques autres élèves qui se trouvaient là, ce soir-là.

Ah oui ?

Absolument.

Oh, génial. Super. Passez le bonjour à Natalie pour moi.

Promis. Je suis particulièrement curieux de savoir comment Natalie a perçu cet exercice sur la théorie.

Moi aussi.

Parle-moi de cette question ouverte… Hé ! Pas mal, hein ? J'ai réussi à te poser une question ouverte sur une question ouverte.

[rires]

Désolé, je n'ai pas pu résister. Continue.

[rires] Eh bien, la question c'était : « Qu'est-ce que tu attends de la vie ? » [silence] J'ai dit à Natalie qu'elle se démarquait parce qu'elle était la meilleure de la classe. Miri, elle, était déterminée… clairement. [lève les yeux au ciel] Soleil était jolie et Jonah intriguait. Ils se distinguaient tous d'une manière ou d'une autre. Ensuite, j'ai dit que moi aussi, j'aimerais qu'on me remarque… [silence]

Qu'y a-t-il ?

Je ne sais pas. Mais quand j'ai avoué cela à Natalie, j'avais envie de pleurer. C'est ridicule. Bref.

Non, pas « bref ». C'était ta précieuse vérité. C'était important pour toi. Ça n'a rien de ridicule.

Peut-être… merci. Cette question m'a longtemps obsédée. Je cherchais une autre réponse, mais je n'y parvenais pas. « On ne peut pas cacher qui on est vraiment. » C'est ce que disait Fatima.

Et sur ce point, elle avait raison, non ?

[silence]

Non ?

[hoche la tête]

Tu voulais ajouter quelque chose ?

[secoue la tête]

Bien. Ton père a qualifié le club Contre-courant de « secte ». Penses-tu que les fans de Fatima formaient une secte ?

Quoi ? [redresse la tête] Beurk, non ! Non, ce n'était pas une secte. Juste des fans du livre et de la théorie. Et de Fatima, c'est tout. On n'a jamais allumé de bougies ou fait de danses rituelles. Tout ça, c'était des rumeurs.

Penny, qu'est-ce que c'est qu'une secte, pour toi ?

Eh bien, euh. C'est quand il y a une sorte de gourou, complètement tordu, que les gens suivent ses idées, même si elles n'ont aucun sens. Et il a… tout un groupe qui reste avec lui et n'a pas le droit de le quitter. Non, jamais je ne me ferais embarquer dans un truc pareil.

EXTRAITS VIDÉO NON ÉDITÉS

LA VÉRITÉ À NU

Entretien avec Natalie Singh, Emma Irving,

Quinn Donner, Marcus Dean

10 mai 2018

© Push Channel 21, Bellmore, NY, 2018

0:04 / 05:33

NATALIE SINGH

Mettre la théorie en pratique, c'était un peu… devenir ami en accéléré. Et je ne veux pas donner l'impression de quelque chose de superficiel parce que ça ne l'était pas. Je crois que si tout le monde se montre sincère, c'est vraiment possible de précipiter une amitié. Penny, je l'avais croisée au lycée et je l'imaginais très sûre d'elle à cause de son cercle d'amis, hyper-populaires. Elles font partie de ce qu'on appelle « le club des cinq » de Graham : les quelques élèves qui y entrent dès la cinquième.

Pourquoi est-ce si rare ?

Eh bien, d'abord à cause des frais. La plupart des familles attendent que leur enfant entre en seconde pour l'envoyer dans une école aussi chère, parce que, après tout, à quoi bon gaspiller son argent pour les classes de collège ? Et puis, il y a les relations… Ceux qui intègrent l'établissement au lycée arrivent sans connaître personne, alors que le club des cinq se fréquente déjà depuis plusieurs années.

D'une certaine manière, ça leur donne une grande influence. Les profs et la scolarité démentent tout favoritisme, mais dès qu'un rôle de représentant est vacant, ils sont choisis les premiers, puisque l'administration les connaît bien. Quand on n'en fait pas partie, on doit fournir deux fois plus d'efforts.

Je vois.

J'ai assisté à l'une des soirées de Penny, une fois. Je n'ai pu m'en payer qu'une… je suis boursière. C'était vraiment classe. J'en déduisais que pour organiser ce genre d'événements, elle devait être très sûre d'elle. Mais après lui avoir parlé, j'ai compris à quel point je me trompais. Ça m'a étonnée, mais je comprends mieux comment elle a pu se laisser influencer par quelqu'un comme Fatima Ro. [silence] Pour en revenir à la théorie de Fatima et à son application… J'ai appris que les deux interlocuteurs doivent respecter les idées et les sentiments de l'autre afin d'établir un véritable contact humain. Penny et moi étions particulièrement réceptives à cette mise en pratique. C'est pourquoi nous sommes devenues amies. Repassez-lui le bonjour.

C'est promis. Natalie, puis-je te demander ce que tu as répondu à la question ouverte « Qu'attends-tu de la vie ? » ?

Bien sûr : que j'aimerais qu'on me donne ma chance. C'était ma réponse : avoir une chance dans la vie. D'ailleurs, je crois que c'est la seule chose qu'on puisse souhaiter, non ?

EMMA IRVING

Miri nous a demandé ce qu'on attendait de la vie et j'ai répondu : « Ça ! C'est ça que je veux. Vivre, respirer la théorie des contacts humains : la vérité, la franchise, connaître les gens à un niveau spirituel et devenir une force positive de la société. » À la première réunion, j'ai établi un authentique contact avec un parfait inconnu en l'espace de cinq minutes. Et je n'étais même pas bourrée. [rires] Je dois vous avouer, en toute sincérité, que ça m'a emballée. J'avais hâte de recommencer et de répandre ces bons conseils. Je pensais à tous ces jeunes qui gâchent leur temps, leur salive et leurs chances. Moi, je ne voulais rien gâcher. Je voulais vivre dans la transparence, lancer un vrai mouvement. J'imaginais combien nos vies sembleraient plus riches si nous nous rapprochions de ceux que nous aimons et si nous pouvions nouer des liens avec des étrangers pour entretenir cette *vibe* Fatima Ro. Réfléchissez à ce qu'on pourrait accomplir si on prenait le temps de rencontrer les gens de notre classe, nos voisins, si on travaillait main dans la main et qu'on s'aidait les uns les autres ? [éclate de rire] [secoue la tête] Comment j'ai pu marcher dans un truc pareil ? Je n'envisageais pas que Fatima Ro puisse être aussi cinglée. Mais ils sont probablement tous comme ça, ces gens-là. C'est la frontière invisible entre le génie et la folie. *Dingue*… [secoue la tête] J'étais tellement fan.

QUINN DONNER

Contre-courant était mon roman préféré. De loin. Miri et Soleil me l'avaient conseillé. Je n'avais jamais entendu parler de Fatima

Ro avant qu'elles n'abordent le sujet en cours. Elles ont réussi à en faire une célébrité au lycée rien qu'en la mentionnant en classe et en lançant leur petit club. Notre prof, Mme Grauss, était elle aussi complètement dingue de Fatima. Vraiment, obsédée. Et Mme Grauss, c'est *la* prof cool : du genre à nous envoyer bouquiner sur la pelouse quand il fait beau. Bref, j'étais motivée pour la totale : les réunions, les lectures… Absolument. Tout. J'ai aussi assisté à sa séance de dédicace chez Book Revue. J'étais la troisième dans la file d'attente. Mme Grauss m'a accordé des points bonus, même si je l'ai pas fait pour ça. Soleil et Miri ne les ont pas acceptés. Elles disaient que rencontrer Fatima, c'était une récompense en soi. Personnellement, j'avais besoin d'un petit coup de pouce. Il faut parfois savoir saisir les avantages lorsqu'ils se présentent. À Graham, la compétition reste rude. Un peu comme dans cette émission de téléréalité, *Retour à l'instinct primaire*, mais en uniformes. Regardez. J'ai pris un selfie avec elle. [montre une photo avec Fatima Ro] Elle est vraiment adorable. Je trouve carrément nul que les gens l'accusent de ce qui est arrivé à Jonah. Ce n'était absolument pas sa faute. J'ai de la peine pour lui, mais ça ne m'empêche pas de dormir la nuit, si vous voyez ce que je veux dire. Est-ce qu'on peut sincèrement reprocher à Fatima de s'être inspirée de lui ? Jonah, c'était un personnage de roman servi sur un plateau. Fatima Ro est un peu mon idole. Avec Hillary Clinton. [silence] Euh, en fin de compte, l'allusion à *Retour à l'instinct primaire*, ça craignait un peu non ? Ça vous ennuierait de l'effacer ? Je ne voudrais pas insulter mon lycée.

MARCUS DEAN

Mec, cette réunion, là ? C'était du bla-bla pseudo-psychologique pour hippie attardé. Mais ça branchait Quinn, alors j'ai suivi. Partout où Quinn va, je suis. Un vrai toutou, quoi.

L'Absolution de Brady Stevenson

DE FATIMA RO

(extrait)

– La voilà !

Sunny fit un bond et donna une légère tape sur l'épaule de Brady.

– Oh, elle est tellement chou ! souffla Marni.

Paloma leva bien haut son téléphone.

– Je crois que je peux prendre une photo d'ici.

Brady la chercha des yeux dans la foule. Au fond, il se sentait aussi fébrile que les filles à l'idée de rencontrer Thora Temple. Il avait lu *La Noyade* et ne cessait plus de penser à Julie, à Sam, à Margaret, aux châteaux irlandais et au pardon, un cadeau pour les autres et pour soi-même. Comme Julie, Brady connaissait le sentiment de faire honte à ses parents. Au fil du roman, Thora Temple avait semblé lire dans ses pensées comme jamais personne ne l'avait fait auparavant. Pas même sa psychologue, le docteur Nihati.

Brady aperçut l'auteure, à travers le présentoir de cartes postales, derrière une grande blonde aux bottes cloutées. Il comprit aussitôt qu'un si petit corps ne pouvait contenir toute cette sagesse et qu'elle n'avait d'autre choix que de la répandre hors d'elle, mot après mot. Il la regarda secouer sa chevelure et se prêter au jeu des selfies avec ses lecteurs. Il reconnut ce sourire évanescent qu'elle arborait sur la quatrième de couverture : elle apparaissait telle qu'il l'avait imaginée.

– Voilà ! C'est ça, l'entendit-il dire, mais il ne saisit pas le contexte.

La file sinuait devant lui, cachant la jeune femme. Il s'appuya d'un pied sur l'autre. Il devrait attendre son tour pour la revoir.

– Ne fais pas cette tête. Il y a pire, comme sortie, non ? lui lança Marni.

– Non, ça va. J'aime bien les librairies, répondit-il.

– Je reviens, je dois passer aux toilettes, reprit-elle en lui tapotant le bras. Garde-moi la place.

– Donne-moi ton livre, lui proposa Sunny.

Brady observa l'exemplaire de *La Noyade* entre ses mains et sourit pour lui-même : il l'avait en double, à présent. Tout en patientant, il imaginait quoi dire à Thora. Le roman l'avait touché avec une telle justesse qu'il ne pourrait jamais avouer l'avoir lu. C'est drôle, se dit-il, de penser qu'on tait certaines choses soit parce qu'elles n'ont aucune importance, soit parce qu'elles en ont trop. Jamais il ne pourrait poser la question notée dans le livre laissé chez lui.

Il résolut plutôt de lui dire que les auteurs étaient les artistes les plus précieux. Dans cette ère technologique, le livre restait la forme de divertissement la plus simple, la plus accessible et la plus abordable. Même face aux iPad, aux smartphones, les livres demeuraient indispensables. Ce serait sa manière de la remercier de les écrire. À une époque où il ne pouvait ni regarder la télévision ni se servir d'Internet, les livres lui avaient tenu compagnie. Les mots avaient tué des heures qu'il aurait autrement passées dans la dépression, la honte, à éprouver… À éprouver, tout simplement.

À mesure qu'il progressait dans la file, son affection pour Thora grandit. Il rêvait tout à coup qu'elle le connaisse par cœur, aussi bien que ses propres personnages : Sam, l'amant jaloux ; Julie, l'enfant égoïste et ingrate, et Margaret, la mère stricte, envahissante. Autant d'êtres blessés, bourrés de défauts. Intérieurement laids. Mais Thora leur avait accordé la ténacité et l'espoir. Brady voulait qu'elle le connaisse aussi profondément que chacun d'eux, car, même dans ses protagonistes les moins dignes d'amour, Thora trouvait du bon.

– Me revoilà ! s'exclama Marni qui tendit le cou pour apercevoir la file. J'ai manqué quelque chose ?

– Non, rien, répondit Brady avec l'impression de mentir.

▶ ⏭

MIRI

La réunion que j'ai organisée pour *Contre-courant* a marqué un tournant dans la vie des gens. Quinn Donner et Emma Irving étaient déjà fans. Mais la théorie des rapports humains les a bouleversées. Elles ont fait la connaissance de Greg Tivoli et de Minka Neeves ce soir-là, qui sont devenus des amis, voire des âmes sœurs, à cause de cette théorie.

Formidable.

Non, non, non. Vous ne comprenez pas. Greg Tivoli, c'est un type qui collectionne les objets souvenirs de tous les parcs d'attractions du monde. Et Minka Neeves a un jour fait un exposé en cours sur la taxidermie.

[rires] Tu veux dire par là que ce ne sont pas les élèves les plus en vue du lycée ?

Ils n'avaient aucun – j'insiste : *aucun* – ami avant ce soir-là. Ils n'étaient même pas amis l'un avec l'autre. [rires] Ça prouve la force de la théorie des contacts. Voilà pourquoi Emma, Quinn et moi avons décidé de lancer un mouvement.

NEW YORK MAGAZINE

UNE SÉRIE EN QUATRE PARTIES

Au-delà de la fiction :

La véritable histoire du roman polémique

L'Absolution de Brady Stevenson

LA VERSION DE SOLEIL JOHNSTON,
DEUXIÈME PARTIE (suite)

Sont présents :

Miri, moi (Soleil), Jonah, Penny, Marissa June Weaver, Gaby Simpson, Miles Kelly, Elena Westcott, Yasmin Contreras, Yael Levy, Toby Levy, Ursula Houston, Mackenzie Ryan, Marcus Dean, Inés Rodriguez, Victoria Unger, Ava Balasteras, Greg Tivoli, Quinn Donner, Alexa Nagatsu, Emma Irving, Minka Neeves, Natalie Singh.

▶ ⏭

PENNY

Miri m'agaçait, mais je suis restée jusqu'au bout, par loyauté. Je tentais de dépasser mon ressentiment personnel et de ne pas laisser ma rancœur gâcher le message de Fatima. Mais vous savez ce qu'il s'est passé ensuite ?

Non, quoi ?

Je disais à Miri que tout s'était vraiment bien déroulé. J'essayais d'être polie quand Emma Irving et Quinn Donner ont surgi, m'ont littéralement poussée en s'exclamant : « Oh, Miri, c'était la plus belle lecture d'extrait de toute l'histoire des lectures d'extraits ! » et : « Je n'aurais jamais cru pouvoir nouer un lien aussi vite avec quelqu'un. On est, genre, amies pour la vie avec Greg et Minka, maintenant ! » Quel pipeau ! Comme si des filles comme elles accepteraient un jour d'être vues avec Greg et Minka. La taxidermie, c'est répugnant. Sérieusement. Minka devrait trouver un nouveau hobby… je ne sais pas moi, avec des animaux vivants, par exemple.

[rires]

Bref, elles partaient déjà dans leur délire : « Lançons un mouvement ! Les contacts humains peuvent changer le monde avec l'aide de Fatima ». [soupir] C'était gros comme une maison. Elles ne cherchaient qu'une chose : à rencontrer Fatima, la nouvelle meilleure copine de Miri. Et c'est là que j'ai surpris ce regard chez Miri, qui m'a vraiment glacée.

Quel regard ?

Comme si elle jouissait de son pouvoir. Emma et Quinn se jetaient littéralement à ses pieds. Et moi ? J'étais qui dans tout ça ? Personne à leurs yeux. J'hallucine. Qui avait sa clé ? Qui remplissait son frigo quand elle manquait de lait ou de jus de fruits ?

Tu faisais ça ?

Oui.

Hum.

Quelques fois, c'est tout.

C'est elle qui te le demandait ?

La première fois. Après, j'ai continué pour lui rendre service.

C'était très gentil de ta part.

Merci. Je trouvais aussi. [soupir] Ah, et je lui apportais également des échantillons de tissus pour ses rideaux. Et pas de la camelote, hein. L'un était bleu avec un motif géométrique blanc. L'autre, blanc avec un motif géométrique bleu.
Bref, après la réunion, je me suis retrouvée seule comme une idiote au milieu de la cour. Miri s'était constitué son petit groupe de fans

de *Contre-courant.* Quant à Soleil et Jonah ? Disparus. Ils avaient filé ensemble. J'imagine qu'il s'est passé quelque chose. Je n'étais pas jalouse. C'est simplement que je ne m'étais jamais sentie si seule, pas même le jour où j'ai quitté en douce l'une de nos propres soirées pour aller me coucher.

L'Absolution de Brady Stevenson

DE FATIMA RO

(extrait)

Marni lut un passage de *La Noyade*.

– «*Julie ne trempa pas les orteils dans l'eau. Elle n'attendit pas que le soleil lui réchauffe la peau. Elle ne méritait pas une transition graduelle, mesurée. Elle s'élança et plongea la tête la première dans l'océan. C'est l'unique manière de surprendre le corps, saisir les cheveux desséchés par le soleil, l'épiderme rêche des genoux et des coudes et laisser le froid les glacer en un instant, jusqu'aux racines, jusqu'aux os. Tromper le corps, lui donner l'impression d'une brusque limpidité, pur comme le jour de sa naissance. Une immersion. Un choc. Une illusion. On peut le leurrer, mais seulement le temps de retenir son souffle, amer, transi.* »

Marni était assise en tailleur sur la table. Pour ses amies, ses intonations, ses inspirations, ses interruptions semblaient familières : elle les avait empruntées à Thora Temple.

Quand Brady avait lu ce même chapitre, chez lui, il s'était recroquevillé sous les couvertures et avait bloqué sa respiration, juste pour voir s'il pouvait lui aussi se sentir pur pendant si longtemps. Ce soir, Brady ne se retrouvait plus dans le texte de Thora. Pas au milieu de ces poseurs qui citaient *La Noyade* comme les paroles de chansons à la mode. Ils avaient gâché ce passage, gâché la théorie. Son admiration pour le roman était telle qu'elle devait être : personnelle et silencieuse. Marni et ses copines le transformaient en concert de rock. Et puis qu'est-ce qu'ils pouvaient bien savoir, tous ces gens autour de lui, du sentiment de souillure? La sensation d'avoir sali leurs belles chaussures dans la boue? Les mots de Thora n'appartenaient qu'à lui et pas à ces saintes nitouches qui se prenaient pour des fans.

Il n'avait pas la moindre envie d'établir un contact avec Talia Cohen, qui portait un serre-tête avec des oreilles de chat et un sac à main confectionné à partir d'un paquet de céréales. Il n'avait aucun désir de se retrouver près d'elle, sur une table, sous un ciel étoilé. Au risque de paraître grossier, Brady quitta sa place attitrée. Il s'approcha de celle de Sunny, tapota l'épaule de Gary Hodges et lui demanda, aussi poliment que possible, de décamper.

Sunny se tourna vers lui.

– Quoi de neuf?

– Salut, lança-t-il en s'allongeant près d'elle.

Sunny avait étendu un plaid sur ses jambes. Elle l'étala pour les couvrir tous les deux. Au même moment, la voix de Marni s'atténua. Alors que la chaleur se diffusait sous la couverture et que le genou de Sunny frôlait celui de Brady, il ne pensait qu'à une chose : le chapitre 12, celui qui menait à la confrontation entre Julie et sa mère. Margaret la surprend dans sa chambre, à moitié nue sur les genoux de Sam, les jambes autour de sa taille.

Marni poursuivit :

– *«Julie sentait que l'enfance avait filé si loin et si vite qu'elle ne se reconnaissait plus et elle n'aimait pas la personne qu'elle était devenue…»*

Plutôt que de songer à sa propre enfance déchue, l'esprit de Brady se remémorait toutes les passages fébriles de *La Noyade* – ces moments que Marni et Sunny appelaient les «scènes brûlantes».

Sunny avait laissé Brady entrer dans sa vie sans une hésitation et lui ne s'était montré que distant, réservé pendant des semaines… *Eh, merde*, pensa-t-il en tendant la main vers elle. Sunny retint son souffle lorsque la main de Brady glissa sous sa veste et effleura son ventre. Elle mit une seconde à comprendre que son geste n'était pas accidentel. Brady ne s'étirait pas, il ne jouait pas : il la touchait délibérément ; il voulait la toucher. Il lui fallut encore une seconde pour s'apercevoir qu'il s'y prenait exactement comme Sam avec Julie dans *La Noyade.*

Sunny et Brady se regardèrent droit dans les yeux. Sous les étoiles et sous la couverture, il suivit du bout des doigts l'extérieur de son nombril. Sunny se demandait si Brady connaissait la signification de ce geste, qui avait suscité l'attachement physique de Julie pour Sam.

– Tu… savais ? murmura Sunny.

Brady fronça les sourcils.

Elle secoua la tête. Brady n'avait pas lu *La Noyade.* Il le lui aurait dit. C'était peut-être un mouvement habituel chez les garçons.

– Oublie.

Sunny ferma les paupières pour se concentrer sur les doigts de Brady. Ils traçaient une ligne, un va-et-vient, juste sous la ceinture de son jean. Puis il s'arrêta. Elle ouvrit les yeux, espérant qu'il continue. Le visage de Brady n'était qu'à quelques centimètres du sien. Il passa la main derrière sa nuque et l'embrassa, les lèvres déjà entrouvertes, parce qu'il avait trop longtemps refoulé son propre désir. Il se sentait dépassé, de loin.

– *« Julie ne comprenait pas qu'elle ne puisse avoir ce garçon sans que tout le reste s'écroule. »*

La voix passionnée de Marni résonna près d'eux.

– *« Était-ce le seul moyen pour que l'univers trouve son équilibre ? Lui arracher tant de choses, pour lui accorder cet unique plaisir ? »*

Brady s'écarta.

– Je suis désolé. Je n'aurais pas dû…

Il se leva et se précipita vers le portail.

– Quel con, marmonna-t-il pour lui-même en ouvrant la grille d'un coup de poing.

Sunny le suivit, serrant toujours son plaid contre elle.

– Brady ?

Le battant se referma derrière elle avec un grincement. Il s'engouffra dans sa voiture et claqua la portière. Sunny le rattrapa. Elle monta du côté passager.

– Qu'est-ce qui te prend ?

Elle scruta son visage, en quête d'une réponse.

– Rien ! hurla-t-il.

Il était furieux contre lui-même, pas contre Sunny, mais brusquement, il eut du mal à faire la différence.

– Rien, répéta-t-il, plus doucement.

Le téléphone de Sunny vibra.

PALOMA

#LPDJ ???

SUNNY

Il n'est pas gay.

– Brady, pour ce qui est arrivé entre nous… ne t'inquiète pas. Je veux dire, j'en avais envie… j'en ai envie.

Tourné vers la vitre, Brady se mit à soupeser : *Mon passé pèse plus lourd que cette pièce ; plus lourd que ce rocher ; plus lourd que cette voiture…*

– Qu'est-ce qu'il y a ? Je sais que tu ne m'as pas tout dit. Je préférais ne pas insister, mais je vois bien que ça t'affecte. Je voudrais que tu m'en parles.

Sunny pensait qu'elle pouvait tout entendre. Elle aimait assez Brady pour supporter l'idée d'une autre fille, ou que le changement de lycée l'empêchait de trop s'attacher, ou encore l'éventualité de problèmes familiaux.

– Tu te souviens de ce qu'a dit Fatima. Ça te ferait du bien d'être à l'extérieur comme à l'intérieur. Nous nous sentons moins seuls lorsque nous nous ouvrons les uns aux autres. C'est le but de cette soirée, non ? Être transparent. Quelle que soit la raison, tu peux te confier à moi.

Brady serra le volant. Il n'en parlerait à personne. Jamais. C'était tout l'intérêt de déménager : laisser le passé dans le passé. Ses parents, ses grands-parents lui avaient demandé de repartir à zéro. Mais ils ne lui avaient pas expliqué comment. Comment pouvait-il devenir quelqu'un d'autre tout en gardant ses secrets ? Ou bien devait-il révéler qui il avait été pour changer ? Il l'ignorait.

Tu ne peux pas cacher qui tu es vraiment. Regarde-la bien en face et partage ton « toi » authentique. Ta véritable nature finit toujours par émerger de toute façon. Chaque jour, les mots de Thora le serinaient, du réveil jusqu'au soir, lorsqu'il fermait les yeux.

– Je…

Il appuya son front contre ses poings.

– Je ne sais pas comment recommencer.

Il se força à prononcer ces mots.

– Je ne comprends pas ce que tu veux dire, Brady, souffla Sunny. Explique-moi.

– Je faisais de la lutte, avant…

– Je m'en souviens. Tu me l'avais dit.

Il inspira profondément pour mieux affronter la suite.

– Je luttais, dans l'équipe… de South Carlisle.

South Carlisle.

Sunny connaissait ce lycée. Tout Long Island le connaissait, pour les mêmes raisons. L'année précédente, il avait fait les unes de tous les médias locaux. *UNE ÉQUIPE DE LUTTE COUPABLE D'AGRESSION SUR UN MINEUR PENDANT SON SOMMEIL* ; *LES SPORTIFS D'UN LYCÉE SE LIVRENT À UNE AGRESSION SEXUELLE PENDANT UN STAGE D'ENTRAÎNEMENT* ; *UN SCANDALE SCABREUX DÉVASTE LA COMMUNAUTÉ DE LONG ISLAND.*

Sunny croyait pouvoir tout entendre. Elle se trompait. Il remonta sa capuche sur sa tête et renifla contre le volant.

Un agent de sécurité tapota contre la vitre. Brady jeta un regard au nom sur son badge : *T-Bone.*

– Hé ! Qu'est-ce que vous fichez là ? Cet endroit est interdit à cette heure-ci.

T-Bone balaya l'habitacle avec sa lampe-torche. Brady tourna la clé dans le contact et démarra, tandis que Sunny posait sa main sur son bras.

▶ ⏭

MIRI

Et dire que je ne me doutais pas de ce qui s'était passé entre Jonah et Soleil, ce soir-là. Je croyais qu'ils m'avaient laissée tomber pour aller manger des tacos… Jonah est accro aux tacos. Quand l'envie le prend, il lui en faut tout de suite et je ne plaisante pas. C'est un peu son crack. Lorsqu'il se réveillera à l'hôpital, il demandera sans doute à l'infirmière des tacos via perfusion. [rires]

Arrête, tu me donnes faim.

Sérieux, c'est quoi ce délire avec les garçons et la nourriture ? Vous êtes des puits sans fond. Et vous ne prenez pas un gramme. C'est révoltant. [boit une gorgée d'eau à la bouteille] Bref, si vous voulez mon avis, c'était quand même grossier de leur part de quitter la réunion comme ça. En levant les yeux, je les ai vus filer en douce, au point d'orgue de ma lecture. Je crois que j'ai commencé à comprendre ce que Fatima avait pu ressentir quand ses amis n'ont pas réagi à la publication de son roman. Mais pas question de m'interrompre pour leur demander où ils allaient. J'avais prévu cette lecture depuis des jours. Au moins, maintenant, je sais pourquoi ils sont partis : j'ai lu *L'Absolution.* C'était vraiment la soirée des mille et une bourdes. Et je vous ferais remarquer que Fatima n'y était pour rien.

Au-delà de la fiction :

La véritable histoire du roman polémique

L'Absolution de Brady Stevenson

LA VERSION DE SOLEIL JOHNSTON,

DEUXIÈME PARTIE (suite)

PENNY

Soleil !!! La sécurité nous a grillés.

Je suis dans ma voiture à l'angle de Warwick et Flower Field.

Vous êtes passés où ?

Vous vous amusez bien tous les deux ?

Je suis contente pour toi !

Tu as des nouvelles de Miri ? Elle est partie avec Quinn et Emma, mais je ne sais pas où.

Bon, je suis en route. Où je vais ? Soleil ?

On se rejoint chez Fatima ?

Houhouuuuu ?

SOLEIL

Non. Crevée. Je suis rentrée.

▶ ⏭

PENNY

Soleil m'a prévenue par SMS qu'elle était rentrée chez elle, mais elle mentait.

Qu'est-ce qui te fait dire ça ?

Parce qu'elle a mis tant de temps à me répondre que lorsqu'elle a enfin réagi, j'arrivais chez Fatima. Et j'ai reconnu la voiture de Jonah garée devant la porte.

Ah.

[secoue la tête] Soleil et Jonah étaient assis à l'intérieur. Je les ai aperçus par la vitre arrière.

Ils ne t'ont pas vue ?

Non, j'avais pris la Mercedes de ma mère. Elle voulait ma Range Rover pour son week-end à Cape Cod entre copines. Pourquoi Soleil m'avait menti ? On était quand même très proches. J'aurais parfaitement compris qu'elle préfère se retrouver seule avec Jonah. J'aurais eu envie de la même chose si quelqu'un me plaisait. Alors, pourquoi ne pas tout simplement me le dire ?

Bonne question.

Mais je ne tenais pas non plus à passer pour l'amie jalouse qui en fait tout un plat. Donc, j'ai renvoyé un message à Soleil pour m'assurer que je ne me faisais pas d'idées. Peut-être qu'elle avait changé d'avis à la dernière minute et n'avait pas eu le temps de m'avertir.

Très juste.

Oui, c'est ce que j'ai pensé. J'ai envoyé : « Tu es rentrée pour de bon ? »

Qu'a-t-elle répondu ?

« Oui. »

Aïe.

L'Absolution de Brady Stevenson

DE FATIMA RO

(extrait)

SUNNY

Thora ? Tu es chez toi ?

Je suis avec Brady. On a besoin d'un refuge.

THORA

Oui, passez ! Qu'est-ce qui ne va pas ?

SUNNY

Je connais #LPDB.

THORA

Hein ?

SUNNY

South Carlisle.

THORA

????

SUNNY

Cherche sur Google.

THORA

Oh mon Dieu.

Brady et Sunny roulaient vite, en silence, le long du Northern Boulevard. Il ne parvenait pas à trouver le bouton pour dégivrer les vitres. Il avait prévu d'éplucher le manuel de la voiture pour mémoriser les commandes du tableau de bord, mais n'en avait pas encore eu le temps. Sunny regardait droit devant elle. Brady abaissa légèrement la vitre du côté passager, enclencha les essuie-glaces, tourna quelques molettes. Le pare-brise restait embué. Il se pencha pour l'essuyer avec sa manche, d'un geste insistant, décrivant un cercle de plus en plus large pour dégager un espace.

Tandis que la route défilait, les mots « South Carlisle » demeuraient comme suspendus, entre eux et autour d'eux. Brady alluma la radio pour dissiper la tension. Mauvaise idée. Ils tombèrent sur *Cake by the Ocean*, un morceau pêchu, grisant qui accentua le malaise. Sunny l'avait écouté cent fois, elle avait dansé sur ce morceau. Mais elle mesurait soudain combien il paraissait futile. Brady laissait filer la musique, l'air de rien, comme si personne dans cette voiture n'avait eu l'existence brisée par le scandale le plus choquant de l'histoire scolaire de Long Island.

Dans l'allée menant chez Thora, Brady coupa le moteur, puis la radio. Il éteignit les phares et vit le brouillard disparaître derrière le flou du pare-brise. La maison semblait sombre et sans vie, alors que Thora s'y trouvait. Sunny l'imaginait, dans sa chambre, à éplucher les articles au sujet des lutteurs de South Carlisle. Huit garçons contre un ; les entraîneurs endormis dans une pièce à l'autre bout du couloir ; trois meneurs, qui avaient poussé leurs camarades à exécuter leurs ordres, malgré les cris et les suppliques.

Brady ne parvenait pas à regarder Sunny en face. Alors, il fixa la maison et soupesa. Avant, il surveillait constamment son poids de lutte. Aujourd'hui, il était obsédé par celui de la douleur. *Mon passé pèse plus lourd que cette maison. Plus lourd que cet arbre, avec ses racines qui plongent, s'enfoncent et se mêlent à la terre.*

– Je n'arrête pas de peser les choses, murmura Brady, rompant enfin le silence. Exactement comme Thora, avec son chagrin.

Sunny saisit aussitôt l'allusion. Elle se souvenait des moindres paroles de Thora.

– Mais je ne vois rien de plus lourd, continua-t-il d'une voix étranglée. J'ai beau tout essayer, rien ne pèse plus que…

Sunny craignait de remuer, presque de respirer, mais elle risqua un coup d'œil dans sa direction. Il ne pourrait jamais revenir sur ce qu'il s'apprêtait à avouer : Sunny devrait le comprendre et l'accepter. Ce poids deviendrait aussi le sien. « Qu'y a-t-il de plus puissant que les mots ? » leur avait demandé Thora. Aucun des quatre amis n'avait trouvé de réponse.

– Je suis entré à Morley pour repartir à zéro, reprit Brady. Je me disais que si quelqu'un l'apprenait, si tu apprenais que j'ai…

Il hésita. S'il révélait sa précieuse vérité, Sunny aurait la nausée.

Elle serra, froissa le plaid encore sur ses genoux.

– Brady, tu n'as rien à m'expliquer. Tu n'as pas de comptes à me rendre.

Elle se tourna vers lui, la voix tremblante.

– Je suis navrée de ce qui t'est arrivé. Je ne vois pas quoi te dire, sinon que je sais que tu ne le méritais pas. Je suis désolée que tu aies eu à subir tout ça.

Brady se figea. Puis il la regarda dans les yeux, comme Thora le lui avait conseillé.

– Non, Sunny. Ça n'est pas… Je dois te dire… J'étais différent, avant… à South Carlisle, j'étais quelqu'un d'autre. Je ne suivais pas de cours d'arts plastiques. Ni de clubs de lecture. Je n'avais même pas d'amies filles. J'étais un lutteur. Mon truc, c'était de collectionner les trophées. Mais… je les ai rangés au fond de mon placard, je les ai laissés derrière moi, parce qu'ils n'avaient plus d'importance. Je ne pouvais même plus les voir…

Sunny ne supportait pas de l'écouter revivre les tortures et les humiliations. Maintenant qu'elle comprenait l'origine de son côté sombre, il semblait inutile qu'il se replonge dans les détails pour elle. Elle serra son bras.

– Arrête. Ça ne sert à rien. Inutile d'expliquer, parce que je vois déjà ta vérité. Maintenant, je sais. Et je resterai toujours là. D'après Thora, c'est tout ce qu'on cherche : être vu, reconnu, et sentir que nous ne sommes pas seuls. C'est tout ce qui compte, non ? Je suis là. Tu n'es pas seul.

Brady avait du mal à croire à cette miséricorde divine. Sunny ne tenait pas à en entendre davantage. Il n'avait rien besoin de lui avouer. Il ferma les paupières et adressa une prière muette. *Merci, Seigneur Jésus. Merci de m'accorder cette* tabula rasa.

THORA :

Vous entrez ?

SUNNY :

Je pense. Ça va dépendre de Brady.

THORA :

D'accord. Prenez votre temps. Dites-moi si vous préférez que je sorte.

SUNNY :

Merci.

Sunny leva les yeux de son écran.

– Thora nous propose d'entrer. Tu as envie de lui parler ? Parce que tu peux si tu le souhaites. Ou pas. Elle veut juste partager notre présence au monde, tu le sais.

– Elle est au courant ? demanda Brady.

– Oui.

Sunny était navrée d'avoir trahi son secret, mais elle était certaine que Brady ne lui en tiendrait pas rigueur.

– On peut tout dire à Thora, non ? On peut carrément se montrer à l'extérieur comme à l'intérieur avec elle.

– Je sais. Ça ne fait rien.

Brady vit un rideau bouger à la fenêtre de la chambre. Il voulait entrer dans cette maison aux plafonds bas, aux murs épais qui semblaient l'étreindre chaque fois qu'il franchissait la porte. Mais il redoutait la réaction de Thora, à présent. Il espérait tellement gagner son estime.

– Je ne veux pas l'ennuyer, reprit-il.

– Ça ne la dérange pas ! C'est juste histoire d'avoir un endroit où aller quand tu n'as pas envie de rentrer chez toi.

Sunny jeta un regard aux maisons alentour : porte en fer forgé, porte d'un noir luisant. Impossible de deviner les problèmes des autres.

Le vestibule s'illumina. Thora les attendait. Brady tripota son téléphone. Une nouvelle image apparut sur le compte Instagram de Marni : la romancière, assise dans son salon, devant sa chronologie des émotions. La légende disait :

Changez votre vie.

SUIVEZ LE PRINCIPE DES CONTACTS HUMAINS.

#lathéorie #lanoyadeinterrompue

Cette image acheva de le convaincre qu'elle pouvait l'aider. Elle avait appris à contrôler son chagrin. Elle avait quitté New York pour tout recommencer. Enfin, elle menait désormais une vie qu'elle avait choisie, tout comme les gens avec qui la partager. Elle savait comment repartir à zéro.

– Et puis, euh, j'ai une envie pressante, intervint Sunny en remuant les genoux.

Il leva la tête et perçut un mouvement derrière la vitre dépolie de la porte.

– Allons-y, alors.

– Bien. D'accord.

Sunny n'avait pas menti. Mais elle ne pouvait pas non plus assumer seule les secrets de Brady. Elle n'était ni psychologue ni sa petite amie. Elle avait presque autant besoin de Thora que lui.

La jeune femme ouvrit la porte sur Sunny, bouleversée et cramponnée à son plaid jaune, et Brady, le visage fermé.

– On ne savait pas vraiment où aller, commença Sunny, les larmes aux yeux.

Thora ne put s'empêcher de les serrer tous les deux dans ses bras.

– Hé, ça va aller. Ça va aller, vous deux, murmura-t-elle. Tout se passera bien. Vous pourrez toujours venir ici.

▶ ⏭

MIRI

Le type de la sécurité a débarqué et nous nous sommes dispersés. Rien que d'y repenser, j'en ai encore la chair de poule. C'était tellement excitant, tellement… interdit. J'avais parié que le lundi matin, tout le monde ne parlerait que de ça. Comme on dit : il n'y a pas de mauvaise publicité. Mais vous le savez, évidemment : vous êtes journaliste.

Oui. Qu'as-tu fait après cette réunion ?

Nous nous sommes tous dirigés vers le Witches Brew.

Attends. Qui ça, « nous » ?

Oh, pardon. Quinn, Emma Irving et moi. Notre serveuse était canon… Delia. Non – Dahlia, je crois. Des yeux… waouh. Genre sublime créature.

Humhum. Et puis ?

Quinn et Emma ne connaissaient pas le café – dingue, non ? C'était en quelque sorte devenu mon QG, alors comme Emma conduisait, j'ai joué les copilotes. Elle n'avait son permis que depuis trois jours et je ne lui faisais pas entièrement confiance. Mais nous sommes arrivées entières. Et sa décapotable est vraiment à tomber. C'était quoi, déjà ? Une Audi, peut-être… Probablement un cauchemar sur neige et verglas, mais carrément classe. [soupir] Heureusement pour nous, le café ne ferme qu'à minuit, ce qui tombait bien, car nous étions encore secouées après cette réunion et ce départ chaotique... On ne pouvait pas rentrer chez nous comme ça : on commençait à peine à disséquer *Contre-courant* et on n'avait même pas eu le temps de passer à la lecture de nos citations favorites du roman. Sans parler du fait qu'on mourait de faim... Heureusement que nous avons pu nous réfugier là-bas. On a commandé des raviolis chinois aux légumes, des rouleaux de printemps et des macaronis. Ça va, ne jugez pas : je vous l'ai dit, on mourait littéralement de faim. Les macaronis, c'était une nécessité.

Mais j'adore ça, moi, les macaronis !

En même temps, vous êtes un ventre sur pattes.

[rires]

Oh, et nous avons aussi commandé du thé vert. Ils vous apportent une théière pour toute la table.

Très « Fatima Ro », tout ça.

Je sais. [rires] Me retrouver dans ce lieu que j'associe tellement à Fatima m'a boostée. Je me sentais stimulée... je ne vois pas comment l'expliquer. Et ça n'était pas seulement le café. Après avoir pratiqué la théorie des contacts humains et nous être enfuies de Graham, nous nous trouvions toutes les trois dans le même état : hyper-motivées à l'idée de diffuser la théorie.

Nous avions nos exemplaires de *Contre-courant* avec nous, j'avais gardé mes notes et l'ordre du jour de la réunion. Alors, pour nos citations favorites, plutôt que de les lire à voix haute, nous les avons postées sur les réseaux sociaux. #lathéorie #contrecourantininterrompu. Nous avons partagé des images de paragraphes, de numéro de pages, avec des passages importants. Et j'ai aussi publié des photos de Fatima avec chaque étape-clé de la théorie. [boit une gorgée d'eau] Impossible de savoir qui nous avons pu influencer, ce soir-là. C'est ce que Fatima disait de son livre : « On espère toucher quelques lecteurs, ici et là, et que le message parlera directement à quelqu'un. Mais on ne connaîtra jamais son véritable impact. »

Au-delà de la fiction :

La véritable histoire du roman polémique

L'Absolution de Brady Stevenson

LA VERSION DE SOLEIL JOHNSTON,
DEUXIÈME PARTIE (suite)

Extrait de journal

15 octobre 2016

22 h 16

Salle de bains de Fatima.

Entrer. *Entrer. Entrer.* Voilà ce que je voulais. Que Jonah me laisse entrer dans sa vie.

Pendant des mois, j'ai cherché à savoir : à quoi tu penses? Qu'est-ce que tu caches? Qu'est-ce que tu soupèses? Maintenant qu'il me l'a enfin révélé, impossible de l'ignorer. Et à présent, que faire de tout ça?

Mon cerveau refuse de l'assimiler. Dépassée. Prise au dépourvu. Je me souviens de la soirée chez Penny. J'ai demandé à Jonah s'il pratiquait un sport. Il a dit : « La lutte », comme s'il donnait la même réponse depuis des années. Puis il a expliqué : « Enfin, j'en faisais avant. Plus maintenant. » Mais il ne m'a pas dit pourquoi. Ça m'a perturbée, pendant qu'on regardait la télé. Pourquoi? Miri nous a ensuite envoyé un SMS, supposant qu'il était gay, alors j'ai songé qu'il avait arrêté pour cette raison. Les membres de son équipe l'avaient peut-être découvert, mal accepté ou s'étaient comportés comme des crétins, et il aurait renoncé. Ou peut-être une explication plus simple : une blessure qui l'aurait contraint à abandonner, ou un échec à un tournoi qu'il aurait mal vécu. Toutes ces possibilités semblaient plausibles. Des problèmes ordinaires de garçon ordinaire. Mais la véritable cause s'est révélée tout sauf normale et je ne sais même plus quoi lui dire. Pourquoi il a fallu que ce soit *ça* ?

Quand je pense à toutes ces blagues idiotes que nous avons échangées avec Miri et Penny. Quelle stupidité !

Pendant ce temps, on parlait de précieuses vérités, de transparence, alors que lui dissimulait ce secret. Pauvre Jonah, pauvre Jonah, pauvre Jonah. Heureusement que nous avons Fatima. Maintenant qu'elle est avec nous, il s'en remettra et je n'aurai pas à porter cela toute seule.

Je suis là, chez elle, penchée au-dessus du lavabo. Je ne veux pas ouvrir la porte. J'aimerais me cacher dans cette salle de bains pour toujours. J'imagine ce que Jonah ressent chaque fois qu'il doit affronter le monde.

Je ferais mieux de retourner dans le salon. Je ne voudrais pas qu'il me croie incapable de faire face.

▶ ⏭

PENNY

Qu'as-tu fait pendant que Soleil et Jonah se trouvaient chez Fatima ?

J'ai attendu dans la voiture pendant des heures, à jouer avec mon téléphone… Qu'est-ce que j'aurais pu faire d'autre ? Tout le monde m'avait laissée tomber. [soupir] Alors que j'ai toujours été une bonne copine, pour eux.

J'en suis sûr.

Je vous ai raconté comment on avait remporté la course d'orientation, pour la journée d'intégration de Graham ?

Miri m'en a parlé.

C'était assez prestigieux. Tous les gagnants voient leur photo accrochée dans le hall de l'école depuis qu'elle existe. Le doyen avait lu nos noms et nous avait remis nos médailles devant tous les élèves. Et comme ça, nous sommes devenues les stars de l'école.

Pas mal.

Oui… Nous avons porté nos médailles pour le premier jour. [s'interrompt] [se retourne] Nous avons un jacuzzi, dissimulé là-bas, derrière la cascade.

Je ne l'aurais jamais remarqué.

Soleil et Miri adoraient venir ici. Et mon père nous obtenait toujours des billets de concert : Rihanna, Ariana Grande, Ed Sheeran, Bruno Mars et même Jingle Ball.

C'est génial.

Il devait nous trouver des tickets pour voir Meghan Trainor, mais quand on m'a laissée tomber, je lui ai dit que je n'en voulais plus.

Son concert à Radio City ?

Voilà.

Quel dommage ! Il paraît qu'il était fantastique. J'aime beaucoup Meghan Trainor : elle a une voix extraordinaire.

[soupir] Merci de me le rappeler.

Désolé. Bref, donc, tu étais assise dans ta voiture…

J'attendais dans ma voiture et brusquement, Miri s'est mise à publier des photos sur Instagram : des pages de *Contre-courant*, des selfies avec Fatima et des citations, du genre des phrases-choc, tirées de la théorie des contacts humains. Quinn et Emma ont suivi le mouvement. J'aurais pu en faire autant. Fatima me racontait des tas de choses très profondes, à moi aussi.

Je n'en doute pas.

Elle m'a expliqué que les plus grandes réussites ou les plus grandes déchéances sont toujours déclenchées par un contact humain décisif : un moment-clé dans une vie qui provoque une réaction en chaîne, menant soit à l'accomplissement, soit à la destruction.

Alors, pourquoi ne pas avoir toi aussi envoyé ces citations à ce moment-là ?

Personne ne me l'a proposé. Vous connaissez Miri. Si je l'avais fait, elle aurait trouvé le moyen de me critiquer, du style : « Qu'est-ce que tu fabriques ? Tu ne comprends même pas la logique des publications. Tu as mal copié le hashtag ! », ou quelque chose comme ça, histoire de me faire passer pour une idiote.

Tu as sans doute raison. Je l'imagine tout à fait dire quelque chose comme ça.

Et c'est là… [frappe la table]

Quoi ?

J'ai observé les photos plus attentivement.

Et ?

J'ai remarqué que leurs livres étaient posés sur d'énormes menus en noir et blanc, près d'un bol de macaronis.

Non !

Si. Elles étaient au Witches Brew. J'avais envie de hurler ! Non seulement Miri y allait sans moi, mais elle avait emmené ces lèche-bottes dans notre repaire secret avec Fatima. C'était *notre* café. Notre QG. Comment elle osait nous faire ça ! N'importe qui aurait pu reconnaître ces menus et comprendre où elles se trouvaient.

C'était un peu cavalier.

Et le pire, c'est qu'elles mangeaient des pâtes et des raviolis. Alors que je mourais de faim !

L'Absolution de Brady Stevenson

DE FATIMA RO

(extrait)

Thora se tenait si près de Brady que leurs jambes se touchaient. La main de la jeune femme effleura son dos lorsqu'elle se pencha contre lui. Elle sentait la vanille et le baume à lèvres.

– Ici, plus de secrets. Chez moi, nous sommes à l'extérieur comme à l'intérieur, tu te rappelles ? Nous pouvons être vraiment nous-mêmes, avec nos plaies et nos bosses, et ça suffit, expliqua-t-elle. Je te le promets.

Il y a plusieurs demeures dans la maison de mon père : si ce n'était pas le cas, je vous l'aurais dit. Je m'en vais vous y préparer une place.

– Au fond, il y a du bon en moi. Je ne suis pas mauvais… prononça Brady, qui croyait révéler sa précieuse vérité.

Thora saisit la main du jeune homme.

– Évidemment qu'il y a du bon en toi. Bien sûr.

Brady songea à Sunny, à ce qu'il avait ressenti en l'embrassant sous les étoiles.

– Je mérite quand même certaines choses, ajouta-t-il, pour s'en convaincre lui-même autant que Thora.

– Tu mérites tout ce que tu désires, Brady. Personne ne pense le contraire.

Brady ne connaissait personne d'aussi fantastique que cette jeune auteure. S'il avait été corrompu de l'intérieur, elle l'aurait vu. Brady pressa le plaid contre son front, luttant contre les deux questions qui lui brûlaient les lèvres : *Crois-tu à l'absolution, à la purification du corps, de l'esprit, de l'âme ? Est-ce pour cela que tu as écrit* La Noyade ? Mais il ne parvint pas à les poser.

– Personne ne te juge. Tout le monde ici tient beaucoup à toi. Ce qui t'est arrivé ne change rien à cela.

Il se mit à pleurer, dépassé par la foi qu'elle plaçait en lui.

Elle se pencha.

– Je peux t'aider, Brady. Je peux te libérer de ce poids.

Il demeura parfaitement immobile.

– J'étais égoïste, cruelle envers ma mère, avant sa mort. Je n'étais même pas là lorsqu'elle a eu le plus besoin de moi, car j'avais trop peur de la regarder partir, reprit-elle. Je n'acceptais pas le fait qu'elle puisse m'abandonner pour de bon. En me comportant comme l'insupportable, odieuse gamine que j'étais, je croyais pouvoir l'obliger à rester avec moi, pour tenter de me changer, comme elle avait toujours essayé de le faire. J'ai dit et fait des choses impardonnables. Je ne me suis pas réconciliée avec elle avant qu'elle ne disparaisse.

Elle triturait le pendentif à son cou : un T en or blanc, incrusté de diamants.

– Je pensais que je ne survivrais pas aux regrets. Certains jours, je me persuadais que la honte finirait par me tuer. Mais il est possible d'en revenir.

Brady demeurait suspendu à ses lèvres. *Comment ?* Comment surmonter sa honte ? Il ne parvenait jamais à retenir son souffle assez longtemps.

– Dans *La Noyade*, poursuivit Thora, Julie renoue avec sa mère avant sa mort. À travers elle, j'ai réparé mes erreurs. Tu ne comprends pas, Brady ? Je l'ai déjà fait une fois : j'ai fait en sorte de me libérer de la douleur par l'écriture. Tu m'as confié ta précieuse vérité : je peux le refaire ; je peux te libérer de ton poids.

Brady n'en croyait pas ses oreilles : Thora pouvait le réécrire, lui aussi.

– Alors ta douleur prendra une nouvelle forme. Elle sera dissociée de ton corps : elle se dispersera, comme absorbée par l'univers.

La douleur peut être contenue, changée, mesurée en kilos. Brady ferma les paupières, imaginant ses péchés se détacher de lui, se diviser, puis disparaître.

– Tu as vu ma frise émotionnelle. Tu l'avais lue, non ?

Brady sécha ses larmes.

– Oui.

Elle lui serra le bras en murmurant :

– Qu'est-ce que je ressentais, à la fin, avec Julie ? Comment on se sentait, toutes les deux ?

Son regard déterminé, inébranlable, assurait Brady que tout ce qu'elle disait devenait possible. Elle pouvait le réécrire, le remanier entièrement. Aujourd'hui, c'était le jour des contraires. Elle pouvait faire en sorte que le stage d'entraînement ne soit jamais arrivé. Elle pouvait lui rendre une vie, un avenir à contempler. Thora Temple pouvait tout écrire.

– Rappelle-moi : quand j'ai enfin atteint la fin de ma chronologie, comment je me sentais ? demanda-t-elle encore une fois.

Brady s'effondra sur l'épaule de la jeune romancière et sanglota.

– Libre.

– Exact.

Thora l'enveloppa de ses bras. Elle ferait de lui l'un de ses personnages et le réécrirait, comme les autres.

▶ ⏭

MIRI

Nous avions pris des prospectus à l'entrée. Des annonces de concerts, de marchés de créateurs, de trucs dans ce genre. Au dos, nous avons écrit des phrases. Nous avions échafaudé tout un plan pour que la théorie des contacts humains touche encore plus de monde : une stratégie en trois approches, destinée à diffuser la théorie par différentes méthodes. Nous nous sommes réparti chaque domaine : les réseaux sociaux pour moi, la médiation au lycée pour Emma et le recrutement pour Quinn.

Tu ne laisses rien au hasard.

Croyez-moi : nous avons posé trois feuilles de papier, une pour chaque partie, et nous avons jeté nos idées comme elles venaient. Je ne sais pas ce qu'ils mettent dans ce thé vert, mais les idées jaillissaient à tour de bras. On était à fond. À fond.

NEW YORK MAGAZINE

UNE SÉRIE EN QUATRE PARTIES

Au-delà de la fiction :

La véritable histoire du roman polémique

L'Absolution de Brady Stevenson

LA VERSION DE SOLEIL JOHNSTON, DEUXIÈME PARTIE (suite)

Extrait de journal

22 h 25

Cuisine de Fatima

Je ne peux pas entrer. Pas encore. Jonah discute avec elle dans le salon. J'essaie d'écouter ce qu'ils disent, mais je n'entends pas tout.

J. : Il y a du bon en moi… (marmonne) Je ne suis pas mauvais (marmonne)…

F. : Évidemment qu'il y a du bon en toi. Bien sûr. Tu mérites tout ce que tu désires, Jonah… Personne ne te juge. On tient tous beaucoup à toi. Ce qui t'est arrivé ne change rien. Et je peux t'aider, Jonah. Je peux te libérer de ce poids. Je me suis montrée cruelle avec ma mère avant sa mort. Je n'imaginais pas qu'elle puisse m'abandonner. Je me disais qu'en me comportant comme… je croyais… (murmures)… comme elle l'avait toujours fait. Je ne me suis pas réconciliée avec elle avant qu'elle ne disparaisse. Je pensais que je ne survivrais pas… (murmures)… elle se dispersera, comme absorbée par l'univers… (murmures)… Tu l'avais lue, non ?

J. : (marmonne)

F. : (murmures)… comment je me sentais à la fin ?… Jonah ? Dis-moi… (murmures)… je me sentais ?

Jonah pleure contre son épaule à présent. Il est soulagé.

Merci, Fatima. Je te dois la vie.

▶ ⏭

PENNY

Et sans que je sache comment, les photos du Witches Brew sont apparues, publiées par une dizaine de personnes.

Mince.

Je vous avais dit que je le sentais venir.

Tu l'avais compris.

Une meute de fans rescapés de notre première réunion : Natalie Singh, Elena Westcott, Yasmin Contreras, les Levy, Ava, Inés. Même Greg Tivoli et la cinglée qui empaille les animaux. Tout le monde ! Ils squattaient *notre* café, comme s'ils étaient des habitués de longue date. Ces poseurs ! Miri ne pensait qu'à elle et à attirer l'attention. Et voilà, le Witches Brew, c'était fini. Elle avait tout gâché. Fatima ne pourrait plus y aller. Pas avec tous ces gens qui lui tournaient autour.

Non, ça paraît évident.

Mais où allait-elle trouver son thé vert ?

L'Absolution de Brady Stevenson

DE FATIMA RO

(extrait)

La température avait chuté depuis que Brady et Sunny avaient quitté la cour du lycée. Sur le perron, chez Thora, Sunny s'était enveloppée de son plaid. Brady, les yeux fermés, emplissait ses poumons de cet air vif.

– Tu es content d'être venu ? lui demanda-t-elle après une hésitation.

– Oui. Merci de m'avoir accompagné.

Pour la première fois depuis ce stage d'entraînement, il sentait des jours meilleurs se profiler.

– Tu n'as pas à me remercier, reprit Sunny.

Elle admirait son courage de s'être confié à Thora et de rester là, la tête haute.

Ni l'un ni l'autre ne savait vraiment quoi dire. Derrière la porte, ils perçurent le cliquètement du verrou. La lumière du vestibule s'éteignit, les plongeant dans le noir. Les yeux de Brady s'habituèrent peu à peu à la pénombre. Il adressa un petit sourire à Sunny.

– Tu ressembles à Linus dans les BD de Charlie Brown, commenta-t-il.

– Le compliment que toutes les filles rêvent d'entendre, s'esclaffa-t-elle, imitée par Brady.

Il riait rarement comme cela. Ils se tinrent immobiles quelques instants, hésitants.

– Alors, ça t'a fait du bien de parler avec elle ?

Brady hocha la tête. Les mots de la jeune auteure flottaient encore autour de lui. *Il méritait tout.*

– Je n'arrive pas à croire que nous sommes amis, tu sais.

Par un inexplicable coup de chance, le simple fan avait découvert une amie. Peut-être la meilleure qu'il ait jamais eue.

– Je vois, c'est pareil pour moi, répondit Sunny en écarquillant les yeux. Parfois, je la regarde et je me dis : « C'est vraiment ça, ma vie, maintenant ? »

Brady fit tourner son téléphone dans sa poche. Thora lui avait laissé son numéro, en précisant qu'il pouvait l'appeler n'importe quand, jour ou nuit. Il avait bien l'intention de le faire. Thora ne disait rien qu'elle ne pensait pas vraiment. Leur relation n'avait rien de romantique. Il s'agissait simplement « d'un cœur qui bat et en rencontre un autre ». Elle allait tout arranger.

– Brady, je…

Sunny ne savait pas par où commencer, mais Thora lui avait suggéré de se montrer sincère avec ses sentiments.

– Tu as enduré des choses terribles. Mais quoi qu'il te soit arrivé, je suis là. Je resterai toujours présente pour toi en tant qu'amie. Ou même plus, si c'est ce que tu souhaites. Sinon, je comprendrai. C'est lourd, j'en suis consciente.

Brady ne se sentait probablement pas prêt pour ce genre d'intimité. C'était sans doute pour cela qu'il s'était détourné d'elle, dans la cour. Mais Sunny ne voulait pas écarter cette possibilité.

– C'est bon de le savoir, répondit-il.

– Alors… amis ? Ou… ? demanda-t-elle. Enfin… tu n'as pas besoin de te décider maintenant. Je tiens juste à ce que tu saches, que l'un ou l'autre me…

Brady tira sur le plaid de Sunny.

– Je meurs de froid.

Sunny passa le bras autour des épaules de Brady et s'approcha de lui.

– C'est tout ce que je représente, pour toi ? Une couverture ?

Non. Tu es ma seconde chance. Tu es mon innocence retrouvée. Tu es mon espoir, contre toute attente, pensa Brady.

Il ne s'effondra pas dans son étreinte. Il ne se brisa pas, il ne recula pas. Sunny le serra plus fort. Brady puisait dans la chaleur de son corps. Ils restèrent blottis l'un contre l'autre jusqu'à se réchauffer entièrement.

Brady voulait seulement lui exprimer sa gratitude pour cette preuve d'amitié. Mais Sunny se cramponnait à sa nuque d'un geste qui implorait : *Embrasse-moi, Brady, s'il te plaît.* Alors, il l'embrassa. En même temps, il se jura de mériter ce baiser en devenant le garçon en qui elle croyait. Il prit son visage entre ses mains lorsqu'ils s'écartèrent.

– Sors avec moi, murmura-t-il.

Si Sunny, élève modèle de Morley et préférée de Thora Temple, acceptait d'être sa petite amie, alors il devait y avoir du bon en lui. C'était sûrement cela, sa précieuse vérité.

▶ ⏭

MIRI

J'étais là, avec mon plan en trois volets déployé devant moi et mon exemplaire du livre ouvert. J'ai commencé à parler de Fatima, de l'atroce odyssée émotionnelle qu'elle avait dû endurer pour écrire *Contre-courant.* Et d'un seul coup, nous avons *compris* Fatima et son roman. Là, entre nos brownies et nos boules de glace, quelque chose a fait tilt dans ce café. [claque des doigts]

Quoi, exactement ?

[observe son téléphone] On discutait du livre, des parallèles avec la vie de Fatima, et de comment, chapitre après chapitre, le personnage de Lara suivait les émotions que Fatima a traversées.

Je vois.

C'était un récit autobiographique, pas du point de vue de l'intrigue, mais du contact humain avec sa mère, des sentiments de Fatima et des conséquences de ses actes.

Oui, j'ai remarqué.

Et tout à coup, le parallèle s'arrête. [frappe la table] Comme ça. Il existe un point de rupture entre Fatima et Lara. Elles cessent d'être en symbiose. Ici, regardez. [montre la photo de la frise chronologique sur son téléphone]

Chapitre 23

Moi : j'étais capable de tout ressentir, mes émotions s'embrasaient. La joie, la peur, l'adoration, la frustration. À présent, rien d'autre que le regret : éveillée ou endormie, quand je marche, quand je m'étends sur mon lit, le regret a tout supplanté, entièrement. J'ai tout oublié à part lui.

↓

Lara : Enfin, nous sommes à nouveau nous-mêmes. Je suis moi, elle est ma mère. Et c'est tout. « Raconte-moi ce rendez-vous, tu sais, celui à la plage » : je n'ai pas eu à en dire plus. Elle a ri. J'ai ri. Et nous revoilà. Comme la lumière. Un rai de lumière, un cœur léger. Légères comme l'air. Lumière de ma vie.

Vous voyez ce que je vois ?

[hésite] Fatima ne s'est pas réconciliée avec sa mère, mais Lara si.

Exact. C'est précisément ce qu'il s'est passé. En fait, Fatima s'est éloignée de sa mère lorsqu'elle est tombée malade. Mais à l'instant où Lara a parlé à sa mère de ce rendez-vous sur la plage, Fatima a changé la fin de l'histoire de Lara. Et grâce à cela…

Fatima et Lara ont pu parvenir à la même conclusion émotionnelle.

C'est ça. Fatima a vécu à travers Lara. Elle a fait des choix différents et connu une fin différente.

Elle a réécrit son histoire.

Au-delà de la fiction :

La véritable histoire du roman polémique

L'Absolution de Brady Stevenson

LA VERSION DE SOLEIL, DEUXIÈME PARTIE (suite)

Date : 15 octobre 2016

À : fatima.ro.author@gmail.com

DE : soleil410@gmail.com

Objet : !!!!

Rentrée ! Il est 23 h 49. Sous la couette. Je tape vite & je tremble. Trop de révélations d'un coup. Tout se bouscule dans ma tête.

Je suis perdue. Ne me juge pas, mais quand il m'a expliqué pour South Carmine, j'ai pensé : est-ce que ça veut dire que je ne pourrai plus l'embrasser ? Sérieux, qu'est-ce qui cloche, chez moi ? Je devrais être bouleversée par ce qu'il nous a avoué. Et je le suis. C'est vrai. MAIS… j'ai quand même trouvé le moyen de me jeter sur lui devant chez toi. Et je ne peux pas m'empêcher de me sentir fébrile et heureuse de ce qui s'est passé. Tu me trouves probablement égoïste. Cinq minutes plus tôt, il pleurait dans ton salon. Il était dans un tel état… le visage bouffi, la voix rauque, et ses larmes avaient laissé un goût de sel sur ses lèvres, un détail que je n'aurais pas dû savoir, parce que je n'aurais pas dû l'embrasser !

J'aurais dû proposer de l'écouter, de le réconforter, lui offrir ma compassion… pas lui sauter dessus alors qu'il ne semblait émotionnellement pas en état. Sérieusement, qu'est-ce qui m'a pris ? Je ne suis qu'une horrible, une affreuse égoïste et obsédée, en plus. Les gens disent qu'on se révèle dans les situations de crise. À présent, je sais qui je suis vraiment. Sur le *Titanic*, j'aurais poussé des enfants et des personnes âgées pour monter dans un canot de sauvetage.

Je suis mesquine et faible.

Faible.

Faible.

Faible.

Et ensuite (oui, de mieux en mieux, ou de pire en pire), il m'a demandé de sortir avec lui et j'ai dit oui. Qu'est-ce qui m'a pris ?

À présent, j'écume Google et je n'arrive plus à m'arrêter. Ces articles sont épouvantables. Pauvre, pauvre Jonah. Rien de ce que je lis ne me confirme que je devrais sortir avec un garçon qui a vécu une telle épreuve. Tout ce que je risque de faire, c'est de le perturber un peu plus. Qu'est-ce que je fabrique ?

liherald.com/stories/South-Carmine-High-School-students-assault-program

Au lycée de South Carmine, les élèves déclarent qu'une agression sexuelle « fait partie du programme ».

Du 27 août au 1er septembre 2015, dix-huit adolescents âgés de quatorze à dix-sept ans, tous inscrits au lycée de South Carmine, ont participé à un stage de lutte. Le jour de la rentrée, en septembre, seuls dix-sept se trouvaient en cours. Avant la fin de la matinée, des bruits couraient déjà concernant l'élève absent, qui aurait été agressé sexuellement au camp d'entraînement. Au fil de la journée, les circonstances du drame se sont précisées : de la bière a circulé dans le dortoir des garçons après l'extinction des feux. Trois meneurs ont ordonné à cinq de leurs camarades de réveiller l'un des plus jeunes d'entre eux. Ils l'ont déshabillé et l'ont traîné sur le sol. L'agression a duré 13 minutes, d'après une vidéo floue publiée sur Internet. Ils ont contraint l'adolescent à divers actes à caractère sexuel sur un mannequin (grandeur nature, utilisé pour l'entraînement). À leur retour au lycée de South Carmine, certains membres de l'équipe se seraient vantés des faits auprès de camarades. D'autres les ont niés. Interrogé par des amis dans les couloirs sur ce qu'il s'était réellement passé, l'un des participants a répondu avec un clin d'œil : « Rien qui ne fasse pas partie du programme. »

▶⏭

PENNY

J'étais sur le point de partir, vraiment, j'avais la main sur la clé quand la porte de Fatima s'est ouverte. Impossible de filer : ils auraient entendu le moteur et vu les phares.

Évidemment.

Si seulement j'avais démarré deux minutes plus tôt. Je n'aurais pas eu à les regarder se peloter.

Ils ont fait ça ?

Oh oui. Juste devant chez Fatima : Soleil a dû adorer. Elle aurait dû prendre une photo pour son projet d'arts plastiques. Ça m'a laissé le temps d'envoyer un message à Fatima pour lui demander si elle avait des nouvelles de Soleil et Jonah.

Qu'a-t-elle répondu ?

« Non. »

Ah.

Pourquoi est-ce qu'ils s'obstinaient tous à me mentir ?

Je l'ignore.

Finalement, Soleil et Jonah ont arrêté de se bécoter et sont repartis. Après, je suis rentrée directement chez moi.

Quelle nuit !

Pour certains peut-être. Pas vraiment pour moi. [soupir]

Navré de l'entendre.

C'est sans importance.

Oui, mais c'est triste d'être tenue à l'écart.

[hausse les épaules]

L'Absolution de Brady Stevenson

DE FATIMA RO

(extrait)

BRADY

Salut.

THORA

Salut ! Bien rentré ?

BRADY

Yep. Je voulais juste vérifier que j'avais le bon numéro.

THORA

Bien sûr ! Vous êtes à la pizzeria CHEZ TONY !

BRADY

Euh…

THORA

Je rigole ! C'est Thora.

BRADY

Haha ! Merci pour la discussion et pour nous avoir accueillis chez toi.

THORA

Pas de quoi ! Et j'étais sincère.

Tu vas t'en sortir, Brady.

Alors, comment ça va entre

Sunny et toi ?

BRADY

Plutôt bien.

THORA

Tant mieux.

C'est une fille super.

Vous allez bien ensemble.

BRADY

Je trouve aussi. En fait, je lui ai

demandé de sortir avec moi.

Je me sens prêt à franchir le cap,

à aller de l'avant. Grâce à toi.

THORA

Oh ! C'est génial.

BRADY

Tu crois ?

THORA

Oui, je suis ravie pour toi.

On en reparle demain,

OK ? À la même heure.

BRADY

Ça marche. Tu préfères que je

t'envoie un message, ou bien ?

THORA

Appelle-moi. Je serai disponible.

BRADY

D'accord. À+

THORA

Bonne nuit. Tout se passera bien.

▶ ⏭

MIRI

Quinn a eu l'idée de nous commander des débardeurs pour booster le recrutement.

Des… débardeurs ?

Sa mère tient une boutique d'impression spécialisée dans les objets promotionnels. Elle gère presque toutes les bat-mitsvah, bar-mitsvah et autres événements de Long Island. Pour ses seize ans, Quinn avait organisé une soirée autour de la piscine, et avait distribué à toutes les filles un short avec le mot « SWEET » imprimé sur l'arrière. Aussi vulgaire qu'adorable. On avait trouvé ça génial. Pour notre club Contre-courant, elle a fait imprimer de petits débardeurs avec : « REGARDE-MOI DANS LES YEUX » sur la poitrine et le hashtag #lathéorie inscrit dans le dos. Dès qu'on les portait, les gens nous posaient des questions. Ça servait de prétexte pour leur expliquer la théorie et les inviter à assister aux réunions.

Bien vu.

Quinn Donner a le marketing dans le sang. De mon côté, j'ai décidé de créer un compte Twitter pour poursuivre l'idée des T-shirts. Tout le monde pouvait partager sa précieuse vérité avec le hashtag #lathéorie. [cherche quelque chose sur son smartphone] Regardez. Certains ont posté des choses du style : « Ma précieuse vérité, c'est que j'ai horreur des aliments rouges. #lathéorie » ; « Je pleure encore toutes les nuits en pensant au chat que j'ai perdu. #lathéorie ».

Vous voyez ? Il y en a sûrement des centaines. « Ma copine et moi, on pratique le contact humain sans sous-vêtements. #lathéorie ». Oui, bon, OK, celui-là, c'est sans doute une blague, mais la plupart sont très sérieux. Voilà un selfie avec nos débardeurs. [montre une photo de plusieurs jeunes filles, la moue boudeuse, portant des hauts blancs avec une inscription rouge]

Aussi vulgaires qu'adorables.

[se redresse] Merci.

Au-delà de la fiction :

La véritable histoire du roman polémique

L'Absolution de Brady Stevenson

LA VERSION DE SOLEIL, DEUXIÈME PARTIE (suite)

DATE : 15 octobre 2016

À : soleil410@gmail.com

DE : fatima.ro.auteure@gmail.com

OBJET : RE : !!!

Soleil, ma pauvre chérie. Ne te montre pas aussi dure envers toi-même. Tu n'as rien fait de mal. Tu as été la meilleure des amies pour Jonah. Il s'est senti assez à l'aise avec toi pour t'embrasser. Il te fait suffisamment confiance pour sortir avec toi. Ce sont de bonnes nouvelles. Nous avons toutes les deux les mêmes réflexes : nous dévorons ces terribles articles. C'est affreux de découvrir les souffrances d'une personne qui nous est chère. Mais tu ne peux pas ignorer son passé. Il a subi un traumatisme inimaginable qui le poursuivra sans doute toute sa vie. En cherchant à comprendre le drame de South Carmine, tu essaies de développer un véritable contact humain, surtout s'il refuse de t'en parler. En tout cas, sois sûre d'une chose : tu ne le perturbes pas ! Tu apportes du bonheur à un garçon triste et déboussolé. C'est merveilleux. Je l'ai vu se morfondre, mais toi, tu lui rends son optimisme. Tu n'es pas faible : tu es un être affectueux et doué de compassion. Ne culpabilise pas une seule seconde. Je peux aussi t'assurer que lui et moi avons discuté jusqu'à l'épuisement. Quand vous êtes partis, il était vidé. Et si cet échange physique entre vous ne lui avait pas paru évident, crois-moi, il n'aurait rien tenté. Fais ce qui te semble naturel. Vous allez tellement bien ensemble. Dès le début, il semblait clair que vous partagiez une relation particulière. Rien ne guérit mieux les blessures que l'amour. Si vous vous rendez heureux l'un l'autre, c'est tout ce qui compte.

J'espère que tu sais que je ne te jugerai jamais. Je te remercie de te montrer si transparente avec moi. Toi et moi restons les seules à connaître le secret de Jonah. Nous devons le garder et tout nous dire, absolument tout, sinon les choses deviendront trop lourdes à porter pour nous deux. Jonah a besoin de nous et toi et moi avons besoin l'une de l'autre.

▶ ⏭

PENNY

Le pire, c'est qu'en rentrant chez moi, j'ai continué à voir ces photos des plats que Miri, Natalie, les Levy et les autres n'arrêtaient pas d'envoyer. J'étais furax. Ils mangeaient des macaronis, des mini-hamburgers, des brownies... Du coup, j'ai décidé de me préparer des macaronis moi-même, mais évidemment, il n'y en avait plus dans le placard. Notre arrière-cuisine est équipée d'un système de stockage intelligent : quand un article s'épuise, l'ordinateur l'ajoute à la commande et le transmet au service de livraison. C'était bien sur la liste, j'ai vérifié, mais nous étions vendredi et la livraison arrive le samedi matin. [soupir] La vie est vraiment trop injuste, parfois.

L'Absolution de Brady Stevenson

DE FATIMA RO

(extrait)

Brady ouvrit son ordinateur portable et cliqua sur la page Facebook de Sunny.

Situation amoureuse : *célibataire*

Il ne s'attendait pas à autre chose. Il l'avait déposée chez elle trente minutes plus tôt. Il s'étonnait encore qu'une discussion aussi catastrophique ait pu se terminer de manière si… sensuelle. Sur le perron, chez Fatima, ils avaient échangé un baiser tellement intense…

Sunny n'avait rien posté sur sa page depuis trois jours, depuis l'annonce de la réunion de Contre-courant. Dire qu'elle s'était déroulée seulement quelques heures auparavant… Elle paraissait déjà si loin… Sur sa photo de profil, adossée au bastingage d'un bateau, Sunny était sublime. Les cheveux malmenés par le vent, elle était prise en contre-plongée, le décolleté légèrement dévoilé : jolie et troublante. Il avait souvent rêvé d'une copine qui soit les deux à la fois. Mais l'image prenait un aspect un peu trop lisse. S'il appréciait ses mèches en bataille et son encolure dégagée, la photo lui donnait l'air superficiel, ce qui ne lui correspondait pas. Sunny était douce, compatissante. Ce cliché masquait ces bons côtés. Bien sûr, on pouvait difficilement demander à une photo de rendre la douceur et la compassion d'une personne, alors, tout en la regardant,

Brady se remémora ses paroles : «… Mais quoi qu'il te soit arrivé, je suis là. Je resterai toujours présente pour toi en tant qu'amie. Ou même plus, si c'est ce que tu souhaites.» Quelle fille géniale!

Sunny était l'une de ses rares connaissances à posséder un compte sur Facebook. Elle lui avait expliqué qu'elle l'alimentait pour sa grand-mère qui vivait en Floride et voulait tout savoir de sa vie. Entre autres admirables qualités, Sunny était aussi une formidable petite-fille.

Brady ouvrit un nouvel onglet pour lancer une vidéo d'Ed Sheeran : une chanson qui avait plu à Sunny, dans la voiture. Il en fit aussitôt l'un de ses morceaux préférés. D'ordinaire, il écoutait plutôt du rock indé, mais cela prouvait bien qu'il était devenu dingue de Sunny Vaughn.

Dans un troisième onglet, il consulta le site de Morley Academy. Les images montraient des élèves, tous parfaits et parfaitement assortis : un Noir, un Blanc, une Asiatique, une Blanche, un Latino. Vêtus de leur uniforme, ils se tenaient debout ou assis devant les paillasses des laboratoires, avec leurs lunettes de protection, leurs béchers, leurs tubes remplis de liquides bouillonnants. Le tout sous le regard fier de profs en blouse immaculée, modèles de mixité ethnique. *Un seul cœur, un seul esprit.* Le calendrier de Morley annonçait des dizaines d'événements dont Brady n'avait même pas entendu parler. Le bal d'hiver, l'exposition des œuvres du cours d'arts plastiques, la soirée caritative, la cérémonie des élèves de première, le salon de l'étudiant.

D'ordinaire, il ne s'intéressait pas vraiment à la vie de l'école. S'il était physiquement présent à Morley, émotionnellement, il se sentait vide. Il suivait le mouvement, obtenait des notes honorables, gardait un profil bas et laissait aux filles toute participation au quotidien du lycée. Si Sunny et lui formaient un couple, il devrait s'impliquer davantage. L'idée de s'investir à nouveau dans quelque chose, d'appartenir à une entité et de sentir qu'on comptait sur lui l'enthousiasmait. Il proposerait à Sunny de l'accompagner au bal d'hiver, en janvier. Elle serait ravie. Un bal, ça sonnait très « série télé ». Il pourrait même demander au DJ de jouer un titre d'Ed Sheeran. Il pensait déjà en copain modèle. Il fit glisser le pointeur sur les mots « salon de l'étudiant ». Avant, il envisageait de grandes universités comme Cornell, Northeastern, le MIT, voire Harvard. Après le stage de lutte, il avait renoncé à cette idée. Maintenant ? Thora lui avait rouvert ces possibilités. Sunny parlait de Vassar, Sarah-Lawrence, Boston University, ou encore Columbia (comme Thora). Il décida de viser quelque chose d'au moins aussi prestigieux. Rien de pire qu'un garçon qui freine les ambitions de sa copine. Il refusait de devenir ce genre de type. Ils n'étaient pas officiellement ensemble depuis une heure que cette relation prenait déjà une tournure positive.

Brady cliqua sur un quatrième onglet. Il passa rapidement sur les dernières images Instagram de Marni, au Witches Brew. Elle en publiait d'autres, avec des citations de *La Noyade*, presque chaque minute.

Cette fugue restait temporaire, Julie le savait. Mais pour l'instant, elle lui suffirait. Au fond, qui aurait pu affronter le définitif ?
#lanoyadeinterrompue #impossibledechapperalanoyade

Il devait le lui reconnaître : Marni avait de la suite dans les idées. Or, c'était exactement ce que Thora exigeait de ses amis. Elle l'obtiendrait aussi de Brady : une même dévotion.

Brady jeta un œil au projet des « Portes » de Sunny, sur le hashtag #Vargasatelierdart. Elle progressait. Elle avait remplacé l'une des illustrations par la porte de Thora Temple. Brady reconnut les panneaux de bois sculptés, les vitres placées de part et d'autre. Il l'avait observée fixement, depuis l'habitacle de sa voiture, et il avait embrassé Sunny juste devant elle. Songeant à ses lèvres sur les siennes, il revint sur la page de son profil Facebook.

Situation amoureuse : *en couple*

Incrédule, Brady éclata de rire. Quel veinard ! Et puis, la grand-mère de Sunny serait sûrement ravie. Il referma son ordinateur en bâillant. Les événements de la soirée pesaient sur ses paupières. Pour la première fois de l'année, il s'endormit aussitôt après le Notre Père.

EXTRAITS VIDÉO NON ÉDITÉS

LA VÉRITÉ À NU

Interview de Miri Tan et Penny Panzarella par Nelson Anthony

Du 3 au 17 mai 2018 (suite)

1:24:09 / 3:04:23

MIRI

Le lundi matin, à l'assemblée de Graham, tout le monde ne parlait que de ma réunion, comme s'il s'agissait d'une soirée.

L'assemblée de Graham ?

Les élèves et le corps enseignant se retrouvent dans l'auditorium les premier et troisième lundis du mois pour redéfinir les objectifs et réaffirmer l'unité. *Unius animi, unius mentis.* « Un seul cœur, un seul esprit. » C'est la devise de l'établissement.

Sans doute un truc d'école privée…

Graham est ancré dans la tradition. Mais comme je vous l'ai raconté, cette course-poursuite avec les types de la sécurité était la meilleure chose qui pouvait nous arriver. Imaginez un peu : du jour au lendemain, notre club Contre-courant prenait une dimension dangereuse, interdite. Tout le monde voulait en faire partie. Vous savez ce que Fatima nous a dit un jour, concernant l'organisation de soirées ?

Non. Quoi ?

Elle a dit : « Qu'est-ce qu'il y a de plus cool que d'occuper le devant de la scène ? La snober. »

[rires]

Elle avait raison. Renoncer à nos soirées nous a apporté une certaine aura. Toute l'école se demandait ce qui pouvait bien nous brancher davantage. Fatima Ro a alimenté le buzz.

Tu sembles exercer une grande influence sur tes camarades, au lycée.

Hashtag #influenceuse. Clic ! [fait mine de prendre un selfie en riant] Oui. Tout le monde ne parlait que de notre « société secrète » surprise en pleine nuit dans la cour. Les rumeurs ont tellement enflé qu'à un moment, elles parlaient même d'une descente de flics. Certains disaient qu'on avait fumé des joints et allumé des bougies en psalmodiant sur des passages de *Contre-courant*. Tous les racontars sont partis d'idées morbides. Des dizaines d'élèves prétendaient y avoir assisté alors qu'ils n'y étaient pas. N'oubliez pas : nous avions noté les présents. Mais pour info, aucune drogue n'a circulé. Ce n'était pas le genre de Fatima. Elle a toute une philosophie au sujet de l'alcool et des drogues qui vaut dans la vie comme dans les romans : ils servent de prétexte aux comportements minables et aux rebondissements foireux. Il existe toujours une raison plus profonde, une motivation purement psychologique à nos actes, et c'est le rôle d'un auteur de les comprendre. Mais le problème n'est pas là. Il n'y avait pas de drogue. Il n'y en a jamais eu.

Mais tu n'as jamais démenti les fausses rumeurs concernant votre réunion lorsque tu les as entendues.

Hein ? Vous êtes fou ? [rires]

Pour entretenir le buzz ?

Exactement. Pendant l'assemblée, les gens demandaient si nous la connaissions vraiment, alors nous avons posté des photos en rafale sur Instagram. Ces images n'étaient pas celles de fans à une séance de dédicace, par exemple, ou saisies sur le vif dans la rue. Elles avaient clairement été sur un temps long, dans un contexte très intime. Nous portions tous des vêtements différents sur les clichés, nous étions allongés sur le sol, dans son salon. Fatima et Soleil attachaient leurs chignons devant le miroir de la salle de bains. Certains fans de *Contre-courant* ont commenté « Photoshoppé ! » et autres remarques mesquines. La jalousie, c'est le pire des trolls. Fatima répétait : « Il y aura toujours des jaloux. » [rires] Or, être romancière à succès à l'âge de vingt-deux ans l'a familiarisée avec ce problème.

Sans doute.

Et puisqu'on parle du chignon, c'est devenu une vraie tendance au lycée, quand Soleil a posté sa photo. Elle se faisait un plaisir de montrer à tout le monde comment le faire « à la Fatima Ro ». Même les profs s'étaient mises à porter ce nid à rat et je n'exagère pas.

J'imagine.

Fatima disait en plaisantant que j'avais fait d'elle la star de Graham. [soupir]

Maintenant, c'est une star tout court.

Ah oui… La fameuse « prédatrice ». [mime des guillemets] [soupir] Vous savez, j'aurais aimé que Soleil s'investisse davantage dans notre mouvement. D'ordinaire, c'est précisément le genre d'occasion sur laquelle elle aurait bondi. Mais depuis qu'elle sortait avec Jonah, je ne sentais plus la moindre trace d'implication chez elle. À l'évidence, ils avaient quitté la réunion en douce pour aller se peloter, puisque apparemment, c'était urgent. [soupir] C'est drôle, non ? On peut passer des mois à décortiquer, analyser *Contre-courant*, avec ses thématiques de la tentation de la chair, du péché féminin, mais il suffit qu'un beau mec se révèle hétéro pour que toute logique et toute loyauté passent à la trappe.

Au-delà de la fiction :

La véritable histoire du roman polémique

L'Absolution de Brady Stevenson

LA VERSION DE SOLEIL JOHNSTON,

DEUXIÈME PARTIE (suite)

DATE : 16 octobre 2016

À : fatima.ro.author@gmail.com

DE : soleil410@gmail.com

OBJET : Articles

Tu as lu ça ?

longislanddaily.com/metro/news/features/293849/

South Carmine : une commune imprégnée par la culture du bizutage.

Bien avant les accusations de bizutage qui ont touché les champions de lutte du lycée de South Carmine, plusieurs dizaines de plaintes avaient été déposées auprès du rectorat concernant des incidents similaires, à en croire des dossiers qui remontent à plusieurs années. South Carmine est connu des élèves, mais aussi de ceux des villes voisines et des districts sportifs concurrents comme un lieu où la pratique du bizutage est fortement ancrée. Les plaintes parlent d'insultes, de « check » (bousculer un élève pour faire tomber les livres qu'il tient) ou de « calebutage » (baisser le pantalon de quelqu'un). Certains vont jusqu'à l'arrosage d'élève avec de l'urine, la simulation d'actes sexuels et l'agression. L'administration de l'établissement avait jusque-là classé sans suite une majorité de plaintes, tandis que d'autres accusations étaient restées lettre morte, se limitant à de simples interrogations. Dans certains cas, les victimes ont même été encouragées à retirer leur plainte, sous peine de perdre leur place au sein des clubs sportifs.

Des cas de bizutage ont même été signalés au collège. Les accusations remontent aux six dernières années, à l'époque de la création d'archives disciplinaires. On y trouve des rapports concernant le vol de vêtements dans le casier d'un élève, d'un autre, plaqué au sol et étouffé à l'aide de sous-vêtements souillés, voire de tentatives d'empoisonnement.

Interrogés sur la fréquence des cas dans le rectorat, les jeunes sportifs n'ignorent rien du passé de leur lycée. Ils s'attendent même à subir, dans une certaine mesure, ces rites d'initiation lorsqu'ils intègrent un club.

« Tout le monde le sait », affirme Henry Lafferty, dix-huit ans, en terminale au lycée de South Carmine. « Quand vous entrez dans une équipe, vous serrez les dents, parce que vous savez que c'est votre tour. » Jeff Bukowski, dix-sept ans, lui aussi en terminale, explique : « C'est plus sérieux pour certains que pour d'autres, mais c'est destiné à vous endurcir. Si vous êtes respectés et que vous obtenez des résultats, vous n'avez rien à craindre. » Michael Yang, dix-huit ans, cocapitaine de l'équipe de basket, ajoute : « Je me méfie de ce qu'on raconte à propos du club de lutte. Il suffit qu'un type ait une dent contre un autre, pour qu'il invente n'importe quoi. » Bryant Hersey, dix-sept ans, l'un des majors de promotion de son lycée, déclare : « Concernant le bizutage, ça fait partie de la pratique de groupe. Beaucoup de gens s'estimeraient heureux de se trouver à notre place et de participer à quelque chose d'important. »

nychronicle.com/articles/news/headlines/920392221/

La communauté de Long Island sous le choc

Parents d'élèves et habitants des environs de South Carmine ont exprimé leur colère, après le verdict éclair du juge Perry Larsing. Celui-ci a condamné les trois instigateurs, âgés de seize, dix-sept et dix-sept ans, coupables d'un violent bizutage, à des peines allant de 9 à 12 mois d'incarcération dans un centre de détention pour mineurs. Perry Larsing s'était déjà attiré les critiques en décidant de considérer les adolescents comme mineurs. Nombre de résidents des alentours souhaitaient en effet voir les trois accusés répondre de leurs actes en tant qu'adultes, au vu de la nature et de la gravité des faits. D'après Rosemary Vince, psychologue de la Stony Brook University : « Le cerveau n'est pas totalement développé jusqu'à l'âge de vingt-cinq ans. Il n'est pas raisonnable d'exiger un comportement adulte de la part d'un cerveau qui n'a pas atteint sa maturité. » Mais nombre de parents de Long Island défendent un autre point de vue. « Ces gamins sont assez mûrs pour faire la différence entre le bien et le mal. S'ils sont assez grands pour remporter des tournois et se faire inscrire sur des listes honorifiques, ils sont assez grands pour assumer les conséquences d'une agression. Ils auraient dû être traités en adultes », déclare Thomas Lemer, un habitant de South Carmine. Répondant aux accusations de laxisme, le juge Perry Larsing a estimé que juger ces garçons comme des personnes majeures aurait « fait plus de mal que de bien » et qu'il voulait épargner à l'ancien club champion un « traumatisme inutile ».

SOLEIL

Encore debout ? Tu as reçu mon e-mail ?

FATIMA

Je viens de terminer l'article.

C'est atroce.

SOLEIL

Je n'arrive pas à croire que ces types s'en soient tirés avec 9 à 12 mois de prison.

Ça signifie qu'ils sont déjà sortis ?

FATIMA

Hallucinant.

SOLEIL

Ils doivent sacrément se marrer.

FATIMA

Salopards.

SOLEIL

Et dire qu'ils ont purgé leur peine dans un centre pour mineurs ! Ça n'a pas dû être bien difficile. Ils vont en cours, ils ont des pauses. Leçons et ping-pong ! J'ai fait mes recherches. Ils avaient probablement la vie plus facile que certains ados défavorisés.

FATIMA

Un putain de paradis.

SOLEIL

Et ce juge Larsing qui ne voulait pas «faire plus de mal que de bien».

FATIMA

Connard.

SOLEIL

Je ne sais même pas comment je vais pouvoir regarder Jonah en face après ça.

FATIMA

Tu trouveras. Ne le prends pas mal, mais vous n'avez jamais vraiment eu de conversations normales. Sérieusement, qu'est-ce qu'il te racontait jusqu'ici? Alors, pas de raison de changer.

SOLEIL

Haha. C'est vrai! Je ne fais que parler de trucs débiles et lui se contente de hocher la tête.

FATIMA

En fait, c'est la relation idéale! Si tous les mariages étaient comme ça, le taux de divorces dégringolerait. Écoute, maintenant que tu connais sa précieuse vérité et que tu as lu tous ces articles sur l'affaire, ça ne peut que vous rapprocher, pas vous éloigner.

SOLEIL

Tu as raison.

FATIMA

Essaie de dormir un peu.

SOLEIL

Je vais essayer !

▶ ⏭

PENNY

Qu'as-tu ressenti en apprenant, pour Soleil et Jonah ?

Quoi, qu'ils sortaient ensemble ?

Oui.

Je trouvais qu'ils étaient bien assortis et j'espérais que Soleil serait heureuse. À l'époque, je pensais que c'était ce qu'elle voulait, mais maintenant, je ne sais plus. Je crois que Fatima l'a incitée à sortir avec Jonah.

C'est ce qu'elle t'a raconté ?

Non… elle n'aime pas trop en parler. C'est difficile pour Soleil, elle est vraiment bouleversée. [soupir] Elle avait demandé conseil à Fatima. Je m'en souviens parfaitement. Le lundi qui a suivi la réunion du club Contre-courant, j'attendais avec elle devant son casier, juste avant le premier cours. Elle n'arrêtait pas de se recoiffer et elle s'est remis du gloss trois fois de suite. Je ne l'avais jamais vue aussi nerveuse. Et ce n'était pas de l'impatience. J'avais plutôt l'impression qu'elle n'était pas sûre de vouloir sortir avec lui. Je lui ai demandé si elle était heureuse et elle m'a répondu : « Je ne sais pas encore. » Elle a envoyé un SMS à Fatima pour avoir son avis. J'ai lu la réponse.

Que disait-elle ?

«Reste cool, t'es sa copine.» [secoue la tête] Fatima l'a poussée dans ses bras.

Tu penses que Soleil n'aurait pas poursuivi cette relation si Fatima ne s'en était pas mêlée ?

Non. Maintenant, elle est perdue. Fatima voulait simplement voir ce qui se produirait. Elle s'est amusée avec eux comme avec des personnages de roman parce qu'elle n'était pas assez inspirée pour inventer sa propre histoire.

Eh bien ! C'est une sacrée accusation.

Ça me rend de plus en plus dingue.

Je vois ça.

Ils en parlaient dans l'émission *Extra*. Selon Mario Lopez, Fatima a joué exactement comme Bobby Fischer, le champion d'échecs, et nous a sacrifiés comme des pions.

Penny, je croyais que tu évitais la télévision et Internet ?

Je le faisais. Enfin, c'est toujours vrai. Mais je n'y peux rien si Soleil la regardait. Elle suit absolument tout.

Soleil l'a vu ?

Oui.

Et qu'a-t-elle dit ?

Elle n'a rien dit. Elle pleurait.

L'Absolution de Brady Stevenson

DE FATIMA RO

(extrait)

Sunny lui parut si belle, ce matin-là. Plus encore que sur sa photo de profil. Quand Brady s'approcha, elle leva les yeux de son téléphone.

Elle avait échangé des SMS avec Thora toute la matinée. « Tu crois vraiment que c'est une bonne idée ? Est-ce que je me sens prête ? Et lui ? Est-ce qu'on doit s'embrasser ? Est-ce que je dois mentionner South Carlisle ou bien éviter le sujet ? » Thora lui répondit de faire ce qui lui paraissait naturel et de « rester cool ». C'était donc bien ce que Sunny comptait faire.

Brady pressa le pas. Il était plus séduisant que jamais, le regard plus clair, plus brillant. Se décharger de son passé, avoir laissé Sunny entrer dans sa vie lui avait certainement fait du bien. Son sourire était pour elle, à elle, grâce à elle, à cause d'elle. Cela ne pouvait entraîner que du bon.

– Salut.

– Salut.

Malgré leurs émotions refoulées, ils ne purent rien articuler d'autre. Trop de paroles avaient été échangées chez Thora Temple. À présent, ils ne savaient plus quoi dire. Paloma, qui se tenait près de son amie, s'éclaircit la gorge.

– Salut Brady. Ton week-end s'est bien terminé ?

– Plutôt, oui. Et toi ? demanda-t-il, par simple politesse.

– Tranquille.

Paloma consulta sa montre.

– Eh bien, euh… Je ferais mieux d'arriver en avance en cours, montrer un peu d'initiative.

Elle s'éclipsa alors que Brady se penchait pour embrasser Sunny sur la joue.

– Salut.

– Salut.

Leur relation prendrait du temps. Cela ne faisait rien. Brady en avait à consacrer à Sunny et plus encore à devenir son petit ami, soit une personne pure et optimiste.

À Morley, Brady avait passé ses deux premiers mois à tenter de se fondre dans la masse. Ce matin-là, il passa le bras autour des épaules de Sunny et adopta une démarche légèrement plus chaloupée, comme pour défier les autres : «Regardez-moi. Je sors avec Sunny Vaughn. C'est moi qu'elle a choisi. Je suis forcément un type ordinaire avec des problèmes de type ordinaire. Et ça, c'est ma démarche de type ordinaire.»

– Hé, quelqu'un profite du soleil, on dirait ! lança quelqu'un dans le couloir bondé.

Sunny et son nouveau copain entrèrent dans la salle d'arts plastiques et s'installèrent à leurs places habituelles. Il paraissait soudain différent, enivrant de s'asseoir là, en couple et non plus comme de simples amis.

– Ça te dirait qu'on se voie après les cours ?

Brady effleura la manche de Sunny.

– J'aimerais bien. Mais je ne peux pas, aujourd'hui. J'ai euh… quelque chose.

Elle l'avait pris au dépourvu. Sunny savait qu'il ne faisait partie d'aucun club ni d'aucune équipe.

– Quoi ?

Sunny scruta son expression. Brady ne voulait pas qu'elle s'imagine qu'il regrettait sa décision.

– J'ai rendez-vous avec ma psy, tous les lundis, avoua-t-il.

Au moins, elle comprendrait qu'il avait une bonne raison.

– Ah…

Elle tritura le fil métallique de son carnet à spirale. Une pensée l'obsédait : mon copain, la victime de South Carlisle. Elle avait mal dormi cette nuit-là : un trop-plein d'articles concernant le scandale. Les détails de ce stage d'entraînement s'agglutinaient dans son esprit et lui rappelaient sans cesse à quel point Brady restait fragile.

Il baissa la tête.

– On n'est pas obligés d'en discuter.

– D'accord.

Elle redoutait d'aborder le sujet. Elle redoutait tout autant de l'occulter. Mais elle ne voulait pas paraître indifférente. Elle jeta un regard autour d'eux. Leurs camarades s'installaient dans la classe.

– Mais on peut, si tu préfères, reprit-elle avec douceur. On devrait être à l'extérieur comme à l'intérieur. C'est plus sain pour nous.

– Je sais. Je sais qu'on peut parler de tout, mais…

Brady devait mettre un terme à tout cela. Il comptait devenir l'un de ces élèves modèles du site Internet de Morley, avec une chemise impeccablement repassée, une expérience de chimie étalée devant lui et le bon nombre de bulles dans son tube à essai.

– Je n'en ai pas envie. Je travaille beaucoup pour dépasser tout ça. J'aimerais juste qu'on forme un couple normal.

– D'accord.

Sunny se sentit si soulagée qu'elle poussa malgré elle un soupir. Elle aussi souhaitait passer à autre chose et former un couple ordinaire. De plus, Brady consultait déjà un psychologue. Thora avait raison : il n'avait pas besoin d'une copine pour le guider.

– Alors, nous n'en parlerons pas. Sauf si tu changeais d'avis, évidemment.

– Je ne changerai pas d'avis, affirma-t-il, plus fort, d'un ton définitif.

Il faisait preuve d'un tel courage en allant de l'avant de cette façon.

– Par contre, je peux te poser une question ? reprit-il, les sourcils froncés. Tu t'appelles vraiment « Sunshine » Vaughn ?

– Oui, s'esclaffa Sunny.

– Comment ce détail avait-il pu m'échapper ?

Il effleura ses cheveux, d'un geste doux, comme un copain ordinaire. Elle agrippa le revers de sa veste.

Fais ce qui te semble naturel, pensa-t-elle.

– Je ne sais pas. Tu ne me l'avais jamais demandé.

– C'est magnifique, souffla-t-il en serrant son genou sous la table. Magnifique.

MIRI

Penny a piqué une crise quand j'ai amené Quinn et Emma au Witches Brew. [rires]

Qu'est-ce que ça a de si drôle ?

Parce que c'est ce qui m'a donné l'idée de ma série Instagram pour le club Contre-courant. Je l'ai taguée « #Fatimadanslaplace », avec des images d'elle à divers endroits de la ville. Je suis retournée au Witches Brew pour prendre sa table fétiche en photo avec comme légende « #Fatimadanslaplace où ? Indice : on y déguste un délicieux Mocha Sanani du Yémen. » Si Penny était furax au début, vous auriez dû l'entendre après ça. « C'est une violation de la vie privée ! » Alors qu'il s'agissait de lieux publics et Fatima m'avait autorisée à les publier, donc Penny n'avait vraiment aucune raison de se mettre dans cet état.

Fatima pensait que si elle avait développé la théorie des contacts humains quelques années plus tôt, les choses auraient tourné bien autrement pour sa mère et elle. C'était important de répandre le message. C'était la raison d'être du mouvement ! Or nous aidions déjà certaines personnes. Penny s'est d'ailleurs fait une amie, grâce à cela. Natalie Singh et elle ont tissé un lien authentique. Ensuite, soyons honnêtes deux minutes avec cette histoire de vie privée. Penny a passé je ne sais combien d'heures seule, chez Fatima. Vous n'allez quand même pas me faire croire qu'elle n'a pas fourré son nez partout et fouillé dans les placards et les tiroirs. Notez que je ne la juge pas, hein. Tout le monde en ferait autant. La curiosité fait partie de la nature humaine. Soleil avait bien listé le contenu de son armoire à pharmacie !

Je crois avoir vu cela quelque part…

Penny piquait les magazines de Fatima et les lisait au lycée.

Vraiment ?

US Weekly, *Cosmo*, *Teen Vogue*, parfois *Allure*… Et elle déposait ces affreux nuanciers de peinture et ces ridicules petits échantillons de tissus chez Fatima. Personne n'a eu le courage de lui avouer qu'ils étaient hideux. Comme si Fatima Ro, la femme la plus naturellement classe que je connaisse, avait eu besoin de Penny pour décorer son intérieur. Sérieusement, elle se faisait des films.

C'est vrai ? Fatima a dit que ses échantillons étaient hideux ?

Inutile : c'était évident. Fatima a joué le jeu, par pure politesse. Elle ne voulait sans doute pas lui faire de peine. [rires] Et vous savez le plus drôle ?

Je suis tout ouïe.

Vous voyez ces photos de maisons sur Google Maps ?

Oui.

Soleil et moi avons un jour cherché l'adresse de Fatima, parce qu'elle avait besoin d'une autre photo de sa porte, pour son projet artistique. On a agrandi l'image et devinez qui était garé dans l'allée devant chez Fatima ?

Penny ?

Penny ! C'est pas dingue ça ? Ça montre bien qu'elle passait presque plus de temps dans cette maison que Fatima elle-même.

Plutôt amusant, oui.

Je pense vraiment que Penny rêvait de devenir Fatima. Elle s'imaginait sans doute vivre chez elle, et y accrocher ses rideaux craignos. Je tiens aussi à préciser que Fatima m'avait donné son accord pour cette série de publications sur Instagram. Elle m'encourageait à exprimer ma créativité. Elle acceptait que son roman ait désormais une vie propre : tout ce qui pouvait arriver après la parution de *Contre-courant* échappait à son contrôle. Ce qui nous renvoie à notre sujet initial, non ?

C'est-à-dire ?

Ce qui a pu se produire après la sortie de *L'Absolution de Brady Stevenson* ne dépendait plus d'elle.

Au-delà de la fiction :

La véritable histoire du roman polémique

L'Absolution de Brady Stevenson

LA VERSION DE SOLEIL, DEUXIÈME PARTIE (suite)

SOLEIL

J'y crois pas. Tu sais de quoi parle mon cours de psycho ?

FATIMA

Quoi ???

SOLEIL

« *Mécanismes pour dépasser le traumatisme.* Déni : faire comme si rien ne s'était produit. Compartimentation : séparer les différents aspects de sa vie. Dissociation traumatique : déconnecter, vivre sur pilote automatique. »
Mon copain est une illustration de mon cours de psycho !

▶ ⏭

PENNY

Peut-on dire que tu as passé plus de temps seule chez Fatima qu'en sa présence ?

Euh, oui, sans doute.

Tu es déjà entrée sans y être invitée ?

Elle m'avait donné l'autorisation. Comme à nous tous. Elle se montrait transparente, avec nous. Chez elle, c'était à l'extérieur comme à l'intérieur. J'y allais, mais je respectais son intimité, je vous le jure. Je me contentais de jouer avec le chat et de lire ses magazines. Je n'ai jamais rien fait que je n'aurais pas permis chez moi. [silence] Sauf…

Quoi ?

Un jour, j'ai regardé ce qu'elle enregistrait sur sa box.

Pourquoi ?

Pour voir ses séries préférées. Je cherchais juste des sujets de conversation.

Eh bien, ça ne me paraît pas bien grave.

Mais un jour, j'ai voulu regarder l'un des épisodes et je l'ai accidentellement effacé.

Mince…

Le menu de l'enregistreur ne ressemblait pas au mien. La commande «effacer» se trouvait à l'emplacement de «lecture» sur le mien, alors j'ai fait une mauvaise manipulation et sa télécommande était très sensible. J'ai à peine effleuré le bouton.

Ça, c'est tout le problème.

J'ai paniqué.

Tu le lui as expliqué ?

Non. J'ai redouté pendant des semaines qu'elle comprenne que j'avais fouillé dans le contenu du disque dur et qu'il lui manquait un épisode de *Chicago Med.*

Elle t'en a parlé ?

Je crois qu'elle ne s'en est jamais aperçue. Oh mon Dieu… et si elle s'en est rendu compte et qu'elle n'a rien dit ?

Ça changerait quelque chose pour toi, maintenant ?

Oui. Non… Je n'en sais rien. [le téléphone vibre] Excusez-moi.

Je t'en prie.

[lis un SMS] Aucun changement chez Jonah.

Je suis navré de l'apprendre.

Moi aussi. [répond au SMS] [repose le téléphone] La maman de Soleil, Cora Johnston, est médecin et travaille à l'hôpital où Jonah est soigné. Vous le saviez ?

Non. Je me demandais comment tu recevais ces informations si rapidement.

C'est grâce à elle. Elle va le voir dès qu'elle peut.

C'est gentil.

[hésite] Combien de temps une personne peut-elle rester dans le coma avant que… son état se dégrade ?

Je ne sais pas vraiment. Ce serait une question pour la mère de Soleil. J'ai entendu dire que plus le patient est jeune et en bonne santé, mieux il s'en sort. Et on ne peut pas vraiment faire plus jeune et plus en forme que Jonah…

[silence]

À quoi penses-tu ?

À cette fille, euh… Bobbi Kristina Brown.

La fille de Whitney Houston ?

Oui… J'ai vu une émission sur elle, à la télé sur elle, hier soir. Elle avait beau être jeune, elle n'est pas sortie du coma.

La situation était très différente. Elle a sombré dans le coma suite à une consommation de drogues, je ne me serais pas prononcé sur son état de santé. Brady était un athlète.

[silence]

Qu'y a-t-il Penny ?

J'ignorais que c'était un sportif, au début.

Je m'en doute…

J'aurais préféré ne jamais le savoir.

L'Absolution de Brady Stevenson

DE FATIMA RO

(extrait)

Au milieu des Lego, du Spirographe, du Rubik's Cube, des Petits Poneys, d'une figurine de Bob l'éponge et des origamis qui jonchaient le bureau du docteur Nihati, Brady saisit une grue. Elle était assemblée en briques K'NEX. Une poulie et un seau pendaient à l'extrémité.

– Qui a fabriqué ça ? s'étonna-t-il. Enfin, je ne demande pas de nom, évidemment. Mais est-ce que c'est un enfant ou bien un adulte ?

– Un enfant. Une petite fille.

– Ah.

Brady pencha la grue en avant et fit mine de creuser à l'aide du seau.

– Classe.

Il reposa le jouet et s'enfonça dans le siège en cuir.

– Tu as quelque chose de changé, aujourd'hui, observa le docteur Nihati avec un sourire suspicieux.

Brady se sentit « transparent ». Thora aurait été fière qu'il se montre aussi authentique.

– Ah bon, quoi ?

– Ton humeur. Il s'est produit une chose dont tu as envie de me parler. Je me trompe ?

L'accent un rien britannique et un rien indien du docteur Nihati avait le don de l'apaiser. Sa voix le poussait à s'ouvrir. Elle devait le savoir. Elle était trop intelligente pour l'ignorer. Elle semblait avoir étudié ses inflexions et intonations à la fac, en même temps que Freud, Carl Jung et tous ces noms aussi réputés que morts.

– Vous avez raison. Il s'est plus ou moins passé une chose. Une chose bien.

– C'est formidable.

– Docteur Nihati, est-ce que vous croyez aux signes ? reprit-il.

– Aux signes ?

– Oui... un message de Dieu, de l'univers, ou d'une quelconque entité supérieure, capable de changer le cours de notre existence ?

Le docteur Nihati croisa les jambes. Ses collants crissèrent légèrement sous sa jupe. Brady se retint de jeter un regard à ses jambes. Elle devait savoir qu'il la respectait, elle et toutes les femmes en général, d'ailleurs.

– Je pense que nous trouvons des signes quand nous les cherchons. Si nous ne les cherchons pas, nous n'en voyons pas.

– Ah.

Il pouvait admettre une partie de son explication. D'après son ancien coach, lorsqu'on se persuadait d'être un gagnant, la victoire était plus ou moins acquise. Mais rien ne remplaçait l'entraînement, la mise en condition ou les circonstances d'un match. Tous ces éléments entraient aussi en ligne de compte : l'esprit ne l'emportait pas toujours sur la matière.

– Y a-t-il un signe en particulier dont tu aimerais me parler ?

Brady se rappela Sunny, dans sa voiture, ce soir-là. *Je suis navrée de ce qui t'est arrivé... Tu n'as pas besoin de m'en parler.*

– Brady ?

– Eh bien... J'ai pensé... Je me disais que peut-être, je devrais me confier à quelqu'un. Avec Sunny – la fille dont je vous parlais – je pensais aborder ce qui s'est passé, l'an dernier. Puis j'ai reçu un signe qui m'en dissuadait.

– Alors, c'est que tu ne te sentais pas encore prêt à inclure Sunny dans la confidence. Tu le seras peut-être une prochaine fois. C'est à toi de voir. L'amitié demande du temps. Mais aussi de la sincérité.

Sur ce point, Brady ne suivait pas le docteur Nihati. Sunny ne tenait pas à en savoir plus et c'était bien un signe. Cette décision ne lui appartenait pas. Elle dépendait de Sunny et Dieu. Elle était responsable de l'avoir empêché de parler, tout comme elle était responsable d'avoir agrippé si éperdument sa nuque. Encore un signe : un signe d'affection et de désir. Le docteur Nihati se trompait.

– Brady, as-tu déjà entendu parler du « biais de confirmation » ?

– Non.

Et il était à peu près certain de ne pas vouloir en savoir plus.

– Cela signifie que nous tenons davantage compte des images et des situations qui confirment nos convictions actuelles que de celles qui les infirment.

Brady examina la grue K'NEX avec davantage d'attention. Elle paraissait relativement complexe. Il ressentit une soudaine tristesse pour la petite fille qui l'avait construite. Qu'est-ce qui avait pu l'amener chez le docteur Nihati ? Sans doute rien d'agréable, Brady le savait. Elle ne suivait peut-être pas le même genre de thérapie que lui. Elle avait peut-être perdu un proche. À moins que ses parents ne se déchirent dans un horrible divorce.

– Par exemple, continua le docteur Nihati, imaginons que ton meilleur ami ait déménagé en Floride et que, depuis quelque temps, tu te sentes coupable de ne pas avoir essayé de lui rendre visite.

D'un coup, tu as l'impression de voir des pubs pour Disneyworld partout à la télé. Et chaque fois que tu ouvres ton ordinateur, on te propose des annonces de compagnies aériennes avec des tarifs spéciaux pour la Floride. Au supermarché, tu aperçois des promotions pour des oranges, du jus d'orange, etc.

Brady tenait la grue en équilibre dans sa main gauche et, de la droite, abaissa le seau. *Cette fille doit être sacrément brillante pour monter cette grue en une session de 45 minutes. Elle compte probablement devenir architecte ou ingénieure. Elle a un talent de dingue. Peu importe ce qui l'amène dans ce cabinet. Elle mériterait d'entrer au MIT et de devenir une putain d'ingénieure*, songea Brady.

Le docteur Nihati se pencha vers lui.

– Tu vois, ces pubs, ces promotions ont toujours été là. Mais tu les remarques seulement maintenant parce qu'elles confortent l'impression que tu devrais rendre visite à ton ami. Tu peux interpréter ces images comme des « signes », mais il s'agit en réalité d'un biais de confirmation. Tu comprends ?

Brady leva les yeux. Le docteur Nihati voulait bien faire, il le savait. Il la respectait, pour son diplôme encadré et accroché au mur, ses lunettes en écaille, sa longue chaîne en or où pendait un petit bijou en forme de loupe et le reste de sa panoplie de psy. Elle faisait vraiment du bon boulot. Mais elle était davantage une femme de science que de foi. Tant pis. Il ne pouvait pas lui reprocher de ne pas croire aux signes. Le docteur Nihati était fantastique. Mais un prêtre aurait sans doute donné une explication très différente. À chacun son domaine d'expertise. Rien de dramatique.

– Oui, bien sûr, acquiesça-t-il. Le biais de confirmation. C'est clair, à présent. Merci.

Rien de tout cela n'avait d'importance. Même si le docteur Nihati ne pouvait rien pour lui, Thora l'aiderait à repartir à zéro.

– Veux-tu me parler de ces signes ?

– Non… pas vraiment. De toute façon, ce n'est qu'une illusion. Non. Je préférerais qu'on discute, euh… d'une méthode pour mieux trouver le sommeil, parce que j'ai encore quelques problèmes de ce côté-là, reprit-il, alors qu'il n'avait jamais aussi bien dormi que ces derniers jours. Même quand j'ai l'impression d'avoir fait une bonne nuit, je me sens toujours épuisé, donc je me demandais si j'ai un sommeil assez profond. Enfin, je n'atteins sans doute pas le sommeil paradoxal.

– Je vois… Bien.

Le docteur Nihati redressa ses lunettes sur sa tête. Vraiment, elle semblait si professionnelle.

– Tu évites les écrans au moins une heure avant d'aller te coucher ? Pas de téléphone portable, d'ordinateur ou de télé, d'iPad ?

– Non, rien de tout ça. Pas d'écran.

– C'est bien. Qu'est-ce que tu fais à la place ?

– Le plus souvent, je bouquine. Je lis beaucoup depuis quelque temps.

▶⏭

MIRI

Comment trouvais-tu Soleil et Jonah, ensemble ?

La perfection. Vraiment, la relation de rêve.

Ah oui.

Genre le couple de saison 1 dans une série romantique.

Le couple de saison 1 ?

Idéal, quoi. Adorable, heureux, toujours en train de se tripoter.

Ah. [un téléphone vibre] Excuse-moi, je dois répondre.

Pas de souci.

Allô ? Ce n'est pas vrai… Quand ?… Qui sont-ils ?… Dingue. Très bien. L'info est rendue publique ?… D'accord… Ouaip. Ça marche. C'est ça. Merci pour l'info. Salut.

Ils ont trouvé les coupables ?

Ils ont arrêté cinq adolescents pour agression.

Enfin ! Dieu merci !

La police suivait une piste depuis environ deux jours. Je suis soulagé qu'ils les tiennent.

Alors, c'était qui, ces ordures ?

Trois venaient de South Carmine. Ils ont tous entre seize et dix-huit ans.

Je le savais ! Je vous l'avais dit !

Oui, tu avais raison.

[saisit son téléphone] J'envoie un message à Fatima.

Tu crois qu'elle te répondra ?

Ça m'est égal. Je veux simplement la prévenir. Je préfère qu'elle l'apprenne par moi.

Au-delà de la fiction :

La véritable histoire du roman polémique

L'Absolution de Brady Stevenson

LA VERSION DE SOLEIL, DEUXIÈME PARTIE (suite)

DATE : 18 octobre 2016

À : soleil410@gmail.com

DE : fatima.ro.auteure@gmail.com

OBJET : Cours de psycho

Je viens de lire ton SMS. Tu as raison. Le traumatisme, c'est du 100 % Jonah. Mais ces théories de psychologie sont passionnantes et elles peuvent se révéler pertinentes et très révélatrices. Elles te seront très utiles pour mieux le cerner. Bon, je caricature un peu, mais je regrette de ne pas avoir approfondi ces cours de psycho quand j'étais en terminale (j'étais sans doute trop occupée à sortir de chez moi en douce pour retrouver un mauvais garçon).

Je comprends que tu trouves choquant de reconnaître ton copain dans le PowerPoint d'un prof. Mais ne panique pas. C'est positif : en apprendre davantage sur Jonah sur le plan psychologique nous aidera à le comprendre, même s'il a du mal à être à l'extérieur comme à l'intérieur, avec nous. S'il correspond aux schémas de ton cours, ça signifie qu'il utilise des mécanismes normaux pour affronter son traumatisme.

Dans ce domaine, il paraît préférable de rentrer dans des cases.

Ne suranalyse pas. À la fac, j'avais des amis en médecine. Ils s'imaginaient souffrir de toutes les maladies qu'ils étudiaient, alors que ça n'était évidemment pas le cas. On appelle cela le biais de confirmation : quand tu développes une idée, tu commences à voir des choses qui la justifient partout. Par exemple, admettons que tu aies envie d'acheter un objet ridicule, comme une poussette pour chien. Brusquement, tu as l'impression d'être bombardée de pubs pour des poussettes, de lire des articles qui en parlent, de voir des gens qui promènent leur chien en poussette à tous les coins de rue. Tu crois subitement qu'ils sont des millions alors qu'en réalité, tu leur accordes simplement plus d'attention. C'est complètement débile comme exemple… je me demande où je voulais en venir avec ça. Ce que j'essaie de dire, c'est que tu as Jonah dans la tête, ce qui est tout à fait normal. Je parie que tu penses à lui dès que tu entends une chanson d'Adèle : c'est exactement la même chose que de le voir reflété dans ton cours de psycho.

Jonah semble tellement plus heureux, avec toi. Il sourit, bon sang ! Tu te souviens de lui, à ma séance de dédicace ? Si triste dans sa vieille veste à capuche, à marmonner je ne sais quoi sur la télé et l'art ? À présent, il semble méconnaissable. Tant que tu seras là pour l'aider tout au long du chemin, tout ira bien pour lui. Et pour toi aussi.

PENNY

Comment as-tu réagi à ces arrestations ?

Je suis contente qu'on les ait retrouvés. J'espère qu'on les enfermera pour un bout de temps.

Rien d'autre ?

[se cache le visage]

Penny ?

[secoue la tête]

Est-ce que ça va ?

[pas de réponse]

Pourquoi es-tu aussi émue ?

[hausse les épaules]

Tu n'y es pour rien, Penny. Ce n'est pas ta faute.

[pas de réponse]

Tu as envie d'en parler ?

Non.

L'Absolution de Brady Stevenson

DE FATIMA RO

(extrait)

Brady se redressa dans son lit. Le portable collé au visage, il ne sentait plus son oreille droite.

– Je faisais sans arrêt le même cauchemar, avant... reprit-il en changeant le téléphone de côté.

– Lequel ?

La voix de Thora semblait si rassurante. Elle aurait pu lui soutirer n'importe quel détail.

– J'étais enfermé dans un endroit horrible. Chez moi, Cletus vieillissait de plus en plus, mais je ne pouvais pas le rejoindre.

– Horrible...

– Dans mon cauchemar, j'avais besoin d'une clé pour ouvrir la porte de l'intérieur, mais je ne parvenais jamais à la trouver. Chaque nuit, je fouillais exactement les mêmes endroits, comme... sous le matelas, sous les plantes, dans mes tiroirs, mais je me souvenais que dans mes rêves précédents, elle n'était nulle part. J'avais peur que Cletus meure sans que je puisse le revoir, le caresser ou lui parler. Je me réveillais en nage et en larmes. Il recommençait presque chaque soir.

– Atroce, commenta Thora. Tu étais où ?

Brady se figea.

– Quoi ?

– Où étais-tu enfermé, dans ton cauchemar ?

– Je n'en sais rien. Un genre d'institution. Je ne pouvais pas en sortir... dans le rêve.

– C'est horrible.

– Oui. Mais c'est fini, maintenant. Le cauchemar est terminé.

– Tant mieux. C'est sans doute bon signe.

– Sûrement…

Brady se laissa retomber sur son oreiller. Il avait de la chance de dormir dans son propre lit.

– Brady, ça me touche beaucoup que tu te montres si transparent, avec moi.

– Moi aussi ça me touche, parce que… Je ne croyais pas me faire de nouveaux amis après… ce qui est arrivé.

– Moi, je ne pensais pas en retrouver après la parution de mon roman. J'ai mis toute mon âme dans *La Noyade*, et j'attendais la même sincérité de la part de mes amis. Au lieu de cela, ils se sont détournés de moi, parce que j'avais du succès alors qu'eux n'étaient pas acceptés dans le master de leur choix ou n'obtenaient pas le stage qu'ils visaient. Quand je rencontrais de nouvelles personnes, elles ne voyaient en moi que la romancière. Jusque-là, j'ai eu du mal à nouer de véritables contacts humains.

– C'est ce qui m'effraie le plus. J'ai peur que si les gens découvraient mon passé, ils ne puissent plus voir autre chose, continua Brady, qui se sentait soudain compris.

– Sunny te considère toujours tel que tu es.

– Je l'espère.

– J'en suis certaine, parce qu'elle aussi s'est montrée très franche envers moi. Tu devrais lui proposer une vraie sortie en amoureux. Mieux : tu devrais lui présenter Cletus. Partager ton univers avec elle, lui permettre d'entrer dans ta vie. Lui faire sentir qu'elle en fait partie.

– Tu crois ?

– Elle adorerait ça.

Thora semblait enthousiaste, ce qui enthousiasmait Brady.

– Où emmènes-tu Cletus en promenade ? Tu as un parc préféré ?

– En fait, j'ai trouvé une plage qui autorise les chiens : Sands Point. On va souvent là-bas. C'est sympa et tranquille, la plupart du temps.

Sands Point comptait peu d'habitués : un vieil homme avec son carlin, un couple avec un bâtard hirsute et une femme avec un golden retriever. C'était devenu l'endroit favori de Brady sur la côte nord.

– Si seulement je pouvais lui enlever sa laisse, mais c'est interdit. J'aimerais le laisser libre de courir, le voir prendre de la vitesse.

– Attends, une seconde, l'interrompit Thora.

Brady l'entendit pianoter. Il avait toujours l'impression de percevoir le bruit du clavier lorsqu'ils parlaient au téléphone.

– Tu parles de la plage de Sands Point Preserve ? Tout près d'un château ?

– Oui. Pourquoi ?

– Ils organisent bientôt un festival médiéval pour l'automne.

– Euh… c'est un peu ridicule, ces trucs-là, non ? demanda Brady, dubitatif.

Avant, il se serait sans doute moqué de ceux qui se rendaient à ce genre de manifestations.

– Non, non. Ça semble vraiment sympa. Des chevaliers, des chevaux, des joutes… Ils installeront des tentes et les costumes d'époque sont conseillés.

L'ancien Brady se serait clairement moqué de gens en costumes.

– Des costumes ?

– Rien ne t'oblige à en porter un ! Mais tu devrais y emmener Sunny et Cletus. Ça ferait une chouette sortie en amoureux, non ? Sunny adore les châteaux. Souviens-toi des châteaux irlandais dans *La Noyade*. Ça lui plaira.

Brady s'imaginait déjà main dans la main avec Sunny le long de la plage, pendant que Cletus jouerait dans les vagues. Tous les trois, ils graviraient ensuite la colline jusqu'au château, pour flâner au festival.

– Tu crois ?

– Oui ! Propose-lui. Mais fais-le de vive voix. Pas par SMS !

– D'accord. Mais je me sens tellement déconnecté... Question filles, j'ai l'impression d'avoir un an de retard. Je voudrais que ça marche, avec elle.

– Invite-la pour un vrai rendez-vous et tout se passera bien. Je te le promets.

– Merci. J'espère que tu as raison.

Brady vérifia l'écran son téléphone : sa batterie ne tiendrait plus longtemps. Il jeta un regard autour de lui, mais comble de l'ironie – au vu de son « projet artistique à commentaire social » –, il n'aperçut son chargeur nulle part.

– Écoute, je n'ai plus de batterie. Je vais devoir te laisser.

Thora bâilla.

– D'accord. On en reparlera demain.

– Demain.

L'idée plut à Brady.

MIRI

Fatima t'a donné de ses nouvelles depuis l'arrestation ?

[fait défiler les messages sur son téléphone] Non. [soupir] J'espère simplement qu'elle est soulagée. Elle doit se sentir atrocement seule en ce moment.

Elle vient d'entrer dans les best-sellers du New York Times.

[repose son portable] La liste des best-sellers du *New York Times* ? Et alors ? Vous croyez que c'est un lot de consolation pour elle ? Fatima a dû quitter sa maison ! Où qu'elle se trouve, à présent, elle n'a pas d'amis. Personne. Cette femme qui ne vit, ne respire que pour forger d'authentiques contacts humains n'a plus personne. Qu'est-ce que vous voulez qu'elle fasse ? Qu'elle pose un exemplaire du *New York Times* sur son canapé pour discuter avec lui ?

Non, évidemment. Mais intégrer cette liste représente forcément quelque chose pour elle.

Je le sais, ce que ça signifie pour elle : absolument rien. Elle a remporté le prix de l'Espoir littéraire sans même nous en parler. Je l'ai appris par Soleil. Vous ne comprenez pas ? Fatima ne tenait pas plus à devenir un espoir littéraire pour un roman sur sa mère disparue qu'à figurer dans le *New York Times* alors que Jonah est branché à une machine à l'hôpital.

Comment peux-tu affirmer que ce n'était pas précisément son objectif en écrivant ce roman ?

Parce qu'au fil des mois passés ensemble, Fatima nous a confié des millions d'anecdotes : à seize ans, elle a menti à son médecin et prétendu avoir des règles irrégulières pour qu'il lui prescrive la pilule ; son premier copain l'ennuyait tellement qu'il l'a dégoûtée des garçons de son âge. Mais vous savez quoi ? Parmi ces millions de secrets, elle n'a pas mentionné une seule fois espérer figurer sur une liste dans un journal. Je suis convaincue qu'elle s'en fichait royalement.

Alors, qu'est-ce qui comptait pour elle ?

Nous.

Au-delà de la fiction :

La véritable histoire du roman polémique

L'Absolution de Brady Stevenson

LA VERSION DE SOLEIL,
DEUXIÈME PARTIE (suite)

FATIMA

Tu es rentrée ? Je suis invitée à une soirée mortelle organisée par un éditeur, donc je ne peux pas t'appeler, mais JE VEUX TOUT SAVOIR. Comment s'est passé le rendez-vous ?

SOLEIL

J'AI RENCONTRÉ CLETUS !!!

FATIMA

Super ! Et puis ? Raconte ! TOUT !

SOLEIL

On l'a promené le long de la plage de Sands Point. C'était magnifique ! Puis on a grimpé sur la colline jusqu'au... Roulement de tambours... festival médiéval ! C'était trop cool ! Chevaux, joutes, tentes, costumes, diseuse de bonne aventure (je te raconterai) et un vrai château. Je n'y étais plus retournée depuis ma sortie en classe nature à l'école primaire. Je ne me souvenais pas que c'était aussi joli.

FATIMA
Et Jonah, comment il était ?
Charmant ? Drôle ? Mal à l'aise ?
Adorable ? Sexy ? #LPDJ ?

SOLEIL
TOUT ÇA À LA FOIS !

FATIMA
Oooh... Zut, je dois filer. Je reçois une récompense pour *Contre-courant*. C'est ridicule, mais je dois faire un discours, bla-bla-bla.

SOLEIL
Waouh ! Génial ! Félicitations ! Va vite chercher ton trophée, tu l'as bien mérité ! Je te raconterai les détails (croustillants) du château plus tard. <3

FATIMA
YES !!! Trop contente pour toi. À+

▶ ⏭

PENNY

Soleil et Jonah ont parlé à une diseuse de bonne aventure.

Ah oui ?

Quand il l'a emmenée au festival médiéval.

Ah.

C'est Jonah qui me l'a raconté. Lui ne tenait pas vraiment à ce qu'on lui prédise son avenir. Il était même carrément contre. Mais Soleil répétait que ce serait drôle, excitant, un peu comme une soirée d'Halloween. Soleil est toujours partante pour tout. C'est Soleil : elle parvient à convaincre tout le monde. Il a cédé. En fin de compte, c'était une mauvaise idée.

Pourquoi ?

La diseuse de bonne aventure lui a expliqué que son destin paraissait… fragmentaire.

J'avoue, c'est un peu… dérangeant.

Je sais. Elle l'a averti qu'il traînait une « nuée noire dans son sillage ». Elle lui a également conseillé de suivre les conseils de la « femme très sage de son entourage » pour s'en défaire. Ensuite, elle a demandé cinq dollars à Soleil.

Hum.

Vous y croyez, vous ? Aux gens qui prédisent l'avenir ?

Je pense que certains en sont capables, mais que ceux qui le prétendent sont souvent des menteurs.

C'est ce que je me répète. [soupir] J'espère qu'elle aussi mentait. [hésite]

Tu sembles préoccupée.

Je me demande si les types qui ont agressé Jonah seront jugés comme des adultes, y compris les mineurs.

Bonne question. C'est une possibilité. Il y aura sans doute beaucoup de pression suite à l'affaire précédente.

[secoue la tête] Ça ne s'arrêtera jamais.

De quoi parles-tu ?

Si ces types s'en tirent, est-ce que d'autres les attaqueront à leur tour ?

Espérons que non.

[son portable vibre] [lit le message] C'est mon père, il travaille dans son bureau. Je lui ai demandé de ne plus descendre. Il vient de voir que Fatima figurait sur la liste des best-sellers du *New York Times*. Il écrit qu'elle profite de l'agression de Jonah et… d'autres choses que je ne peux pas répéter devant la caméra. [relève la tête] Il est vraiment furieux.

Eh bien, je peux le comprendre. Mais Fatima aurait pu intégrer cette liste, avec ou sans le scandale. Les critiques paraissaient bonnes. Le roman a beaucoup fait parler de lui avant sa sortie. Il semblait se diriger de lui-même vers les têtes des ventes.

D'accord. [envoie un message]

Qu'en penses-tu ? De cette liste du New York Times *?*

Honnêtement ? Je trouve ça écœurant. Jonah est encore à l'hôpital. Cette histoire est loin d'être terminée et pendant ce temps, elle parade sur des listes. Elle doit gagner beaucoup d'argent.

Un peu, oui.

Ça n'est pas comme… si elle avait écrit livre sur le *Titanic*… Le bateau a coulé depuis plus d'un siècle, il y a prescription. Fatima a basé son récit sur nous, aujourd'hui, alors que nous sommes toujours là, toujours debout. Enfin, sauf Jonah… mais vous comprenez ce que je veux dire.

L'Absolution de Brady Stevenson

DE FATIMA RO

(extrait)

L'épisode de la diseuse de bonne aventure avait tourné à la catastrophe. Devant la tente de « Madame Lola », Brady allait et venait, pianotant un message en urgence pour Thora.

La voyante a prétendu que je traînais une nuée noire derrière moi.

Mais qu'aurait-elle pu voir d'autre, cette Madame Lola, dans ses tarots ? Il avait quitté la tente précipitamment, redoutant que la vieille femme ne le trahisse devant Sunny.

Qu'est-ce que tu fabriquais chez une voyante ? Oublie ça ! C'est toi qui forges ton destin. Tu traces ton propre chemin. Au lieu de m'envoyer des SMS, assure-toi que Sunny passe un agréable moment. Hâtez-vous vers le château, jeunes damoiseaux ! répondit Thora, la femme si sage dans son entourage.

Brady glissa le téléphone dans sa poche, déterminé à suivre son conseil et à dissiper les nuées noires.

Sunny ressortit de la tente, la main sur la poitrine.

– Je suis tellement désolée. On devrait leur interdire de raconter des trucs pareils. Ils n'ont pas de code de déontologie, chez les voyants ? Quelle vieille chouette ! Je n'aurais pas dû te pousser à entrer là-dedans. En plus, elle m'a pris cinq dollars. Quelle arnaque !

Sunny se sentait affreusement mal. Elle pensait vraiment s'amuser. Elle brûlait d'envoyer un message à Thora pour lui demander comment rattraper la situation, mais n'osait pas le faire devant Brady.

– Ça ne fait rien, éluda-t-il avec un haussement d'épaules. Cletus avait besoin de prendre l'air, c'est tout. Je crois qu'il devenait claustrophobe.

– Ah…

Sunny regarda le chien. L'air satisfait, Cletus se grattait l'oreille. Elle se remémora les précédents conseils de Thora : «Reste cool, t'es sa copine, fais ce qui te paraît naturel» et décida de s'y tenir pour le restant de la journée.

– Allez, viens.

Brady lui prit la main et l'entraîna entre les tentes. Ils croisèrent un stand où les enfants se faisaient peindre le visage, un théâtre de marionnettes, une boutique de bijoux faits main et une autre, qui proposait des tatouages au henné. Des enfants couraient devant eux, en agitant des épées en plastique.

– Laissons tomber la foire, annonça Brady. Allons plutôt par là.

Il désigna le château de Hempstead, où entraient et sortaient des grappes de visiteurs. Il avait la ferme intention de reprendre cette journée en main. Rejoignant à la hâte une entrée de côté, ils se faufilèrent avec Cletus par une porte de service.

– Ils ne la verrouillent jamais. Nous sommes venus en repérage la semaine dernière, expliqua Brady, alors qu'ils se frayaient un chemin par l'arrière-cuisine. Et je suis aussi passé ce matin, histoire de nous mettre ça de côté.

Il ouvrit un placard près de l'évier et en sortit une petite glacière bleue.

– C'est à nous, ça ?

Sunny tira l'objet vers elle et se hissa sur la pointe des pieds.

– Qu'est-ce que tu as fait ?

– J'ai prévu un déjeuner, avec du thé glacé.

Il ôta le couvercle, révélant sandwichs et barquettes en plastique, du thé glacé Arizona, ainsi qu'une serviette de plage.

– Tu rigoles ? s'exclama Sunny en se tournant vers lui.

– Ben quoi ? Tu n'avais jamais entendu parler d'un pique-nique dans un château ? demanda-t-il fièrement.

– Si... dans *The Bachelor* !

Elle éclata de rire et l'embrassa sur la joue.

Il s'empara de la glacière. Ils traversèrent une grande salle à manger, avec une table en bois sculpté, au décor complexe, et de lourds rideaux satinés. Dans la bibliothèque habillée de lambris, des livres aux reliures fanées étaient maintenues entre des serre-livres de cuivre en forme de gland ou des bustes en marbre.

– Quelle pièce somptueuse, remarqua Sunny. Ces boiseries sont splendides.

Dans la véranda, les griffes de Cletus cliquetaient sur le sol. Il s'y allongea sur le dos, dans un rayon de soleil. Un peu plus tôt, Brady et Sunny avaient tour à tour tenu sa laisse, pendant qu'il gambadait le long de la plage, mordait des branches et chassait les vagues.

Le couple l'imita et s'assit sur les carreaux de céramiques décorés, admirant la vue à travers les doubles portes. Brady déballa sandwichs, salade de pommes de terre, salade de fruits et boissons. Des échos de voix et de pas retentirent dans la cage d'escalier. Sunny et Brady se retournèrent et aperçurent un groupe de visiteurs dans le vestibule. Les touristes prenaient quelques dernières photos avant de se diriger vers la sortie.

Sunny étira ses jambes et s'appuya sur ses mains.

– Je n'arrive pas à croire que tu aies préparé tout ça. Merci, souffla-t-elle.

Elle devrait absolument raconter à Thora combien Brady s'était montré romantique et attentionné.

– Ce n'est rien, répondit-il, impatient de remercier Thora pour avoir pensé à tout.

– Il fait tellement bon ici. C'est agréable de profiter du soleil, commenta Sunny en retirant sa veste. Il commençait à faire un peu frais, à l'extérieur.

Elle ouvrit son thé glacé. Au claquement du bouchon, Cletus dressa les oreilles.

– Cletus a le chic pour dénicher les endroits ensoleillés, expliqua Brady en le caressant.

Sunny admirait le vaste parc et la vue sur le détroit de Long Island. Dehors, sur la pelouse, des enfants au visage maquillé faisaient des cabrioles.

– Je crois qu'ils organisent une soirée sur le thème de Gatsby le magnifique, ici, l'été. On pourrait revenir. Je porterai un long sautoir en perles et toi, un nœud papillon, reprit Sunny en riant.

Une soirée « Gatsby » sonnait très classe. Et au moins, ils n'y croiseraient pas de diseuse de bonne aventure.

– Cet endroit est immense. Et les vitraux en pointe de diamant… c'est tellement joli.

Elle se retourna vers la fontaine qui trônait au centre de la pièce principale.

– Elle me rappelle les châteaux irlandais dans *La Noyade*, en plus chaleureux. Julie et sa mère les visitent à la chaîne et ils paraissent tous plus froids et humides les uns que les autres. Et elles rencontrent sans cesse le même personnage, un Anglais vêtu d'une robe de chambre et de pantoufles, parce qu'il aime faire semblant d'y habiter.

Sheridan Thompson. Brady le savait, mais ne pouvait pas avouer connaître aussi bien le roman de Thora. Ça serait embarrassant. Et puis il s'amusait d'écouter les filles lui raconter le livre avec un tel enthousiasme. C'était un peu comme épier la conversation d'étrangers qui ne se doutent pas qu'on parle leur langue.

– Comment Thora réussit-elle à imaginer tout ça ? s'étonna-t-il, couvrant le léger ronflement de Cletus.

– Je me le demande. Elle invente des trucs dingues. Mais réalistes. C'est pour ça que son bouquin est génial.

– Quoi, par exemple ? insista-t-il, en songeant aux passages les plus sensuels, qu'il avait annotés dans la marge : « Bon Dieu, c'est limite porno ! »

– Eh bien, les baisers, répondit Sunny, impatiente que la journée prenne une tournure plus sérieuse. Elle en fait des descriptions saisissantes.

Elle inclina la tête de côté.

– Ah oui ? souffla Brady, qui fixait sa bouche.

– Oui. Et pas seulement…

Son regard se posa sur son décolleté.

– Quoi d'autre ?

Elle avait donc bien choisi son pull échancré. Elle était ravie de lui faire oublier son destin « fragmentaire ».

– Oh, tu sais, quelques petits trucs.

Il l'embrassa, effleura ses lèvres froides du bout des siennes. Elles exhalaient un parfum de thé. Sunny se pencha tout contre lui, pressant sa bouche contre la sienne avant de l'entrouvrir. Son genou touchait le sien et elle agrippa sa chemise lorsque leur baiser se fit plus intense. Jusqu'où pouvaient-ils aller, dans ce château ? Curieuse, elle glissa la main le long de son torse puis de son ventre, mais il la saisit et s'écarta. À l'évidence, il ne se sentait pas encore prêt à s'aventurer plus loin. Elle devrait se montrer patiente.

Il inspira puis expira profondément. Ces baisers d'encre et de papier transposés dans la réalité le déchiraient.

– J'ai très envie d'autre chose et de… petits trucs. Là, tout de suite. Des tas de petits trucs, murmura-t-il.

– C'est vrai ? Alors, pourquoi arrêter ? demanda-t-elle, avec de grands yeux implorants.

– On ne peut pas.

Il se pencha en arrière et désigna un globe sombre encastré dans le plafond.

– À cause des caméras.

– Ouf ! J'ai eu peur, s'esclaffa Sunny. Je croyais que tu n'en avais pas envie.

– Si, vraiment je t'assure, s'exclama-t-il en serrant ses doigts.

Elle se retourna pour agiter la main en direction de la caméra, soulagée que Brady la désire autant qu'elle. Il n'avait donc pas besoin de temps pour se défaire de sa nuée noire. Il allait bien.

EXTRAITS VIDÉO NON ÉDITÉS

LA VÉRITÉ À NU

Entretien avec Natalie Singh, Emma Irving, Quinn Donner, Marcus Dean

Du 3 au 17 mai 2018 (suite)

© Push Channel 21, Bellmore, NY, 2018

1:50:20 / 3:04:23

MIRI

[la caméra se met en place]
Comment te sens-tu, Miri ?

[se recoiffe] Oh, pas terrible. [soupir] Vous avez sans doute vu cet article qui circule sur Internet. « Miri Tan, Madame Loyale ». Super, comme jeu de mots. Pourquoi les gens n'arrivent-ils pas à comprendre que je la défende ? Entendez-moi bien : Fatima était présente pour nous. Littéralement *présente* : elle est venue nous voir à Graham. Elle a traversé la cafétéria, avec un naturel incroyable.

Sérieusement ?

Je ne me doutais pas de sa visite. Je me trouvais là, après les cours. Je grignotais les restes de cupcakes que nous avions préparés pour l'élection du conseil des élèves, quand soudain, Fatima Ro est apparue. Je ne plaisante pas. Depuis les photos que nous avions publiées, plus personne n'ignorait qui elle était. Mme Gauss avait commandé des exemplaires de *Contre-Courant* pour toute la classe, cette semaine-là. C'était comme si Fatima avait jailli de la couverture de son roman au beau milieu de la cafétéria. C'était… le sel de la vie.

[rires] Attends. Tu t'étais présentée au conseil des élèves ?

Oh, non. J'étais bien assez occupée comme ça. C'était Natalie Singh contre cet abruti de Hugh Lambert, un du « club des cinq » de Graham, suffisant au possible, qui s'imaginait que c'était dans la poche. Natalie méritait de devenir présidente.

Elle a gagné ?

Oui. Et j'étais ravie de m'occuper de sa campagne. C'est tout moi, ça. Quand je crois en quelqu'un, je le soutiens jusqu'au bout.

Comme avec Fatima ?

Surtout avec Fatima ! [reprend son souffle] Visualisez la scène : moi, assise à une table avec une dizaine ou une quinzaine de fans de *Contre-courant*. Un cupcake estampillé « Votez Nat » dans une main et mon exemplaire de *Contre-courant* dans l'autre. Brusquement, l'auteure surgit, dans son blouson vintage en daim, avec des lunettes de soleil papillon. « Salut ! »

La classe.

Elle s'est dirigée droit vers moi et m'a serrée dans ses bras, et me voilà pressée contre Fatima Ro, le bras replié dans le dos avec mon cupcake.

[rires]

Qu'est-ce que vous croyez qu'elle a fait, ensuite ?

Aucune idée.

Elle m'a attrapée par le poignet et a léché le glaçage du gâteau.

[rires]

Ça a fait taire les sceptiques. Pas les hargneux, évidemment, mais les sceptiques. J'ai souri et pensé : *Ne doutez plus jamais de mon amitié avec Fatima Ro, bande de jaloux.*

NEW YORK MAGAZINE

UNE SÉRIE EN QUATRE PARTIES

Au-delà de la fiction :

La véritable histoire du roman polémique

L'Absolution de Brady Stevenson

LA VERSION DE SOLEIL JOHNSTON, TROISIÈME PARTIE

PENNY

Salut ! T'es où ?

SOLEIL

En salle d'arts plastiques. Je travaille sur mes #portesmétaphoriques. J'apprends à manipuler une scie sauteuse pour découper des ouvertures derrière les portes.
J'ai l'impression de me transformer en bûcheron. Il ne me manque que la chemise à carreaux. Sans rire, il m'en faut une : on fait une descente chez Urban Outfitters ?

PENNY

Rejoins-nous à la cafétéria !

SOLEIL

Pourquoi ?

PENNY

Fatima est là !

SOLEIL

Quoiii ??? J'arrive !

▶ ⏭

PENNY

Vous saviez que Fatima était venue à Graham ?

Je l'ai entendu dire. J'imagine que c'était un événement.

C'était dingue ! Travis Foley a même essayé de la draguer. Quant aux profs, ils étaient pires que les élèves : ils ont pris des selfies avec elle et lui ont fait dédicacer leurs livres. Mme Gauss, ma professeure de littérature, lui a même demandé comment faire son chignon. C'était…

Quoi ?

Pour moi, c'était la fin. Le début de la fin.

De votre petit cercle intime ?

C'est ça. Et puis… j'ai noté quelque chose de bizarre.

Comme quoi ?

J'avais le sentiment qu'il se passait quelque chose entre Jonah et Fatima. D'abord, ils ont échangé des messes basses, dans la cour. Au début, elle ne voulait même pas entrer dans le bâtiment, comme si elle n'était venue que pour lui. Plus tard, pendant qu'elle discutait avec les autres, ils n'arrêtaient pas de se lancer des regards… j'avais une drôle d'impression.

Ça ne ressemblait pas à Fatima de s'intéresser à lui de cette façon.

Non… qu'est-ce qu'elle pouvait bien lui trouver ? Elle le considérait sans doute comme un gamin. Elle fréquente des types beaucoup plus âgés… des hommes. Et puis… c'est Fatima Ro ! Mais au fond, qui sait ce qui motive les artistes comme elle ? À la télé, on voit bien les stars tromper leurs compagnons avec la baby-sitter, ou le garde du corps… Bref, pas besoin d'être un cerveau, d'être élu au conseil des étudiants ou d'appartenir à l'équipe des débats pour ressentir ces choses. Je sais reconnaître une impression quand elle me vient. Je ne supportais plus de rester plantée là, à côté de Soleil, sans dire un mot, alors j'ai fini par lui demander : « Qu'est-ce qui se passe entre Jonah et Fatima ? », en lui faisant remarquer leurs regards entendus.

Comment a-t-elle réagi ?

Elle a dit : « Sans doute rien. » Elle a éludé. Elle avait peut-être raison. Ou préférait ne rien savoir. Donc je n'ai pas insisté.

L'Absolution de Brady Stevenson

DE FATIMA RO

(extrait)

Extrait de journal

26 octobre 2016

Thora Temple à la cafétéria de Morley !

15 h 21

Dire que j'ai manqué la moitié des discussions ! J'essaierai de rattraper le reste.

Q. : Où as-tu acheté ta veste ? Elle est sublime.

R. : Merci ! Je l'ai dénichée dans une boutique vintage des Hamptons, mais impossible de me remémorer le nom et je n'ai pas gardé le ticket. Ça m'énerve de ne pas m'en souvenir. Je ne parviens pas à retrouver la boutique sur Internet.

Q. : Je peux la toucher ? J'adore le daim.

R. : Bien sûr ! Elle est douce, non ?

Q. : Où allais-tu au lycée ?

R. : Dans un établissement privé, dans le Massachusetts. Un peu comme ici, mais en beaucoup plus petit. Et avec un esprit plus hippie. On ne nous donnait pas de notes, seulement des appréciations. Et on pouvait appeler tous les profs par leurs prénoms. Nous les considérions comme de véritables amis. C'était le genre d'environnement qui ne réprouvait pas les émotions. Je m'y sentais libre d'exprimer mon point de vue.

Q. : Tu écrivais déjà à cette époque ?

R. : Oui. Je n'écrivais pas encore de romans, mais plutôt des nouvelles et des poèmes pour *Défouloir*, notre revue littéraire. J'écrivais mal, mais mal ! Mais c'était ma plateforme, mon forum. Ça m'a donné confiance en moi et une visibilité. C'était très important pour moi.

Q. : Est-ce que *La Noyade* est réellement autobiographique ?

R. : Le cœur du livre est vrai. Le cœur de mes personnages l'est toujours.

Q. : Tu as un copain ?

[éclat de rire général]

R. : Non.

Q. : Ne fais pas attention à lui. C'est le tombeur de la classe. Tu cherches quelqu'un ?

[nouveaux rires]

R. : Ça dépend qui demande…

Q. : Moi !

[sifflets et éclats de voix]

R. : Tu es trop jeune pour moi.

Q. : Je suis très mûr pour mon âge.

A. : Et moi pour le mien. Mais c'était bien tenté !

[les élèves envoient quelques remarques à Trevor Foy, qui s'est fait remettre à sa place]

Q. : Est-ce que *La Noyade* sera adapté à l'écran ?

R. : Ça m'étonnerait. J'adore le cinéma – eux le savent bien [c'est à nous qu'elle a fait signe !!!] et je serais emballée par ce projet. Mais *La Noyade* est déjà sorti depuis un moment et je n'ai pas reçu de sollicitation dans ce sens, donc c'est peu probable. C'est un livre un peu trop calme pour en faire un film. Une grande partie du texte est plus intériorisée qu'extériorisée. Peut-être le prochain.

Q. : De quoi parle ton nouveau roman ?

R. : Je ne peux pas vraiment en discuter.

Q. : Je croyais que tu pratiquais la théorie des contacts humains en dévoilant tes précieuses vérités ?

R. : C'est ce que j'essaie de faire. C'est très important, pour moi, vous devez le savoir. Je n'en suis qu'au tout début et j'ignore encore quelle est sa précieuse vérité. Quand je me lance dans un projet d'écriture, j'ai besoin d'un peu de temps pour saisir l'âme de l'intrigue. Et concernant la théorie des contacts humains, il faut d'abord comprendre la vérité pour soi-même avant de pouvoir la partager.

Q. : Est-ce que je peux te citer pour *Écho*, le journal de Morley ? Je suis rédactrice.

R. : Bien sûr.

Q. : Je vais passer rédactrice en chef, l'an prochain. Et, pour *La Noyade*, Marni m'a mise à la tête de notre département de recrutement. Je m'efforce de faire connaître la théorie et le roman.

R. : C'est dingue ! Je suis très touchée. Et félicitations pour ta nomination de rédactrice en chef, c'est du sérieux.

Q. : Oh, merci !

Q. : Quels passages de *La Noyade* tu as pris le plus de plaisir à écrire ?

R. : Le plus de… plaisir ? Eh bien, sans doute les scènes érotiques ! [rires]

R. : Surtout parce que je vivais une période difficile pendant l'écriture du livre et ces passages me permettaient d'oublier un peu mon quotidien et de me concentrer sur quelque chose d'amusant. Le reste du roman prenait une dimension cathartique, mais je ne parlerais pas de plaisir.

Q. : Qu'est-ce que tu fais ici ?

R. : [coup d'œil à Brady] [???] Je passais seulement dire bonjour.

▶ ⏭

MIRI

À en croire L'Absolution de Brady Stevenson *et le* New York Magazine, *Fatima s'est rendue au lycée pour voir Jonah.*

Je suis au courant.

Ça t'a déçue ? De savoir qu'elle avait fait le déplacement pour lui et pas pour toi ?

Je n'ai jamais affirmé être sa préférée. J'ai simplement dit qu'elle me considérait comme la meneuse du groupe, ce qui était le cas. Je n'étais pas sa préférée. Soleil non plus, d'ailleurs. Jonah était le chouchou. Si elle est arrivée comme une fleur à la cafétéria et m'a serrée dans ses bras, c'est parce qu'elle ne voulait pas montrer qu'elle était venue pour lui. J'en ai conscience. Ça ne me pose aucun problème. Elle cherchait seulement à le protéger et ne voulait pas trahir leur grande proximité. Elle ne voulait pas attirer l'attention sur lui. Vous ne comprenez pas ? Elle aimait ce garçon comme un frère ! Elle s'est investie pour lui, elle désirait tout pour lui : le lycée huppé, la copine parfaite, l'avenir radieux, l'assurance, le chien, tout. Les autres peuvent se déchaîner et accuser Fatima d'avoir révélé son secret, mais vous ne voyez pas cette foutue précieuse vérité ? Jonah Nicholls. Lui. A. Brisé. Le. Cœur.

NEW YORK MAGAZINE

UNE SÉRIE EN QUATRE PARTIES

Au-delà de la fiction :

La véritable histoire du roman polémique

L'Absolution de Brady Stevenson

LA VERSION DE SOLEIL JOHNSTON, TROISIÈME PARTIE (suite)

SOLEIL

Jonah m'a expliqué que tu étais venue au lycée pour le voir et que vous discutiez souvent tous les deux, au téléphone. Il m'a demandé si ça me posait problème.

FATIMA

Ça ne t'ennuie pas ? Il n'y a rien de plus. Promis juré.

SOLEIL

Je sais. J'ai confiance en toi. Bien sûr que non, ça ne m'ennuie pas ! Il ne me raconte plus rien depuis qu'on sort ensemble. Au moins, il te parle, à toi.

FATIMA

J'espère que ça ne sera pas un obstacle entre nous. Je veux vous garder tous les deux comme amis.

SOLEIL

Aucun souci. Je comprends qu'il se sente à l'aise avec toi. Et je suis soulagée de ne pas avoir à affronter seule ses problèmes. Non qu'ils soient un fardeau...

FATIMA

Je comprends ce que tu veux dire.

SOLEIL

Il est vraiment gentil de m'avoir demandé ce que j'en pensais.

FATIMA

C'est un gentil garçon.

SOLEIL

Penny pense qu'il y a quelque chose entre vous, derrière mon dos.

FATIMA

Mouhahaha !!! Désolée. Je l'adore, mais mon dernier copain avait trente-huit ans.

▶ ⏭

PENNY

Fatima disait qu'elle n'en était qu'à la phase préliminaire de son roman et qu'elle ne savait pas encore vraiment ce dont il parlait.

Oui.

C'est vraiment étrange, quand j'y repense.

Pourquoi donc ?

Sa phase préliminaire, c'était nous.

L'Absolution de Brady Stevenson

DE FATIMA RO

(extrait)

Cette visite à l'académie de Morley – jardins, bibliothèque, aire d'athlétisme – correspondait précisément à ce que Thora appelait une « discu-balade ». Un échange de questions-réponses autour d'une promenade dans son milieu naturel. Selon Brady, Thora s'y prenait à l'envers : c'était lui qui aurait dû poser les questions. Elle était la personne intéressante.

– Je crois qu'il y a huit terrains de sport, expliqua-t-il sans enthousiasme.

Il observa l'équipe masculine de football qui s'entraînait au rythme des coups de sifflet du coach. Pour lui, ces terrains ne signifiaient rien.

– Beau domaine, commenta Thora. La première fois que je suis venue, il faisait nuit noire.

– Il paraît qu'on trouve même des écuries de l'autre côté, reprit Brady en désignant l'extrémité. Tu peux amener ton cheval en payant les frais d'entretien. Tu le crois, ça ? s'esclaffa-t-il en secouant la tête.

– Ça change de l'école publique, hein ?

– Plutôt, oui. Mais je n'ai jamais aperçu de chevaux, cela dit. Je l'ai simplement lu sur le site de Morley. De temps à autre, j'aperçois une fille avec une bombe de cavalier à la main. Je les soupçonne d'être des figurantes engagées par le lycée.

Thora éclata de rire. Ils se dirigèrent vers la cour qu'ils

connaissaient bien, croisant élèves et professeurs qui observaient la jeune auteure d'un air surpris.

– Le sport te manque ? Ou bien tu t'en moques ?

Après leurs nombreuses conversations téléphoniques, elle se sentait suffisamment à l'aise avec lui pour lui poser la question.

– Ce qui me manque c'est... l'engagement physique.

Il regarda l'équipe de foot qui enchaînait les «sprints suicides» à l'autre bout de la pelouse.

– Je m'entraîne encore chez moi. Si je ne me dépense pas un peu, j'ai l'impression de me transformer en limace. Et puis, mieux vaut rester en forme... En cas d'attaque de zombies : qui voudrait être le type trop lent et trop lourd qui se fait dévorer le premier ?

– C'est sûr.

– Donc, oui, le sport me manque, conclut Brady. Mais pas l'équipe.

– Je vois. C'est logique.

Ils atteignirent la grille du lycée. Elle prit une grande inspiration et demanda :

– Qu'est-ce qui fait qu'au sein d'une équipe, les gens basculent dans la violence ?

Au même instant, Paloma fit irruption dans la cour en appelant Thora. Brady n'eut pas le temps de répondre à sa question. Ils devraient donc, l'un comme l'autre, y réfléchir plus longuement.

▶ ⏭

MIRI

[regarde son téléphone]

Tu as des nouvelles de Fatima ?

Non. Mais ce n'est pas grave. Elle fait ce qu'elle a à faire pour prendre soin d'elle. Mme Halpin, ma prof de psychologie, expliquait que les gens dotés d'une grande intelligence émotionnelle savent reconnaître leurs émotions, évaluer leurs possibilités et avancer de manière positive. Fatima élimine les obstacles à son bien-être mental. Je l'ai vue faire, quand elle s'est débarrassée de ses boulets d'anciens copains de fac et quand elle s'est disputée avec son père. Elle sait ce qui est bon pour elle. Lorsqu'elle reviendra, ce sera parce qu'elle se sentira prête et forte.

NEW YORK MAGAZINE

UNE SÉRIE EN QUATRE PARTIES

Au-delà de la fiction :

La véritable histoire du roman polémique

L'Absolution de Brady Stevenson

LA VERSION DE SOLEIL,

TROISIÈME PARTIE (suite)

SOLEIL

Je peux te poser une question ?

FATIMA

Toujours !

SOLEIL

Pourquoi tu ne m'as pas dit que Jonah
et toi parliez autant ?

FATIMA

Il m'avait demandé de ne pas le faire.
Il voulait te l'expliquer lui-même,
lorsqu'il se sentirait prêt. J'espère
que tu le comprendras.

SOLEIL

Je comprends.

FATIMA

Ça prouve que, s'il devait t'avouer
certaines choses, il le ferait
le moment venu.

▶ ⏭

PENNY

À ton avis, devrais-je interviewer quelqu'un en particulier, à Graham ?

Mme Grauss se trouvait à la cafétéria ce jour-là. Il y avait aussi le docteur Beals, mon professeur d'histoire.

C'est noté.

Vous savez, après la visite de Fatima, Mme Grauss s'est tout à coup montrée beaucoup plus chaleureuse avec moi. Elle a ses préférences. Les enseignants de Graham ont beau répéter en boucle : « Un seul cœur, un seul esprit », ils ont tous leurs chouchous.

J'en déduis que tu ne l'as pas toujours été ?

Oh non. Un jour, elle m'a surprise dans le couloir à copier le devoir d'une copine. Depuis, elle me détestait. Mais lorsqu'elle a vu que je connaissais Fatima, je suis soudain devenue une bonne élève.

[rires]

Voilà ce que ça changeait, concrètement, de fréquenter Fatima Ro : ma moyenne d'anglais a bondi d'un coup.

Pas mal.

Oui… Mes parents regrettaient de moins me voir à la maison, mais ils étaient ravis de mes résultats. Je ne plaisante pas.

EXTRAITS VIDÉO NON ÉDITÉS

LA VÉRITÉ À NU

Interview de Nan Grauss, du docteur Jim Beals, de DeeDee Halpin et Martin « TBone » Henry par Nelson Anthony

15 mai 2018

▶ ⏭ 0:00:04 / 0:04:55

NAN GRAUSS : PROFESSEURE D'ANGLAIS À L'ACADÉMIE DE GRAHAM

Je me souviens de la visite de Fatima à Graham : une vraie bouffée d'oxygène. J'étais surprise de la trouver aussi avenante, car son roman m'avait paru très sombre. Je comprenais mieux pourquoi elle subjuguait autant les élèves. Elle vous donne l'impression d'être la personne la plus importante de la pièce. Elle m'a serré la main et, sans la lâcher, a ajouté que ses professeurs de littérature avaient toujours beaucoup compté pour elle, au lycée. C'était très délicat. Nous avons noué un authentique contact humain ; je l'ai senti. Mes meilleures élèves, Miri et Soleil, ont monté un fan-club au sein de la classe. Elles exercent une réelle influence sur les autres : de véritables lanceuses de tendances. Il y a environ deux ans, avec leur amie Penny, elles ont commencé à porter d'adorables foulards de soie autour du cou, maintenus par une broche Chanel, et tout le monde a suivi. Ce n'est pas évident d'affirmer son style avec un uniforme, mais ces filles-là y parviennent. [silence] Leur enthousiasme pour *Contre-courant* m'a semblé très positif et j'ai décidé de l'encourager. J'ai donc commandé des exemplaires pour ma classe. Je n'ai même pas eu à leur imposer la lecture. Je me suis contentée d'ouvrir le paquet sur mon bureau et avant d'avoir compris comment, tous les livres étaient partis. À l'assemblée de Graham, j'ai évoqué la visite de Fatima et j'ai expliqué que nous devions nous enorgueillir que notre institution prestigieuse attire des personnalités comme elle. Miri a gentiment partagé ses photos de l'événement, dont une de Fatima et de moi. Fatima a réussi à faire parler d'elle pendant des semaines. [soupir] Je ne peux pas m'empêcher de me sentir un peu responsable pour les problèmes qui sont survenus. [resserre son gros chignon] Cette pauvre, pauvre, jeune femme. J'ai beaucoup de peine pour elle après ce qui est arrivé à Jonah.

JIM BEALS,
DOCTEUR EN HISTOIRE, PROFESSEUR À L'ACADÉMIE DE GRAHAM

Ces gosses… [soupir] Quand ils se moquent de quelque chose, ils n'en ont vraiment, mais vraiment rien à faire. Par contre, s'ils se passionnent pour un truc, ça vire à l'excès. [secoue la tête] Je l'observe pour tout : leurs notes, la musique, le sport, le club de théâtre, leurs relations. Ils passent sans transition de l'indifférence à l'hystérie. Il n'y a pas de demi-mesure. [silence] Qu'est-ce que je dirais à cette fichue auteure, si je pouvais ? [marmonne] Que si elle connaissait aussi bien ces gamins qu'elle le prétendait, elle aurait compris que susciter l'admiration entraîne une grande responsabilité. [fait face à la caméra] Regardez-vous dans une glace et sachez que vous êtes responsable de ce qui est arrivé à Jonah, espèce d'égoïste, narcissique et opportuniste.

DEEDEE HALPIN,
PROFESSEUR DE PSYCHOLOGIE

Miri, Soleil, Emma et Quinn étaient mes meilleures élèves : enthousiastes, sérieuses, et douées de grandes capacités d'analyse. Après la visite de Fatima, Soleil a montré un intérêt plus marqué pour mon cours. Elle a toujours apprécié cette discipline, mais lorsque nous avons abordé le chapitre de la psychologie sociale, elle s'est réellement passionnée pour le sujet. Elle avait une véritable soif de connaissance et posait de nombreuses questions, tout en proposant souvent des exemples. Je comprends mieux pourquoi, à présent. Le roman de Fatima m'a choquée et c'est un euphémisme. Voir mes cours réemployés dans son récit ? [secoue la tête] C'est perturbant. J'aurais préféré que Soleil vienne me parler. J'étais loin d'imaginer qu'elle rencontrait de tels problèmes personnels. Quant à Jonah, il n'était pas dans ma classe, mais notre lycée dispose d'un service d'encadrement psychologique formidable. Nos conseillers auraient pu l'aider. J'ignore s'il a consulté le site de l'établissement, mais on y décrit clairement l'implication des membres de l'équipe pédagogique et leurs qualifications, ainsi que les fantastiques services accessibles aux étudiants pour leur bien-être, mental et physique. J'aurais aimé qu'il puisse tirer profit de ce que l'école avait à offrir.

MARTIN
« T-BONE » HENRY, AGENT DE SÉCURITÉ AU LYCÉE GRAHAM

Alors c'est ça qu'ils fabriquaient dans la cour ? Ils discutaient de leur bouquin et de cette cinglée d'écrivain ? C'est une blague ? Moi qui croyais qu'ils fumaient des joints…

L'Absolution de Brady Stevenson

DE FATIMA RO

(extrait)

Lorsque Brady entra dans le cabinet du docteur Nihati, une fillette d'environ onze ans en sortait. Brady lui sourit et elle le lui rendit, presque. Mais pas vraiment. Elle souriait déjà pour elle-même. La séance avait dû bien se dérouler. Brady se sentit heureux pour elle. Il la regarda rejoindre et enlacer sa mère dans la salle d'attente. Il aurait aimé lui demander si elle avait construit la grue en K'NEX. C'était forcément elle. Il aurait voulu lui dire combien elle l'avait impressionné et qu'elle devrait envisager une carrière d'ingénieure ou d'architecte. Mais il se ravisa. Il existait probablement une clause de confidentialité : les jouets utilisés chez le docteur Nihati ne devaient pas en sortir. De plus, il redoutait de passer pour un cinglé qui espionnait les patients de sa psy.

– Thora Temple est venue me voir au lycée, annonça-t-il, une fois installé dans l'habituel fauteuil en cuir.

– Vraiment ?

Le docteur Nihati se pencha vers lui. Un exemplaire corné de *La Noyade* se trouvait sur le bureau, posé sur son dossier.

– Oui, acquiesça-t-il en redressant la tête. Elle voulait m'observer « dans mon milieu naturel ». Elle appelle ça une « discu-balade ». Thora a toujours des idées dingues. Au début, elle préférait ne pas entrer dans le bâtiment, elle craignait que ce soit une mauvaise idée, mais je savais que Sunny serait contente de la voir.

Le docteur Nihati nota quelques mots sur son carnet.

– Qu'est-ce qui a déclenché cette visite ?

– Oh, je ne vous l'avais pas dit ? s'exclama-t-il, les yeux brillants. On discute souvent au téléphone, tous les deux. On est devenus très proches.

– Ah oui ?

– Oui. Elle est tellement cool. Ça me fait du bien de lui parler. Sans doute parce qu'elle est plus âgée et qu'elle ne me juge pas. En plus, c'est une personne extérieure à Morley, où tout le monde parle dans le dos des autres. Ça a beau être une école huppée, c'est toujours la même merde. Désolé si je suis grossier, j'essaie de me corriger.

– Ça ne fait rien, continua le docteur Nihati qui griffonnait ses notes. De quoi discutez-vous, avec Thora ?

– De tas de choses. De mon chien, de Sunny et moi, ce genre de trucs. Je lui ai aussi parlé de l'église. Je ne l'aurais raconté à personne – non que j'aie honte d'être catholique, ce n'est pas le cas. C'est simplement que ça vient rarement dans la conversation.

– Que lui as-tu dit, au sujet de l'église ?

– Que j'y allais avec mes parents depuis que je suis tout petit.

– Je vois.

– J'avais toujours pensé que si on me laissait le choix, j'arrêterais d'y aller. Pourtant, quand je me trouvais loin de chez moi, j'allais souvent m'asseoir dans la chapelle.

– Pour quelle raison, à ton avis ?

– Sans doute parce que c'était réconfortant : les vitraux, l'odeur de cire. C'était… familier.

– Je comprends.

– Avec Thora, on discute aussi de tout et rien. Et quand elle a appelé Morley mon « milieu naturel »… c'est plutôt drôle, non ?

– Pourquoi cela ?

– Jusqu'à récemment, Morley n'était pas du tout mon « milieu ». Ma maison… je veux dire, l'ancienne. Le gymnase de South Carlisle, c'était là, mon milieu naturel.

– Dans ton ancienne ville.

– C'est ça.

– Et qu'est-ce qui a changé, depuis, pour toi ?

– Eh bien, avant, quand je mettais l'uniforme de Morley, ce n'était pas « moi », c'était… comme enfiler un costume. Plus que ça, même : un déguisement, comme ces énormes lunettes avec une moustache postiche, vous voyez de quoi je parle ?

– Oui, les lunettes de Groucho Marx.

– Qui ça ?

– Un humoriste. Ces lunettes en plastique qu'on trouve partout s'inspirent de lui.

– Ah, d'accord. En fait, quand Sunny m'a donné une chance, j'ai commencé à me sentir différent, parce qu'elle m'imaginait comme un type normal, propre sur lui. Alors, peu à peu, je me suis dit : « Hé, pourquoi ne pas devenir ce type-là ? »

– Et à présent, quand tu passes ton uniforme, comment te sens-tu ?

– Mieux. Très bien, à vrai dire. Bref, c'est agréable de parler à Thora. À quelqu'un qui s'intéresse véritablement à moi, vous comprenez ?

– Bien sûr.

– Ne vous vexez pas… Je sais que vous vous intéressez à moi, mais cela fait partie de votre travail.

– Ne t'inquiète pas. Je vois ce que tu veux dire. Mais pour Sunny ? Crois-tu qu'elle aussi s'intéresse réellement à toi ?

– Oh, oui, oui. Clairement. C'est une fille adorable, très sensible. Elle se passionne pour des choses importantes, évidemment. Mais je ne tiens pas à compliquer la situation, entre nous. Elle et moi, nous avons juste envie de passer de bons moments ensemble. On est au lycée, quoi...

– Et qu'est-ce que ça signifie, pour toi, « être au lycée » ?

– Eh bien, c'est censé être une période sympa, non ? Comme dans les romans et les films. Enfin, peut-être pas tant que ça dans les romans – celui de Thora est plutôt déprimant. Mais de façon générale, on considère toujours le lycée comme les meilleures années de sa vie. Je ne m'attends pas vraiment à ça. D'ailleurs, je ne préfère pas. Je n'aimerais pas me réveiller à trente-cinq piges en me disant que mes plus belles années sont derrière moi. Ça serait tellement pitoyable. Sunny est une fille très positive. Elle aime les séries télé, la pop – genre Beyoncé, Bruno Mars, ce genre de trucs. C'est une fan de Bieber. Euh, je ne sais pas pourquoi je raconte ça, en fait, je ne suis pas sûr qu'elle l'aime bien. Bref, je n'ai pas envie de jouer les rabat-joie. Elle m'avait dit de « remettre mon sourire à l'endroit », ou quelque chose comme ça. Elle mérite que je fasse un effort. Ce que j'essaie de dire, c'est que le lycée n'est pas forcé d'être une tragédie ou ce genre de connerie.

Le docteur Nihati se pencha en avant et croisa les mains, signe qu'elle s'apprêtait à aborder un sujet sérieux.

– Mais la tragédie se produit parfois. Et alors, nous devons y faire face.

Chaque fois qu'elle voulait faire passer un message, elle parlait plus lentement. La meilleure stratégie, pour Brady, c'était donc de se montrer affable. Moins il résisterait, plus vite elle le laisserait tranquille.

– Je sais, c'est vrai. Des choses horribles arrivent à des gens très bien. C'est injuste, terrible.

Le docteur Nihati plissa les yeux.

– Brady. As-tu parlé de ton passé à Sunny ou à Thora ?

Brady fixa le mini-réfrigérateur, placé contre le mur, et se demanda ce qu'il contenait. Il aurait volontiers mangé un sandwich et des chips.

– Brady ?

– Je leur ai dit que je faisais de la lutte.

– Oui ?

– Oui. Et que j'allais au lycée de S.C.

– Eh bien, c'est un grand pas. Tu leur as révélé autre chose ?

Brady sentait la migraine s'installer.

– Non.

– D'accord. Qu'as-tu ressenti en leur expliquant tout cela ?

– Je ne sais pas. C'était bizarre.

– Dans quel sens ?

– Dans le sens où je n'avais pas envie d'en dire plus.

Le docteur Nihati s'enfonça dans son siège.

– Très bien. Tu fais de gros progrès. Excellents. Ces relations doivent beaucoup compter pour toi.

– C'est le cas.

– C'est pourquoi il est important de continuer à leur parler de façon plus franche. Je comprends que tu veuilles garder cet incident pour toi, mais il n'est jamais juste de cacher des choses à ceux avec qui tu partages des relations physiques ou émotionnelles et avec qui tu établis d'authentiques contacts humains.

Brady leva les yeux en entendant cette expression familière.

– Quand nous avons abordé la raison de ton transfert dans un nouveau lycée, tes parents et toi avez décidé que ta priorité resterait la réussite scolaire, pour que, malgré S.C., tu puisses envisager un avenir brillant. Je t'avais prévenu que tu risquais de nouer des amitiés et que tu devrais te préparer à révéler ton passé. Mais tu semblais fermement décidé à éviter tout contact, à te concentrer sur ton travail et ton entrée à la fac et j'ai respecté tes choix. Mais à présent, tu me parles d'amis et même d'une petite amie.

Elle se remit à articuler lentement.

– Tu dois comprendre que pour poursuivre ces relations intimes, tu devras revoir tes intentions et songer à une manière d'aborder les événements survenus à South Carlisle.

Quelque part après « tu me parles d'amis et même d'une petite amie », Brady avait cessé de l'écouter. Elle ne l'aidait plus du tout. Elle exigeait qu'il revienne en arrière, pas qu'il avance. Or ce n'était pas cela, progresser. Thora, elle, commençait à connaître le nouveau Brady et l'aidait à oublier le passé. Voilà ce que signifiait « aller de l'avant ».

– Brady ?

Le jeune homme acquiesça à tout, avant de se rappeler qu'elle préférait des réponses verbales.

– Oui.

– C'est à toi de choisir ce que tu veux révéler de ton passé, que ce soit tout ou partie. Mais cela entraîne de sérieuses questions qui affecteront tes relations. Si Sunny et Thora l'apprenaient d'une autre manière, cela pourrait se compliquer pour elles autant que pour toi. Il y aura des répercussions.

Le docteur Nihati était décidément déconnectée. Elle ne comprenait ni les signes envoyés par Dieu ni le concept de la table rase. Brady en avait fini avec elle et avec sa psychologie ringarde. Ce qu'il voyait, lui, c'était une page blanche et un avenir. Exactement comme la fillette à la grue deviendrait ingénieure, Brady deviendrait chirurgien. Il aurait Thora Temple, les bons moments et même une copine, quoi qu'en dise le docteur Nihati.

– Tu as compris ? insista-t-elle.

– Oui, répondit Brady, même s'il n'en acceptait pas un mot.

▶ ⏭

MIRI

Un peu plus tôt, tu as fait allusion au père de Fatima.

Oui.

J'ignorais que son père faisait toujours partie de sa vie.

Si. Ses parents ont divorcé quand elle était petite, comme les miens. Voilà pourquoi, dès le début, je me suis sentie proche d'elle. Nous avions beaucoup en commun, vraiment. Elle m'a expliqué que les enfants du divorce comme nous puisent leur force dans leur ténacité. Nous avons appris à compter sur nous-mêmes pour notre stabilité alors que les autres dépendent totalement de leurs parents.

Je vois ça. Tu as déjà rencontré son père ?

Non. Mais il l'a appelée, un jour où nous nous trouvions chez elle. Elle a enclenché le haut-parleur. Le ton est monté. Il aboyait au bout du fil. Le moins qu'on puisse dire, c'est que le docteur Ro n'est pas un homme très subtil. Je n'insisterai jamais assez là-dessus.

Qu'a-t-il dit ?

Il s'étonnait que Fatima n'ait pas encore terminé son nouveau roman. Il lui rappelait la date de remise de son manuscrit, et le contrat qu'elle avait signé pour deux livres. Il disait que si elle comptait vraiment suivre une carrière littéraire, elle devrait s'y tenir. Il l'a traitée de dilettante, de succès éphémère. Il ne comprenait pas que ça lui prenne autant de temps pour finir son livre. Elle a répondu qu'elle ne s'attendait pas à ce qu'il comprenne. Il était médecin : ses patients venaient le voir, lui expliquaient où ils avaient mal et il les soignait avec une liste de remèdes appris à la fac. Ce n'était pas la même chose que de conceptualiser tout un univers à partir de rien. Personne ne vient chez un écrivain en lui montrant ce qu'il faut écrire. Il a hurlé qu'elle avait un emprunt sur le dos. « Grandis un peu ! Tu as presque englouti tout l'héritage de ta mère dans cette maison ridicule. Ça ne durera pas toute la vie. Ne t'imagine pas que je vais t'entretenir une fois de plus. »

Rude.

Elle s'était recroquevillée sur un fauteuil, la main sur le front, et criait : « Je ne me tourne pas les pouces, figure-toi. J'y travaille. C'est pour ça que je suis venue ici : pour écrire ce roman. Non, je ne passe pas mes journées à dormir et mes nuits à "faire la fiesta". Et pour info, plus personne ne dit : faire la fiesta. » Elle a ajouté : « Et pour ta gouverne, je ne suis pas une « lubie pour ados » ! J'aide mes lecteurs d'une façon que tu es incapable de comprendre. Je transforme l'existence des gens. Ce n'est pas parce que je ne suis pas cardiologue que je n'aide personne. Tu n'as pas la moindre idée du bien que je peux leur procurer. »

Dingue.

Oui. Son père est un odieux salaud. Fatima a répliqué que ce n'était pas en la traitant de dilettante et de succès éphémère qu'il allait la faire écrire plus vite. S'il comptait l'appeler pour prendre de ses nouvelles et la soutenir, ce serait avec joie. Sinon, il pouvait se dispenser de décrocher le téléphone.

Est-ce étrange, pour toi, de savoir que le manuscrit qui lui donnait tant de mal s'inspirait de vous ?

Non ! [soupir] Il ne s'inspirait pas de « nous ». Bon sang. Arrêtons de croire qu'il tournait autour de mes amies et moi, parce que ce roman parle de Jonah. Et Jonah voulait qu'elle l'écrive ! Vous ne comprenez pas ? Il attendait désespérément qu'on réécrive sa vie. Elle cherchait juste à l'aider.

Au-delà de la fiction :

La véritable histoire du roman polémique

L'Absolution de Brady Stevenson

LA VERSION DE SOLEIL, TROISIÈME PARTIE (suite)

Extrait de journal

5 novembre 2016

Chez Fatima

16 h 23

Fatima discutait avec son père au téléphone. C'est un médecin. Nous avons une chose en commun que seuls les enfants de médecins peuvent comprendre : nos parents n'exigent rien de moins de nous que l'excellence, et on ne peut l'atteindre qu'en devenant médecin à notre tour. On a beau réussir dans une voie différente, on a beau devenir Fatima Ro, à leurs yeux, rien n'est plus difficile ou important que d'entrer en médecine. Encore un lien qui nous rapproche, Fatima et moi. J'étais choquée de la voir pleurer au téléphone, mais sa réaction ne m'a pas vraiment surprise. Je sais mieux que quiconque ce qu'elle affronte. Pour elle, devenir écrivain représentait un acte de rébellion : l'exact opposé d'une carrière de médecin. Elle y voyait une manière de tenir tête à son père. Or c'est loin d'être une dilettante. Elle ne restera pas non plus un succès éphémère. Elle va lui prouver qu'il a tort. J'en suis certaine.

▶ ⏭

PENNY

Ce jour-là, Fatima pleurait quand elle a raccroché.

Ça devait être horrible.

Clairement. Mais cela m'avait confortée dans l'idée qu'elle nous considérait comme ses amis. La voir se comporter à l'extérieur comme à l'intérieur avec nous…

Je comprends ça. Elle se sentait vraiment en confiance avec vous.

Exactement. Elle nous a expliqué qu'en travaillant sur *Contre-courant*, elle parlait d'elle-même, et n'avait donc personne à satisfaire. Personne ne savait qu'elle écrivait ce premier roman : qu'elle le finisse ou non n'avait aucune importance. Elle en parlait comme d'un « spasme de douleur », d'une « purge ». D'après elle, ce nouveau manuscrit lui donnait davantage de mal, parce que cette fois, il se focalisait sur quelqu'un d'autre. Elle voulait faire les choses bien.

C'est une grosse pression.

Oui. Cela dit, je ne saisissais pas vraiment pourquoi. Je pensais qu'avec du talent, l'inspiration venait automatiquement. Et pourquoi devait-elle absolument écrire un deuxième roman ? Elle n'aurait dû en accepter qu'un. C'est déjà incroyable de pouvoir publier un livre, non ?

Ça me suffirait, en tout cas.

Je trouve aussi. Son père l'a traitée de « succès éphémère ». En quoi est-ce péjoratif ? Devenir écrivain, même une fois, reste un rêve inaccessible pour la plupart des gens. Vous vous rappelez Carly Rae Jepsen ?

Bien sûr ! Call Me Maybe.

Vous voyez. Elle n'a sorti qu'une chanson et vous vous en souvenez. Absolument personne n'a pu échapper à ce tube.

[rires] Je vois ce que tu veux dire. Maintenant je vais l'avoir dans la tête pour le reste de la journée.

Désolée. Moi aussi. C'était justement mon argument.

C'est un titre hyper-efficace.

Je sais ! Quand j'étais petite, je l'adorais tellement que j'ai voulu la même frange.

[rires]

C'était horrible. J'avais un look de Playmobil.

[rires]

Une catastrophe, vraiment. [rires] Bref. Fatima nous a raconté qu'après la parution de *Contre-courant*, les gens exigeaient soudain beaucoup plus d'elle. Et pas seulement son père : le directeur de collection, les éditeurs et son agent trépignaient, car son deuxième roman devait sortir avant une certaine date. Elle gérait tout un tas de choses. J'imaginais Fatima complètement sereine. Je ne me doutais pas qu'elle était aussi stressée avant ce soir-là.

Je n'imagine pas travailler sous une telle pression.

Moi non plus. Personne n'attend rien de moi.

L'Absolution de Brady Stevenson

DE FATIMA RO

(extrait)

– Je vais vous demander de me laisser, annonça Thora en essuyant ses larmes. Je dois travailler à ce manuscrit, et je dois m'y mettre tout de suite.

– Thora, n'écoute pas ton père, intervint Marni. Il n'est pas créatif, comme toi. Il ne peut pas comprendre.

– Il parle comme un médecin, c'est tout. Ma mère réagit exactement de la même façon, renchérit Sunny.

– Ça n'a aucun rapport avec mon père, répondit Thora en se massant le front. C'est moi. Je n'ai presque rien rédigé et je n'ai pas droit à l'erreur.

Brady déposa son assiette dans l'évier. Il se sentait flatté qu'elle se donne autant de mal pour écrire son personnage.

– Et si on t'aidait ? proposa Sunny. Tu sais déjà où situer ton intrigue ? On peut essayer de trouver des idées ensemble. Ou des personnages. Je suis plutôt douée pour inventer des noms.

– Excellent ! s'exclama Marni. C'est parfait. Au fond, on est ton lectorat cible.

Thora arracha la télécommande de ses mains et éteignit la télévision.

– Marni, on ne parle pas d'un devoir à rendre pour un de tes cours, là. C'est de ma carrière, dont il s'agit. Moi, la foutue « espoir littéraire ».

Elle attrapa son ordinateur portable sur la table si brusquement qu'elle débrancha la prise dans le mur.

– Tout ce que j'ai, ce sont des notes. Tu le comprends, ça ? Et aucune n'a de sens. Je ne sais ni où elles mènent ni ce qu'elles signifient. Et par un quelconque miracle, je dois réussir à pondre un roman d'ici trois mois ! hurla-t-elle en jetant leurs sacs à dos et manteaux dans l'entrée. Alors, rentrez chez vous, OK ? Il ne se passe rien, là. Fichez le camp, que je puisse enfin me concentrer.

Thora disparut dans le vestibule, et claqua la porte de sa chambre.

MIRI

Son ordinateur était allumé, sur la table. Elle l'avait laissé ouvert quand son père l'a appelée. Je ne voulais pas lire cet e-mail, mais il apparaissait juste sous mon nez. Impossible de ne pas le voir.

Que disait-il ?

C'était son agent, qui réclamait son premier jet.

Tu parles d'une angoisse…

Je vous jure. Et Soleil et Penny ont eu le culot de paraître outrées quand elle nous a demandé de partir. Je leur ai dit qu'elles devaient comprendre. Son boulot, c'était d'écrire, pas de jouer les baby-sitters avec nous. Au moins, Jonah avait saisi, lui. Il préférait ne pas rester dans les pattes de Fatima. Il se doutait qu'elle travaillait à quelque chose d'important… non ?

Sûrement.

NEW YORK MAGAZINE

UNE SÉRIE EN QUATRE PARTIES

Au-delà de la fiction :

La véritable histoire du roman polémique

L'Absolution de Brady Stevenson

LA VERSION DE SOLEIL JOHNSTON,

TROISIÈME PARTIE (suite)

FATIMA

Désolée de vous avoir mis à la porte.

SOLEIL

Pas de souci. Je comprends. Tu as réussi à écrire ?

FATIMA

C'est nul. J'ai besoin de me distraire.
Il se passe des choses intéressantes
depuis que vous êtes partis ?

SOLEIL

Plus ou moins.

FATIMA

Raconte.

SOLEIL

On a fini chez Penny pour jouer au billard et écouter de la musique. Jonah et moi on est descendus dans le cellier pour chercher de quoi grignoter.

FATIMA

« Chercher de quoi grignoter » ?
C'est un langage codé ?

SOLEIL

Tu ne vas quand même pas m'obliger à te raconter ça par SMS ?

FATIMA

LÀ, TU EN DIS TROP OU PAS ASSEZ !

▶ ⏭

PENNY

Fatima semblait furieuse contre nous.

Comment cela ?

Quand elle a dit : « Il ne se passe rien, là », elle ne nous demandait pas de partir parce qu'elle n'arrivait pas à se concentrer. Plutôt parce qu'on ne faisait ni ne racontait rien qui puisse l'aider pour son roman.

Mmmh.

Ça me paraît si évident, à présent. Elle nous en voulait de ne pas faire progresser son intrigue, mais elle continuait de nous envoyer des messages, au cas où quelque chose de croustillant se produirait.

Tu sembles tirer tout un tas de conclusions, depuis quelque temps.

C'est parce que je ne fais que ça : je repense à tout ce qui s'est passé et je m'inquiète pour Jonah.

Ne te rends pas malade.

J'ai au moins trouvé une chose pour laquelle je sois douée. [silence]

Qu'est-ce qui te tracasse ?

Euh… [secoue la tête] Rien. Oubliez. Je ne comptais pas en parler.

Maintenant tu en as trop dit : je suis curieux.

Je ne sais pas. C'est un peu… gênant. [silence]

Gênant pour qui ?

Pour nous tous. Enfin, pour Soleil, Miri et moi. [prend une inspiration] Parce qu'on la croyait tellement brillante, avec son roman, sa philosophie révolutionnaire. On la suivait partout, comme des canetons qui suivent leur mère. Mais…

Mais ?

Eh bien, je vous ai raconté que je lisais ses magazines. Parfois, je les lui empruntais parce que je n'en achète pas. Je suis la mode et les potins en ligne, vous comprenez.

Je vois.

Un jour, j'ai découvert ça. [sort un exemplaire de *US Weekly*] [le fait glisser sur la table] Ça parle de *The Bachelor.* Saison 17.

Très bien.

Ça commence page 12.

« Comment tomber amoureux dans The Bachelor *».*

1. Regardez votre partenaire dans les yeux, comme Sean et Catherine pour leur soirée romantique dans la « suite merveilleuse ».

2. Appelez votre partenaire par son nom. Elle aura l'impression qu'elle seule compte, même si vous vous trouvez en compagnie de cinq autres filles, comme sur cette image, où Jake figure avec le reste de ses prétendantes.

3. Imitez son langage corporel, comme Ben et Courtney, qui marchaient d'un même pas cette nuit-là, sur la plage.

Attends, qu'est-ce que c'est que ce truc ?

Continuez. Il y a autre chose.

4. Révélez vos vérités les plus intimes, comme lorsque Chris a confié à Emily qu'il se sentait prêt à devenir père ; ici à Charlotte, en Caroline du Nord, ville d'origine de la jeune femme.

5. Employez des questions ouvertes, comme Chris et Whitney qui comparaient les avantages et les inconvénients du quotidien dans une petite ville (ou village) de l'Iowa.

6. Partagez des expériences intenses qui augmenteront votre taux d'endorphines, comme Jason et Molly pendant leur premier saut à l'élastique.

Qui a entouré ces numéros ? C'est Fatima ou bien toi ?

Fatima.

Bon sang… tu es en train de me dire que Fatima Ro a emprunté sa théorie des contacts humains à…

The Bachelor. On la vénérait. Soleil est sortie avec Jonah et Miri a lancé tout un mouvement à partir des conseils que Fatima a piqués à *The Bachelor.*

Oh mon Dieu.

L'Absolution de Brady Stevenson

DE FATIMA RO

(extrait)

Le cellier constituait l'une des nombreuses attractions de la maison de Paloma. Les placards y restaient toujours bien remplis grâce à un système de stockage intelligent que la famille appelait « M. Belvedere », du nom d'une vieille sitcom tombée dans l'oubli, sur les tribulations d'un majordome. Il suffisait dire à voix haute dans la pièce : « Monsieur Belvedere ? On n'a plus de nachos » pour que l'ordinateur les ajoute automatiquement à la liste des courses.

– Bonjour !

M. Belvedere activa la lumière pour accueillir Sunny et Brady lorsqu'ils ouvrirent la porte coulissante.

– Qu'est-ce que c'est que ce truc ? s'exclama Brady.

– C'est M. Belvedere. Le majordome connecté.

– C'est une blague ?

Brady fixa le pavé numérique sur le mur.

– Ne jamais critiquer M. Belvedere ! Il gère les courses. Écoute ça : Monsieur Belvedere ? Est-ce qu'il nous reste des bretzels au chocolat ?

– Il y a quatre unités de bretzels choco Snyder sur l'étagère numéro 2, répondit la voix à l'accent britannique robotisée.

– Quoi ? s'étrangla Brady.

Sunny saisit un paquet de biscuits sur l'étagère numéro 2.

– Plutôt cool, non ?

– Carrément.

Brady prit le paquet des mains de Sunny et observa le code-barres.

– Alors, quand on finit quelque chose, qu'est-ce qu'on fait ? On le scanne ?

– Tout juste ! M. Belvedere le déduit du stock enregistré. Lorsque les réserves baissent, il le rajoute à la liste transmise au service de livraison à domicile.

– Bill Gates est parmi nous, commenta Brady.

Sunny éclata de rire.

– Alors, qu'est-ce qu'on emporte d'autre ?

Elle leva les yeux vers les placards.

– Tu n'as qu'à choisir. Quand on termine un truc, il faut juste le scanner. La belle vie, quoi.

– Attends un peu.

Brady s'appuya contre le bar, face à elle. Sunny était si sexy dans son pantalon de yoga ajusté et son sweat-shirt trop large.

– On n'est pas obligés de remonter tout de suite…

– Qu'est-ce qui ne va pas ?

– Rien, tout va bien.

Brady posa le paquet de biscuits et lui adressa un sourire malicieux. Les choses se passaient vraiment bien entre eux depuis quelque temps. Le malaise avait disparu. Il sentait bien que Sunny ne pensait plus à South Carlisle.

– C'est juste que… je n'ai pas très faim.

– Arrête, se moqua Sunny. Tu es sans arrêt mort de faim.

Elle avait raison. Brady aurait pu manger n'importe quand, n'importe où, et n'importe quoi. Dès que Thora voulait nettoyer son réfrigérateur, il lui suffisait d'appeler Brady pour lui demander de finir les restes – ce qu'il acceptait toujours.

– Pas maintenant.

Il repoussa la porte du bout du pied et ajouta :

– Monsieur Belvedere ? Éteins la lumière.

La pièce s'assombrit.

– Le cellier est éteint, annonça M. Belvedere.

Brady saisit la main de Sunny et l'attira contre lui. Elle pouffa dans le noir avant de l'enlacer.

– Je n'ai pas très faim non plus.

Il avait vu juste. Elle avait oublié South Carlisle.

– Monsieur Belvedere ? Tu devrais fermer les yeux.

Leurs lèvres se trouvèrent sans hésitation et ils s'embrassèrent, fébrilement, éperdument, impatients de reprendre là où ils s'étaient arrêtés au château.

– Je n'ai pas compris la commande. Veuillez recommencer.

– Tu l'as entendu, murmura Brady. Recommence.

Il s'inclina et écarta les jambes. De nouveau, Sunny l'embrassa et sentit ses doigts glisser le long de son dos, son bras enserrer sa taille et s'aventurer plus bas. Elle avait l'impression de vivre un fantasme. Plus exactement, elle crut se retrouver dans le chapitre 8 de *La Noyade*, lorsque Sam, adossé au mur de sa chambre, « serra Julie entre ses jambes, très vite, très fort, jusqu'à ce qu'ils soient tout d'eux en nage, hors d'haleine ».

Brady avait relu ce chapitre au moins dix fois et y repensait même davantage. Perdu entre les sensations sous son jean et le souvenir des mots de Thora, il toucha Sunny encore et encore en pensant : *Voilà, Sunny, voilà la fiction qu'on veut vivre ensemble, là et là et là…*

▶ ⏭

MIRI

Fatima a fini par écrire tout un chapitre, cette nuit-là.

C'est vrai ?

Oui. C'est ce qu'elle m'a raconté. Je me doutais qu'elle serait plus productive après notre départ. Il suffisait de respecter son besoin d'intimité et lui laisser le temps d'exprimer sa créativité. Elle est très équilibrée, pour ça.

Certainement. [silence] Écoute, Miri, j'aimerais te montrer quelque chose que Penny a découvert, cela pourrait t'intéresser.

Très bien.

[un exemplaire de US Weekly *est déposé sur la table, devant Miri] Penny l'a trouvé chez Fatima, qui a annoté la page 12.*

[tourne les pages] « Comment tomber amoureux dans *The Bachelor.* » Et alors ?

Lis l'article.

[commence à lire] [rougit] Qu'est-ce que vous cherchez à prouver au juste ? [referme le magazine]

Je ne veux pas prouver quoi que ce soit. Je souhaiterais juste savoir ce que tu en penses.

Je crois que vous essayez de me prendre pour une imbécile. Et que vous devriez couper la caméra.

Qu'est-ce que tu dis de…

Coupez cette caméra. Tout de suite.

NEW YORK MAGAZINE

UNE SÉRIE EN QUATRE PARTIES

Au-delà de la fiction :

La véritable histoire du roman polémique

L'Absolution de Brady Stevenson

LA VERSION DE SOLEIL JOHNSTON,
TROISIÈME PARTIE (suite)

SOLEIL

Jonah m'a touchée exactement comme Wes, dans *Contre-courant.*

FATIMA

Quoi ???

SOLEIL

Il m'a fait un chapitre 8.

FATIMA

Sérieux ? Dans le cellier ???

SOLEIL

Haha ! Oui. Et c'était géniaaaaal.

PENNY

Alors, c'était tout du bidon, hein ?

Tu fais allusion au magazine ?

Oui. Vous ne partagez pas mon avis ?

Je n'en sais rien. Évidemment, l'article ne plaide pas en sa faveur, loin de là. C'est même ridicule, à vrai dire. Tu as bien vu ma première réaction… Mais est-ce que cela signifie que tout chez elle est faux ? Pas nécessairement.

Et l'histoire de la vieille dame à la gare avec sa chanson de Conway Twitty ?

Elle pourrait être véridique. L'anecdote a peut-être cimenté les différents concepts dans son esprit.

[silence]

Qu'y a-t-il, Penny ?

J'aimerais simplement savoir…

Savoir quoi ?

Si je dois ou non la détester.

[silence] Est-ce qu'elle te manque ?

[hausse les épaules]

Je comprends que tu lui en veuilles. Mais ça n'empêche pas qu'elle puisse te manquer et que tu ne regrettes pas le temps passé avec elle.

Ça m'arrive parfois. Surtout ses soirées ciné.

Je m'interrogeais à ce sujet. Nombre de passages du livre parlent de ces soirées ciné. Je me demandais dans quelle mesure elles étaient réelles.

Oh, tout était vrai. [hésite] [sourit] Les soirées ciné, c'était le sel de la vie. On a vu *Pleasantville*, *Whiplash*, *Rocky* et quelques autres.

Rocky ? *Sérieusement ?*

Oui, le premier. Je crois qu'il en existe plusieurs. Vous saviez que Rocky avait rédigé le premier jet du scénario en trois jours ? Enfin, je veux dire, Sylvester Stallone.

Non, je l'ignorais. Ahurissant !

C'est vrai. Il n'avait que 106 dollars sur son compte en banque. Sa femme était enceinte. Alors il a écrit ce scénario et a convaincu des producteurs de tourner le film.

Hallucinant.

Cette *success-story* a beaucoup motivé Fatima. Elle pensait que c'était un homme très modeste : jamais personne n'imaginerait qu'un type comme lui, avec son physique et sa façon de parler, soit si intelligent.

Pas faux. J'oublie toujours que c'est lui qui l'a écrit.

Elle expliquait aussi qu'il ne faut jamais sous-estimer des gens qui ont faim.

Ha ! Très juste.

Et elle nous disait d'être fiers des choses qui nous passionnent : que ce soit la musique, nos vêtements de marque, nos séries ou films préférés. Pour certains, elles peuvent paraître idiotes ou frivoles. Mais, pour les personnes créatives, on ne sait jamais d'où jaillira l'inspiration.

Comme… de *The Bachelor*?

Quoi? [silence] Oh…

L'Absolution de Brady Stevenson

DE FATIMA RO

(extrait)

– Alors, raconte-moi comment ça se passe entre Brady et toi... Je meurs d'envie d'entendre les détails.

Thora bondit sur son lit et s'assit en tailleur. Sunny s'installa sur le rebord.

– Ça va mieux. On se retrouve tous les jours à l'heure du déjeuner, dans l'atelier d'arts plastiques, pour que je puisse travailler sur mon projet. J'espère vraiment l'avoir terminé d'ici les vacances de Noël. Je ne vois rien de plus à ajouter, mais Brady m'a donné une photo de sa porte d'entrée.

– C'est mignon ! C'est important de trouver quelqu'un qui te soutient dans tes projets. Et ce n'est pas facile de dénicher un garçon comme ça, crois-moi. Trop de types ne pensent qu'à eux et à leur argent. *Moi. Moi. Moi.* Bon, quoi d'autre ? reprit Thora en lui tapotant la jambe.

– Eh bien... on finit souvent derrière l'étagère où sont rangées les vieilles poteries...

– Haha ! Je le savais ! Ça transpire la tension sexuelle entre vous, commenta Thora. Alors, où est le problème ? Tu as l'air au bord de la nausée.

– C'est juste que... je me demande si c'est très sain, répondit Sunny. Je veux dire, après le cauchemar qu'il a vécu. Quand on est ensemble, j'ai l'impression qu'on élude ses problèmes. Il a peut-être besoin de se reconstruire émotionnellement. Tu ne crois pas qu'on incarne une parfaite illustration d'un cas classique de déni ? Parce que si on s'égare dans l'évitement d'un traumatisme profond…

Thora saisit sa main.

– Arrête. Arrête tout de suite ton baratin de psychologue en herbe, ou bien je te jure que je te renie. Sérieusement, c'est très bien de creuser le sujet, mais tu dois cesser de ne penser que d'un point de vue technique et te fier à ton propre instinct.

– Très bien, souffla Sunny.

Elle se cacha le visage.

– Pff, je me sens incapable de me contrôler avec lui. C'est carrément gênant.

– Tu n'as pas à avoir honte. Tu oublies à qui tu parles ? Pour mémoire, j'ai écrit un bouquin semi-autobiographique sur une fille qui couche pour mieux occulter la maladie de sa mère. Allôôô ? s'exclama Thora en la secouant par les épaules.

– Je suis une imbécile, ajouta Sunny.

– Mais non. Je comprends parfaitement ce que tu ressens. On se ressemble tellement, toi et moi, continua Thora. Tu vois, la relation amoureuse que j'ai décrite dans *La Noyade*, je l'ai ressentie comme une vraie leçon de vie. J'ai grandi et mûri grâce à elle.

Elle s'adossa à ses oreillers.

– Tu t'obstines à chercher une sorte de mode d'emploi, qui t'indique quoi faire ou ne pas faire pour que personne ne souffre. Mais ça n'existe pas. Soit tu établis un lien avec lui à un niveau authentique – la seule manière de vivre pleinement une vie qui ait du sens – soit tu laisses tomber.

Sunny se mordit la lèvre.

– Mais comment savoir si ce lien est authentique ?

– Eh bien, c'est comment, quand vous êtes ensemble, physiquement ?

Sunny sourit.

– J'ai l'impression que la terre tremble.

Thora éclata de rire.

– Vraiment ? Tu as découvert son talent caché ! Alors je ne vois même pas pourquoi tu te poses la question. Laisse-toi aller ! Sois heureuse. Moi, je suis contente pour toi !

– Tu en es certaine ?

– Oui ! insista Thora. Bon, maintenant, raconte : qu'est-ce qui se passe exactement, derrière cette étagère ?

– Il m'a fait un chapitre 10, bafouilla Sunny, faisant allusion à la scène particulièrement sensuelle du livre, où Julie est assise sur les genoux de Sam qui fait glisser ses collants sur ses jambes « doucement, avec une insupportable lenteur, centimètre par centimètre ».

▶ ⏭

MIRI

Est-ce que ça va ?

[s'assoit] Très bien. [fait glisser le *US Weekly* sur la table]

Tu veux qu'on en parle ?

Oui, justement.

Formidable.

Penny pense que cet article discrédite Fatima, mais c'est faux.

Comment arrives-tu à cette conclusion ?

Eh bien, admettons que Fatima ait trouvé l'idée de sa théorie des contacts humains dans *The Bachelor*. Elle s'est emparée de quelque chose de médiocre et l'a transformé en quelque chose de plus profond et qui peut être mis en application pour souder de véritables relations.

Ça se tient.

Ce magazine ne change rien au fait qu'elle a écrit deux romans et qu'elle encourage les gens à mener une vie plus épanouissante. Penny devrait sérieusement se calmer. Elle est toujours comme ça. Elle fait toute une histoire de rien.

Au fait, tu m'as bien dit que tu étais responsable au club des débats de Graham ?

Exact.

NEW YORK MAGAZINE

UNE SÉRIE EN QUATRE PARTIES

Au-delà de la fiction :

La véritable histoire du roman polémique

L'Absolution de Brady Stevenson

LA VERSION DE SOLEIL JOHNSTON,

TROISIÈME PARTIE (suite)

Extrait de journal

12 novembre 2016

Soirée ciné chez Fatima

21 h 42

Repas chinois commandé à La Perle d'Asie. Nouvelle obsession de Penny pour Kate Hudson : elle cherche ses tenues sur Internet et tente d'identifier son styliste. Miri est dans son élément, suspendue aux lèvres de Fatima. Jonah, adorable en jogging et sweat-shirt, qui regarde par-dessus mon épaule pendant que je pianote, donc j'étais forcée de le dire, haha. SOLEIL, TROP SEXY EN JEAN ET DÉBARDEUR #LaThéorie!!! <<< Ça, c'était Jonah. Charmant. Et pour info, ça ne se fait pas de taper en majuscules! Rends-moi mon ordi!

Analyse de *Presque célèbre*, présenté par Fatima Ro – c'est maintenant.

BON COURAGE POUR SUIVRE LE FILM, PARCE QU'ON EST TOUS LES DEUX SOUS LA COUVERTURE

ET JE DÉCLINE TOUTE RESPONSABILITÉ POUR CE QUI RISQUE D'ARRIVER <<< Très drôle. J'ai bien l'intention de le regarder, parce que c'est le préféré de Fatima, que j'ai toujours voulu le voir et que nous n'allons pas lui manquer de respect.

ÉTEINS CET ORDI !

Sérieusement, deuxième tentative. Les notes concernant le film commencent ici :

Le thème de l'authenticité dans la narration

William Miller, quinze ans, journaliste, avait décidé d'établir un compte rendu fidèle de son expérience avec le groupe Stillwater (y compris en rapportant les choses idiotes dites pendant la tournée, leurs disputes incessantes, l'horrible façon dont ils traitent leurs groupies). Mais les membres du groupe acceptaient mal cette version de l'histoire. Tout ce qu'ils espéraient, c'était que William « leur donne l'air cool ». Mais pour William, cela n'aurait été ni véridique, ni intéressant, ni authentique. Alors, contre la volonté des musiciens, il a raconté la vérité.

En fin de compte, ils n'ont pas pu démentir son histoire. William avait dépeint un portrait réaliste, qu'il leur plaise ou non.

Rolling Stone voulait son récit parce qu'il dévoilait les détails croustillants de la vie du groupe en tournée. Le magazine appréciait sa chronique sans concession qui ne leur donnait pas du tout « l'air cool ».

Les artistes apparaissent plus brillants lorsqu'ils donnent leurs précieuses vérités, même si elles se révèlent douloureuses ou embarrassantes.

- L'article de William a rendu Stillwater célèbre parce qu'il s'est montré sincère.
- Par association, William est devenu un peu célèbre, lui aussi.
- Presque célèbre.

FILM GÉNIAL. JONAH LUI DONNE 5 ÉTOILES. COMMENT ON FAIT LES ÉTOILES SUR CE CLAVIER? AHH! ★★★★★ !

PENNY

De tous les films qu'elle nous a montrés, *Presque célèbre* était mon préféré.

Je suis d'accord. C'est un très bon film.

J'adore Kate Hudson. Elle paraît si épanouie.

C'est vrai. Elle est toujours souriante.

Je sais… On dirait que rien ne l'atteint. J'aimerais bien être comme ça. Rien qu'un petit peu. [silence] Vous avez vu les photos de cette soirée ciné que Miri avait postées sur Instagram ? Elle a envoyé des captures d'écran avec des citations de Fatima, genre : « La vérité est la seule histoire qui vaille la peine d'être racontée. » #Fatimadans-laplace #Presquecelebre

Je les ai vues, oui. Ces publications t'ont gênée ?

Oui. Pourquoi fallait-il qu'elle exhibe tout ce qu'on faisait ? Le temps qu'on passait avec Fatima, c'était privé.

Fatima avait des objections ?

Non, mais moi, oui. Et vous savez quoi ? Parfois, mon avis compte. Peut-être pas pour Miri, mais parfois, il compte.

L'Absolution de Brady Stevenson

DE FATIMA RO

(extrait)

Chez Paloma, dans la salle de projection, les films semblaient une façon comme une autre de passer le temps. Chez Thora Temple, ils devenaient une sorte d'enseignement. Brady éprouvait une satisfaction inédite à analyser les intentions cinématographiques d'un réalisateur, surtout autour de plats chinois commandés à La Perle d'Asie avec la carte de crédit de Thora.

– Voici l'un des films qui m'a incitée à devenir écrivain.

Thora sortit le DVD de sa bibliothèque et le serra contre son cœur.

– Mais il y a une chose que vous devez comprendre.

Marni, Paloma, Sunny et Brady l'écoutèrent religieusement.

– J'aime *Presque célèbre* comme on aime une personne. C'est une passion dans sa forme la plus pure. Une chose peut déclencher exactement les mêmes réactions chimiques dans le cerveau d'un être humain : l'ocytocine et la vasopressine. Vous le saviez ?

Sunny nota l'information sur son téléphone et Marni prit le DVD en photo avant de la publier sur Instagram avec les hashtags #Thoradanslaplace #SoireeCine #PresqueCelebre #LaNoyade.

– L'amour, ce n'est rien d'autre que des hormones, des endorphines libérées par le cerveau, qui stimulent le bien-être et procurent un sentiment d'euphorie, poursuivit Thora.

Brady donna un coup de coude à Sunny, qui fit de même.

Depuis deux semaines, l'euphorie ne les quittait plus. Ils

partageaient de brusques décharges d'ocytocine et de vasopressine dans la salle d'arts plastiques, derrière l'étagère de poteries oubliées.

Mulder, le chat, sauta du canapé et se roula sur la moquette.

– Alors, même la question de savoir si les animaux peuvent nous rendre notre amour est élucidée, ajouta Thora en désignant le chat. Bien sûr qu'ils le peuvent !

Brady songea à Cletus, qui l'attendait patiemment chaque jour derrière la fenêtre, après les cours.

– Lorsqu'ils nous voient, leur cerveau sécrète des hormones identiques.

Thora introduisit le DVD dans l'appareil.

– Et là, vous savez ce qui me gagne, alors que je m'apprête à appuyer sur « lecture » ?

– Quoi ? demanda Brady en la dévorant des yeux.

– L'euphorie, s'exclama-t-elle en croisant les mains. Pourquoi s'embêter avec des soirées chaotiques quand on peut les passer à regarder des films pareils ?

Le groupe acquiesça. Pour ce week-end de Thanksgiving, leur premier réflexe aurait été d'organiser une fête. Mais leurs priorités n'étaient pas les siennes.

– Et d'ailleurs, il n'y a qu'une chose plus cool que d'occuper le devant de la scène.

– Quoi ? l'interrogea Marni.

– La snober.

La sonnette retentit : la commande de La Perle d'Asie, la cantine de Thora, venait d'arriver. Ce n'était pas un banal traiteur chinois de quartier, mais un restaurant réputé sur le Northern Boulevard.

– Marni, tu peux signer pour moi ? Et laisse-lui un pourboire, s'il te plaît.

– J'y vais.

Marni se rua vers le vestibule, la tête haute. Brady la suivit pour l'aider à porter les sacs. Tout sourire, Marni ouvrit la porte et signa le reçu d'une écriture large et ronde : *Thora Temple.*

– Merci, s'exclama Brady en prenant les paquets des mains du livreur.

Marni lui tendit son propre billet de cinq dollars.

– Merci d'être passé, lança-t-elle alors que le livreur s'éloignait. Toujours un plaisir de rencontrer des fans !

▶ ⏭

MIRI

Après le film, Fatima a reçu un coup de fil d'un type et nous a annoncé qu'elle sortait. Pardon, je reformule : elle a reçu un appel d'un « homme ». [mime les guillemets] D'ailleurs, selon Fatima Ro, le téléphone est le seul moyen convenable d'inviter une femme. Ne jamais accepter un rendez-vous par SMS. Ça établirait l'atmosphère de toute la relation. Les hommes vous traitent comme vous les laissez vous traiter. C'est un point essentiel à retenir. Et j'avoue que la manière dont elle se prépare pour sortir devrait inspirer toutes les femmes.

Pourquoi cela ?

Elle ne s'est même pas changée. Même jean, même débardeur noir qu'elle avait portés toute la journée. Elle est passée en coup de vent à la salle de bains, elle a refait son chignon, mis une touche de rouge à lèvres. Elle a enfilé une paire de talons hauts tout en se dirigeant vers la porte et c'était fini. Cinq minutes [claquement de doigts], prête à partir.

Impressionnant.

Des gens mettent plus de temps rien que pour descendre les poubelles. J'aurais dû en faire une vidéo, mais j'étais tellement sidérée que ça ne m'est pas venu à l'esprit. J'aurais déjà eu des millions de vues.

NEW YORK MAGAZINE

UNE SÉRIE EN QUATRE PARTIES

Au-delà de la fiction :

La véritable histoire du roman polémique *L'Absolution de Brady Stevenson*

LA VERSION DE SOLEIL, TROISIÈME PARTIE (suite)

Extrait de journal

La chambre de Fatima

22 h 12

Le secret du parfait chignon, selon Fatima Ro :

1. Tête en bas, vaporiser du shampooing sec sur les racines.
2. Faire une queue-de-cheval avec un élastique.
3. Desserrer légèrement le nœud, en particulier sur le sommet du crâne, pour que ça n'aplatisse pas le tout. Laisser quelques mèches libres autour du visage et sur la nuque pour un rendu plus naturel.
4. Crêper la queue-de-cheval les pointes vers le haut. Crêper, c'est la clé. Vaporiser avec de la laque.
5. Enrouler la queue-de-cheval autour de la base en plaçant des épingles au fur et à mesure.
6. Glisser les bouts en dessous et les attacher avec une épingle.
7. Fixer avec de la laque.
8. Le chignon parfait !

Le secret du rouge à lèvres mat parfait, selon Fatima Ro :

1. Appliquer du baume à lèvres (les rouges mats ont tendance à les dessécher).
2. Utiliser un crayon assorti au rouge. Tracer le contour des lèvres, puis remplir. Ne pas oublier les coins.
3. Appliquer le rouge.
4. Légèrement souligner la bouche avec du correcteur de teint et un petit pinceau.

Le secret des rendez-vous réussis, selon Fatima Ro :

1. Si un homme vous propose une sortie par SMS, c'est un lâche. Qui voudrait d'un type pareil ? « S'il n'est pas capable de s'adresser directement à vous ou de vous appeler et de formuler ses phrases, c'est probablement une catastrophe au lit. » (Hahaha !!!)
2. Ne jamais trop en faire quand on se prépare. Ça met la barre trop haut et généralement, on est plus jolie quand on n'en fait pas des tonnes.
3. Si le rendez-vous tourne mal, FUYEZ !

PENNY

Je doute que Fatima soit vraiment sortie, ce soir-là. Je crois qu'elle a laissé le champ libre à Soleil et Jonah.

Attends. Tu penses que cette histoire de rendez-vous, c'était du pipeau ?

Oui, pour provoquer quelque chose entre eux. Elle savait que Soleil lui raconterait tout. Elle n'aurait plus qu'à transcrire sa scène érotique par écrit.

C'est une accusation sérieuse.

[hausse les épaules] Après le fameux coup de fil de son père, Fatima a changé. Elle semblait toujours préoccupée, stressée. Elle manquait de matière pour son roman parce qu'elle nous trouvait inintéressants au possible et voulait à tout prix déclencher un rebondissement. Quant à son prétendu rendez-vous… [soupir] Je vous parie qu'elle a passé la nuit toute seule au café. Elle n'a pas pris de douche avant de partir. Elle ne s'est même pas changée. Pourquoi sortirait-elle comme ça ? Dans son placard, elle possède des pièces vintage Chanel et Dior de sa mère. Et Halston. Et aussi un blazer Balmain à double boutonnage. Le blazer des blazers, quoi.

Eh bien, certains trouveraient génial qu'elle n'ait pas passé des heures à se pomponner. Ça trahit une certaine confiance en elle. Ou c'était peut-être une soirée sans grande importance.

C'est si facile d'y croire quand on est avec elle, parce qu'elle transpire le glamour et l'assurance. On était tous, genre, fascinés de la regarder se préparer. Je voulais lui ressembler… recevoir un appel d'un type plus âgé et sortir la nuit. Fatima paraissait… tellement mûre. Mais plus tard, lorsque vous vous retrouvez seule, avec une meilleure amie en larmes et un autre dans le coma, vous voyez les choses différemment et Fatima apparaît soudain nettement moins parfaite.

L'Absolution de Brady Stevenson

DE FATIMA RO

(extrait)

Brady et Sunny se retrouvèrent seuls chez Thora.

– Eh bien, on dirait qu'il n'y a plus que nous, fit remarquer Sunny.

– Oui, confirma Brady avec un sourire. Je crois bien.

Ils échangèrent un baiser et se dirigèrent à tâtons vers le vestibule. Plaqués contre le mur, leurs mains couraient sur le corps de l'autre. Ils se débarrassèrent de leurs chaussures.

– Qu'est-ce que t'en penses ? demanda Brady, les sourcils arqués. La chambre ?

Sunny acquiesça. Elle aussi voulait « grandir et mûrir », vivre pleinement, nue avec Brady. Entre deux caresses fébriles, ils dépassèrent la salle de bains, le placard et, enlacés, poussèrent la porte de la chambre. Au pied du lit de Thora, Brady ôta en même temps son pull et son Tshirt. Sunny n'aurait pas dû s'étonner de cette musculature d'athlète, dissimulée sous les vêtements. C'était un sportif. Elle fit passer son débardeur au-dessus de sa tête. Elle effleura son ventre de la main puis s'allongea sur le lit.

Ces semaines de torture, à l'embrasser derrière l'étagère de poteries, avaient épuisé sa patience, à l'imaginer, étendue sous son corps et à la sentir contre lui, peau sur peau. Il baissa son pantalon, trop pressé pour prendre le temps de l'enlever et rampa vers elle.

– Tu savais que Thora avait un rendez-vous ? demanda-t-il.

Sunny glissa les oreillers sous sa nuque.

– Si je l'avais su, j'aurais choisi des sous-vêtements assortis.

– Quels sous-vêtements ? souffla-t-il, en tirant sur l'élastique.

– Au fait, tu as ce qu'il faut ? intervint alors Sunny.

Elle n'aurait pas pensé passer la nuit avec lui.

– Non, mince…

Brady réfléchit. Lui non plus n'avait rien prévu.

– Je parie que Thora est équipée.

Sunny roula sur le côté et ouvrit le tiroir de la table de chevet : des préservatifs dans une boîte violette.

– Bingo.

Elle en sortit un qu'elle tendit à Brady.

Parler de Thora amplifiait l'excitation de Brady. S'allonger sur le lit de la jeune femme, voir son T-shirt plié sous ses draps, tenir un de ses préservatifs dans la main lui donnait presque l'impression de se retrouver avec les deux jeunes femmes. Sunny avait relevé ses cheveux comme elle – elle sentait même son parfum de vanille et de noix de coco – et elle le rendait fou. Il gémit contre son cou.

– Tu sais comment le mettre ? demanda-t-elle.

– Je vais bien trouver, répondit Brady, bien décidé à rattraper son retard côté filles, après une année perdue.

Dans ce lit, Sunny se sentait exactement comme Thora : aussi intrépide qu'irrésistible. Elle était sûre de son choix. Il lui paraissait naturel. Elle glissa les doigts entre ceux de Brady, tout comme Julie l'avait fait avec Sam dans *La Noyade*, au chapitre 13. La fiction et la réalité se confondirent lorsque Brady l'embrassa d'abord avec une cruelle lenteur, puis plus fiévreusement. C'était comme s'ils lisaient dans les pensées l'un de l'autre.

– Regarde-moi dans les yeux, plaisanta-t-elle, et dis-moi ce que tu attends vraiment de la vie.

– Oh, je crois que tu peux sentir ce que j'attends, s'amusa-t-il.

Sunny éclata de rire, en arquant le dos, ce qui enflamma davantage le jeune homme.

– Attention, ajouta-t-il, je vais te révéler ma précieuse vérité.

Elle pouffa de nouveau.

– D'après toi, on a combien de temps ? demanda-t-il.

– Ça dépendra de la tournure que prend sa soirée, expliqua-t-elle, pressée de poursuivre. Ça sera treize minutes ou treize heures. Pas besoin de s'inquiéter de ça maintenant.

Alors qu'il faisait glisser la culotte de Sunny le long de ses cuisses, Brady se figea.

– Pourquoi tu as dit ça ?

Le souvenir du stage d'entraînement emplit son esprit : treize minutes de cris, de suppliques, de larmes, de ricanements, d'odeur de bière qui flottait dans l'air. Treize minutes qui avaient embrasé sa vie.

– Quoi ? bafouilla Sunny, interloquée.

– Pourquoi tu as dit « treize minutes » ? répéta-t-il en élevant la voix.

Qu'avait-elle découvert ? Que savait-elle ? Pensait-elle à South Carlisle alors qu'ils étaient sur le point de le faire ? Elle n'aurait jamais accepté de coucher avec lui si elle avait appris la vérité. Brady en était certain. Elle ignorait avec qui elle sortait.

– J'ai donné un nombre au hasard, bredouilla-t-elle. Qu'est-ce qui te prend ?

Brusquement, elle comprit : treize minutes. La durée exacte de l'attaque perpétrée par les élèves de South Carlisle. Elle l'avait lue dans un article. L'avocat de la victime avait insisté sur ce détail : l'incapacité des agresseurs à faire le bon choix pendant *treize minutes.* Elle cacha son visage dans ses mains. *Merde, merde, merde.*

Brady se releva et remonta son pantalon.

– Est-ce que ça va ? demanda-t-elle en se rhabillant à son tour.

– Oui, oui, euh, balbutia-t-il, en fourrant le préservatif dans sa poche. C'est juste que c'est… bizarre de faire ça ici, non ? Dans sa chambre ?

– Oui, c'est vrai.

Elle mentit. Pour elle, ça n'avait rien d'étrange, bien au contraire.

– J'ai l'impression qu'elle nous regarde, non ? poursuivit-il en attrapant son T-shirt et son pull.

Sunny s'assit.

– Je sais. J'allais le dire… on partage un peu trop de choses, là. C'est malsain.

– On ferait mieux de partir. Il y a des risques de verglas.

Il attendit sur le seuil de la porte. Il préférait ne pas rester trop longtemps dans la chambre et le regretter ensuite. Un copain idéal se méfie des routes obscures, de la glace sombre et des regrets.

▶ ⏭

MIRI

[regarde son téléphone]

Des nouvelles ?

Non, mais j'essaie de joindre Emma Irving depuis les arrestations. Je n'ai pas réussi à la croiser au lycée non plus, c'est vraiment bizarre. Nous avions prévu d'organiser un événement pour *Contre-courant.*

Vous continuez les réunions ?

Je ne vois aucune raison d'arrêter. Côté théorie, nous avons énormément progressé. Nos deux dernières rencontres au Witches Brew ont accueilli des élèves d'autres établissements : Harbor Academy et Porter Ridge. L'idée, c'est d'étendre notre réseau, à des fins professionnelles et privées. Nous avons été acceptées dans des universités de tout le pays. Nous pourrons nous aider mutuellement. Tout est une question de relations. Ça paraît élitiste, mais c'est comme ça que les choses marchent.

Tes projets m'impressionnent.

J'ai décidé d'étudier le droit. Or, certains des parents, frères ou sœurs des membres du club Contre-courant font partie de ce milieu. Ces gens représentent des contacts intéressants pour moi. Ensemble, nous avons l'intention de partager un univers plus vaste. Vous voyez : voilà ce que c'est de s'emparer d'un concept et de le développer au fur et à mesure. Fatima serait… enfin, si elle était là, elle serait fière. [rit]

Qu'est-ce qui t'amuse ?

On pourrait lancer un hashtag « #OùEstFatima ». [mime les guillemets]

NEW YORK MAGAZINE

UNE SÉRIE EN QUATRE PARTIES

Au-delà de la fiction :

La véritable histoire du roman polémique

L'Absolution de Brady Stevenson

LA VERSION DE SOLEIL JOHNSTON

TROISIÈME PARTIE (suite)

SOLEIL

Je suis désolée de t'embêter alors que tu es occupée...

FATIMA

Pas de souci ! Tout va bien ?

SOLEIL

Je suis la reine des idiotes. Voilà ce qui arrive quand on vit dans le déni,
à prétendre que tout va bien.

FATIMA

Qu'est-ce qui s'est passé ?

SOLEIL

Il n'était pas prêt pour une relation. Et il n'était clairement pas prêt à coucher. Il a paniqué. Il ne m'a pas dit un mot dans la voiture sur le chemin du retour. Je me sens humiliée.

FATIMA

Merde.

SOLEIL

Quelle idiote : je me suis monté mon petit film de couple parfait, pensant qu'une balade sur la plage suffirait à guérir la victime de South Carmine.

FATIMA

Je t'ai incitée à le faire.

SOLEIL

Non, non. Je suis égoïste. C'est ma faute. Je suis nulle.

FATIMA

Je suis vraiment désolée…

SOLEIL

Je dois y aller. Désolée d'avoir gâché ta soirée.

FATIMA

Tu n'as rien gâché du tout ! Envoie un message ou appelle-moi plus tard si tu veux.

SOLEIL

Merci. À+

▶ ⏭

PENNY

Soleil a refusé de parler de cette nuit-là. La seule chose qui l'intéressait, c'était son projet « #PortesMétaphoriques ». Je suis entrée dans la salle d'arts plastiques pour la rejoindre. Elle était… obsédée par son truc. Elle voulait absolument le terminer avant Noël.

Qu'est-ce qu'elle faisait, exactement ?

Vous pouvez voir les images sur Instagram #LargosStudioArt. Elle découpait des ouvertures pour chaque porte. Elle devait manipuler un gros outil à lame et porter des lunettes de protection. C'était du bricolage hardcore. Je ne sais même pas comment elle a appris à se servir de cette machine. Mais son idée a pris une tournure intéressante. Elle l'a fixé à une deuxième pièce de bois, puis elle a détouré les photos de portes avec un cutter pour que chacune s'articule. Ça me rappelait ces calendriers, à Noël, où chaque fenêtre cache un chocolat.

Les calendriers de l'Avent ?

C'est ça ! Comme un de ceux-là, mais en plus grand. Ensuite elle a découpé des bandes de velours noir – elle m'a laissée l'aider – pour tapisser les espaces vides, comme des écrins à bijoux.

Qu'est-ce qu'elle avait mis, à l'intérieur ?

Rien pour l'instant.

L'Absolution de Brady Stevenson

DE FATIMA RO

(extrait)

Semaine après semaine, *La Noyade* restait sur le bureau du docteur Nihati, près du dossier de Brady. Il se demandait si elle le ressortait pour chaque rendez-vous ou s'il s'y trouvait en permanence. Que penserait-elle du fait que Thora se serve à ce point de lui pour un personnage de roman ? Elle lirait forcément son prochain livre et le reconnaîtrait. Elle prendrait peut-être ombrage de l'impact de Thora sur sa vie, comparé à ses sessions de thérapie.

Brady saisit une petite voiture sur la table basse. Ce bleu métallique, cette rayure blanche lui parurent familiers, tant visuellement qu'au toucher. Sans doute possédait-il la même, enfant. Lui, ou l'un de ses copains.

– Pour être franc, je ne comptais pas remettre les pieds ici, annonça-t-il. Je me suis un peu lassé.

Elle reprit son bloc-notes.

– C'était ce que j'avais cru comprendre. Qu'est-ce qui t'a poussé à revenir ?

– Vous savez bien que je suis obligé, répondit-il en faisant rouler le jouet contre sa paume. Et puis j'ai pensé : *Je devrais y aller, dire oui à tout, mais faire exactement ce qui me plaît.*

Il promena la voiture sur le rebord de la chaise.

– Je vois. Pourquoi me racontes-tu tout ça ?

– Parce que j'ai de nouveau changé d'avis et j'ai décidé de venir, sérieusement, et de demander de l'aide.

– Je me réjouis que tu aies choisi de continuer, et pas seulement parce que tu y es obligé, reprit le docteur Nihati en détendant les épaules. De l'aide pour quoi, précisément ?

– Je crois que j'aimerais savoir comment en parler aux gens – comment je dois m'y prendre – si j'acceptais de le faire.

Brady avait déjà tout gâché avec Sunny. Autant se montrer à l'extérieur comme à l'intérieur, maintenant.

– Reconnaître que tu as besoin d'aide représente un grand progrès, pour toi.

Si les mots du docteur Nihati paraissaient optimistes, elle parlait d'une voix monocorde. Il ne lui en voulait pas de se méfier : d'ordinaire, il racontait n'importe quoi.

– Revenons à ce que tu souhaites révéler et à tes différentes possibilités.

S'il comptait vraiment s'engager dans cette voie, il devrait tout dire. Sans exception. Au fond, que lui restait-il à perdre ?

▶⏭

MIRI

Je suis navré de devoir te l'apprendre, mais Emma Irving a récemment déclaré qu'elle se sentait ridicule d'avoir fait confiance à Fatima Ro. Elle a aussi traité Fatima de barjo.

[éclate de rire] Mais non !

Je t'assure que si. Et ce matin, elle a envoyé un tweet qui disait que Fatima était une « manipulatrice cinglée et bidon ». Elle l'a accompagné d'un selfie pris avec Fatima lors de la dédicace. La nouvelle a fait le tour d'Internet.

Des conneries.

Vas-y. Vérifie.

[regarde son téléphone] C'est quoi, ce délire ? On formait une équipe ! Comment elle a pu me faire ça ?

Je suis désolé.

[pianote furieusement un message] Emma ! Espèce de garce !

NEW YORK MAGAZINE

UNE SÉRIE EN QUATRE PARTIES

Au-delà de la fiction :

La véritable histoire du roman polémique

L'Absolution de Brady Stevenson

LA VERSION DE SOLEIL JOHNSTON, QUATRIÈME PARTIE (suite)

DATE : 15 novembre 2016

À : fatima.ro.auteure@gmail.com

DE : soleil410@gmail.com

OBJET : Cours psycho suite

Jonah ne me parle plus depuis l'autre soir. Les choses auraient dû se passer autrement.

J'en avais envie.

Il en avait envie.

On se sentait prêts.

On riait, jusqu'au moment où tout a dérapé. Je ne peux pas m'empêcher de penser à ça : un instant, il s'amuse, et le suivant, il perd les pédales au souvenir de South Carmine. Je hais les ordures qui l'ont traumatisé à ce point.

Je suis en cours de psycho : on étudie Gustave le Bon et les « psychologies des foules ». Tu savais que les gens ressentent les choses et agissent de manière différente selon qu'ils sont seuls ou en groupe ? Collectivement, ils se sentent moins responsables de leurs actes. Mme Halpin a expliqué que cela pouvait mener à une sorte d'exaltation et de barbarie. Parfois, à des actes héroïques. Dans le doute, ils suivent le mouvement pour éviter l'embarras. Une « ivresse imaginaire » peut influencer la participation d'une personne dans une forme de violence en réunion.

« Parfois, cela peut conduire à des actes héroïques. » HÉROÏQUES ? Ça signifie donc que ce qui est arrivé pendant ce stage d'entraînement aurait pu tourner autrement ? Pourquoi est-ce que personne n'a réagi ? Ça me rend malade.

L'un des articles racontait que les élèves avaient reçu des T-shirts aux couleurs de l'école pour ce stage et qu'ils les portaient le soir de l'agression. Imagine : tous les sportifs habillés de façon identique. Cachés derrière un costume, les gens ont tendance à se comporter moins en individus et davantage comme une meute acharnée. Un peu comme les guerriers qui utilisent des peintures corporelles avant le combat.

Les T-shirts étaient kaki. Comme à l'armée. Une couleur qui incite au conformisme, à la mise au pas avec la totalité du groupe. Ça me tue. Il devait bien en rester un ou deux dans le lot qui se rendaient compte de ce qu'ils faisaient. Mais parce qu'ils ne voulaient pas se démarquer, ils ont participé ? Rien que d'y penser, j'en ai la nausée. Où est passée la possibilité de courage ? Qu'est-ce qui aurait pu changer les choses ? Qu'est-ce qui pousse des garçons à se comporter en monstres plutôt qu'en héros ?

À : soleil410@gmail.com
DE fatima.ro.auteure@gmail.com
OBJET : RE : Cours psycho suite

Une ivresse imaginaire !??? VOILÀ ! VOILÀ ! VOILÀ ! Je me posais la question depuis des semaines : comment une équipe d'athlètes peut-elle se soûler et arriver le lendemain à l'entraînement en atteignant des performances de haut niveau ? La réponse, c'est qu'ils n'étaient pas ivres ! Ils ont à peine bu. J'en étais sûre ! Je le savais ! Ce n'est pas l'alcool qui les a rendus violents. C'est la dynamique de groupe. Ils ont agressé Jonah en se persuadant qu'ils étaient soûls, ce qui leur a permis d'occulter la responsabilité de leurs actes. Faut vraiment être malade pour inventer une excuse pareille et se comporter comme des animaux.

PENNY

Jonah me manque. On ne l'a plus vu après sa rupture avec Soleil.

C'est dommage.

Mais il est venu chez moi, une fois.

Ah oui ?

Oui, pour m'aider.

À quoi ?

Il m'a apporté un tableau en liège qu'il avait récupéré à l'atelier d'arts plastiques. Il m'a conseillé de composer un panneau pour Fatima, comme ceux qu'on montre dans les émissions de décoration, vous voyez, avec des thèmes par couleur, des échantillons, ce genre de choses. D'après lui, Fatima avait sans doute du mal à visualiser mes suggestions pour son intérieur, parce que je lui apportais des exemples l'un après l'autre. Jonah pensait qu'en réalisant une belle présentation, elle apprécierait sûrement davantage.

Jonah a fait ça ?

Oui. Ça m'a surprise, moi aussi. Chez lui, sa mère regarde en boucle ces émissions de décoration : c'est comme ça que l'idée lui est venue. J'imagine qu'il s'ennuyait, alors il m'a demandé s'il pouvait rester pour m'aider.

Ah ? Il t'a vraiment aidée à mettre ça sur pied ?

[éclate de rire] C'était assez drôle. Vous voulez voir le résultat ?

Bien sûr !

D'accord. Suivez-moi à l'étage. [entre dans la maison et grimpe les escaliers vers sa chambre]

[ouvre son placard] [en sort un tableau avec différentes couleurs, tissus, coupures de magazines] Voilà. [le pose sur le bureau] Ici, dans le coin, c'est un plan de sa maison réalisé sur ordinateur. On a trouvé un configurateur de surfaces gratuit. [désigne le plan] Fatima a abattu cette cloison entre la cuisine et le living. Ça aurait ressemblé à ça. Vous comprenez ?

Pas mal !

J'aurais dégagé l'espace au maximum. [montre du doigt] Et là, je me suis aperçue que le placard de sa chambre correspondait à celui du vestibule, où elle rangeait son linge. Donc j'ai également supprimé cette cloison, pour créer un dressing. Évidemment, elle aurait eu moins de place pour son linge, mais je pense que ça valait le coup. Qui refuserait un dressing ?

Personne.

Il suffisait d'accrocher des étagères pour les serviettes et d'installer une commode dans la chambre pour les draps. De toute façon, le décorateur doit s'adapter à chaque client. C'est ce qu'ils disent, dans cette émission, *Maison sur-mesure*. Fatima est aussi dingue de fringues que moi. Voire plus, alors imaginez. Voilà pourquoi le dressing prenait tout son sens.

Effectivement.

J'ai utilisé un fond blanc, ton sur ton, avec quelques rehauts de couleurs bleu pétrole et orange. Et j'ai sélectionné des idées de tissus pour les sièges, les rideaux et la moquette trouvées dans des magazines.

Ça me plaît !

J'ai fait de mon mieux. Je voulais conserver l'esprit vintage des lieux. Regardez, j'ai opté pour des luminaires chromés avec des touches dorées pour les assortir aux plafonniers des années 1960. Les types de métaux peuvent varier, vous voyez ? Les mélanger, ça donne un peu de profondeur à l'espace.

Je vois. C'est très chic.

Merci. On s'est bien amusés avec Jonah. À la fin, on était vraiment à fond. Cette moquette, c'est lui qui l'a choisie. [montre une image]

Fatima a apprécié ce pêle-mêle ?

Je l'ai déposé chez elle, un soir. Je l'ai laissé sur la table de la cuisine.

Qu'est-ce qu'elle en a dit ?

Elle a mis deux jours à réagir.

Aïe.

Elle a répondu « Merci pour le tableau ! Tu pourrais m'apporter des flocons d'avoine, à l'occasion ? »

Aïe. Deux fois.

L'Absolution de Brady Stevenson

DE FATIMA RO

(extrait)

THORA

Regarde Channel 4 : ils diffusent un reportage sur un phénomène dans le Queens qu'ils appellent les cambriolages éclair. Des bandes qui font irruption dans des épiceries de quartier et piquent tout ce qu'ils veulent.

SUNNY

HEIN ? Mais on les VOIT sur les caméras de surveillance. Ils sont débiles ou quoi ?

THORA

Toujours l'effet de groupe. Ils n'ont même plus conscience qu'on peut les reconnaître individuellement.

SUNNY

C'est horrible… Je n'aurais jamais dû faire comme si tout allait bien pour Brady.

THORA

On voulait toutes les deux y croire.
Je suis désolée que les choses aient
mal tourné. D'autant plus que ça s'est
passé chez moi.

SUNNY

Tu n'y es pour rien.

THORA

Mais je me sens quand même coupable.
Vous êtes toujours ensemble ?

SUNNY

On se parle à peine, alors je ne pense pas.

THORA

Désolée.

▶ ⏭

MIRI

Qu'est-ce qui va arriver aux types qui ont tabassé Jonah ?

Eh bien, ils ont été placés en garde à vue et la police les interroge. Ensuite ils seront déférés et le procureur leur notifiera les faits et les chefs d'accusation. Les garçons ont tous des avocats, alors en fonction des négociations, elles aboutiront ou non à un procès. Les charges dépendront de… eh bien, disons que ces gamins ont intérêt à prier pour que Jonah s'en sorte.

NEW YORK MAGAZINE

UNE SÉRIE EN QUATRE PARTIES

Au-delà de la fiction :

La véritable histoire du roman polémique

L'Absolution de Brady Stevenson

LA VERSION DE SOLEIL JOHNSTON, QUATRIÈME PARTIE (suite)

SOLEIL

J'ai lu que 5 % d'un groupe suffisent pour influencer le reste. Tous les autres suivent.

FATIMA

CINQ POUR CENT dominent tout un groupe ?

Comment peut-on se montrer aussi faible ?

SOLEIL

Pendant ce stage, il y avait trois meneurs, les cinq autres ont suivi. Les humains ne sont que des moutons, lâches et veules.

FATIMA

Plus j'y pense, plus ça me met en rogne.

Non, mais c'est quoi ce putain de délire ?

EXTRAITS VIDÉO NON ÉDITÉS

LA VÉRITÉ À NU

Interview de Miri Tan et Penny Panzarella par Nelson Anthony

Du 3 au 17 mai 2018 (suite)

© Push Channel 21, Bellmore, NY, 2018

2:18:20 / 3:04:23

PENNY

J'ai repensé à ce projet de décoration. Fatima me trouvait inintéressante. Pour elle, je ne représentais pas un personnage principal. Je ne lui offrais pas une goutte de suspense à…

[un téléphone vibre] Excuse-moi, Penny. Je dois répondre.

Bien sûr.

Allô ? Oui. Dis-moi… Merde. Putain de merde. [raccroche]

Quoi ? C'est Jonah ?

Penny… on l'a déclaré en état de mort cérébrale.

[fond en larmes] Oh mon Dieu, non.

Je suis navré, Penny. Je suis vraiment désolé. [lui tend un mouchoir]

[le téléphone de Penny se met à vibrer plusieurs fois]

Tu peux répondre. C'est sans doute la mère de Soleil, à l'hôpital.

Non. [se cache le visage] Je ne veux pas l'entendre. Je ne veux pas !

D'accord, d'accord. Tu n'es pas obligée, si tu n'en as pas envie.

[pleure] C'est ma faute !

Ne dis pas cela. Tu n'y es pour rien.

Si ! Vous savez ce que j'ai fait. Tout le monde est au courant. Rien ne serait arrivé si j'avais tenu ma langue.

Non, Penny. Écoute-moi. Fatima a pris la décision d'écrire ce livre. Elle, et personne d'autre.

Mais ça venait de moi et tout ce que je lui ai raconté était vrai. C'est ma faute ! Un jour, je regardais la télé chez elle, seule. J'ai senti quelque chose vibrer sous le coussin du canapé. C'était son portable. Elle n'avait pas dû le trouver avant de partir et elle était sortie sans, ce jour-là. J'ai jeté un coup d'œil à l'écran et... c'était Jonah. Il était vingt-deux heures.

Oui...

Je savais qu'il se passait quelque chose entre eux. Depuis le jour de sa visite à Graham, j'en étais persuadée. Ils se lançaient de drôles de regards et, parfois, ils s'arrêtaient de parler quand j'entrais dans la pièce. Je fixais son téléphone et les SMS s'enchaînaient : « Tu es chez toi, ce soir ? Je croyais qu'on devait s'appeler. J'ai pris l'habitude de m'endormir au son de ta voix... » Ils venaient tous de Jonah. [renifle]

Mince... Continue.

[essuie ses larmes] Je n'ai rien raconté à personne, puisque Soleil avait déjà refusé de m'écouter. Cette nuit-là, je me retournais dans mon lit, incapable de penser à autre chose. Je n'arrivais pas à admettre qu'il y ait une relation entre eux. Je me disais que Jonah discutait peut-être avec elle au sujet de la rupture. Je voulais lui accorder le bénéfice du doute, alors le lendemain, je l'ai abordé : « On ne te voit plus, ces derniers temps. Tu nous manques. Tu devrais venir à la soirée ciné. Ce n'est pas parce que tu ne sors plus avec Soleil qu'on ne peut pas rester amis. Tu as parlé à Fatima ? » Il m'a répondu que non. Pourquoi ne pas l'avoir admis ? Son mensonge m'a trotté dans la tête toute la journée, donc je... [se remet à pleurer] Je n'ai jamais souhaité ce qui est arrivé. [elle craque]

Je sais que tu es bouleversée, Penny. Je suis désolé. Mais c'est une bonne chose de raconter ta version de l'histoire. Ce n'est pas juste que nous entendions seulement la voix de Fatima.

[renifle] Après les cours, je l'ai suivi jusque chez lui. [cache son visage dans ses mains] Mon Dieu, je ne peux pas croire que ce soit fini. [essuie ses larmes, hésite]

Continue, Penny. Ça va aller.

[se mouche] [prend une longue inspiration] J'ai attendu devant chez lui pendant quelques minutes. Je l'ai vu sortir avec son chien. Ils ont fait quelques mètres avant de disparaître au coin de la rue. Il n'avait pas fermé la porte à clé et, quand il s'est éloigné, je me suis approchée et je suis entrée. Comme je n'avais pas beaucoup de temps, je suis montée directement pour tâcher de me glisser dans sa chambre. Je ne savais pas ce que je cherchais… n'importe quoi pour me prouver que je n'étais pas dingue. Qu'il se passait bien quelque chose de plus sérieux que ces coups de fil.

Et tu l'as trouvé.

Oui. [sanglote]

L'Absolution de Brady Stevenson

DE FATIMA RO

(extrait)

Paloma découvrit une première chambre : celle des parents de Brady. Un lit fait, des vêtements pliés dans une corbeille à linge, un aspirateur branché. Elle entra. Une dizaine de photos trônaient sur la commode, dans des cadres argentés ou dorés. Sur l'une d'elles, Brady et son père assistaient à un match de base-ball – probablement au Shea Stadium, à en juger par le bleu et l'orange que les spectateurs arboraient dans les tribunes. Brady portait un blouson de collège rouge aux manches blanches avec le sigle d'une école. Paloma plissa les yeux, tâchant de déchiffrer le nom cousu sur l'épaule : SOUTH CARLISLE. Elle ne l'avait interrogé au sujet de son ancien lycée qu'une seule fois. « Lycée public, s'était-il contenté de répondre. C'était la plaie. » Sa question l'avait visiblement agacé, elle n'avait pas insisté.

À l'autre bout du couloir, une atmosphère étouffante régnait dans la chambre de Brady, encombrée de consoles de jeux et de vêtements qui jonchaient le sol. Paloma suivit du doigt les livres rangés dans la bibliothèque. *19 : les boys de la guerre du Vietnam*, *Héros oubliés*, *La plus grande des générations*, *Merveilles de la médecine*, *Le Guinness des records 2010*, *Le Guinness des records 2011*, *Le Guinness des records 2012*, *La Noyade*.

Paloma tira le dernier roman de l'étagère. Le dos ne portait aucune trace d'usure. Elle l'ouvrit à la page de titre.

Pour Brady,
Quelle est ta précieuse vérité?
Thora Temple

Paloma gardait un bon souvenir de cette soirée de dédicace. Elle se rappelait encore le malaise de Brady. « Merci, avait-il bredouillé quand Thora lui avait rendu son exemplaire. Les écrivains sont… nos artistes les plus précieux. » Marni lui avait donné un coup de coude. « Quoi ? Je suis sérieux, avait-il insisté. Ils révèlent des choses que les autres redoutent de dire. Et quand on y pense, le livre reste la forme de divertissement la plus simple, la plus accessible et la plus abordable. »

Paloma se retint de rire et reposa le roman à sa place. Il n'y avait sans doute rien à découvrir. Brady restait Brady, voilà tout. Ces appels entre Thora et lui pouvaient être parfaitement innocents. Il cherchait peut-être des conseils pour reconquérir Sunny et n'osait pas l'avouer. Paloma tournait les talons quand un détail sur la table de nuit attira son attention. À demi enfoui sous des magazines de jeux vidéo, elle aperçut *La Noyade*. Un autre. Un deuxième exemplaire. Pourquoi en avoir acheté deux? Paloma le prit et l'ouvrit. Des mots étaient soulignés, surlignés, marqués, entourés, truffés de points d'exclamation, de traits, de points d'interrogation, annotés page après page de l'écriture de Brady :

Les filles adorent les petits nouveaux à la mèche rebelle. Je compatis.
Ce type est clairement un connard fini.
Ces images sont hallucinantes.

Métaphore de ouf !

C'est ça que lisent les filles ! Merde !

Bon Dieu, c'est limite porno.

« Les scènes chaudes », ça ne rigole pas.

Bien joué, mec.

On en apprend plus sur le sexe que dans Maxim.

Il me faut une copine.

Cette écriture, là, c'est DINGUE. J'ai l'impression d'être une loque émotionnelle.

Les tests de grossesse. Ça fonctionne comment ?

Le pardon de toute iniquité.

Le pardon, le pardon, le pardon…

Glissée à la fin, une facture Amazon datait du 9 septembre. Soit une bonne semaine avant la dédicace de Thora. Derrière la quatrième de couverture, Brady avait noté deux questions :

Crois-tu à l'absolution, à la purification du corps, de l'esprit et de l'âme ? Est-ce pour cela que tu as écrit La Noyade ?

▶ ⏭

MIRI

En état de mort cérébrale. Quel putain de cauchemar! [prend son téléphone] J'envoie un message à Fatima. Elle va être effondrée. [hésite] Je préfère ne pas imaginer sa réaction. [pianote] Ne me demandez pas si elle m'a contactée : je vous l'aurais dit.

Ce n'était pas mon intention.

Mais si.

Bon, c'est vrai. J'allais le faire.

NEW YORK MAGAZINE

UNE SÉRIE EN QUATRE PARTIES

Au-delà de la fiction :

La véritable histoire du roman polémique

L'Absolution de Brady Stevenson

LA VERSION DE SOLEIL JOHNSTON, QUATRIÈME PARTIE (suite)

SOLEIL

Penny ? T où ? Tu viens à la soirée ciné ? Tu es en retard. Fatima dit que c'est ton tour de choisir.

Tu es en route ? Ce soir, c'est adaptation cinématographique d'un roman : *Expiation*, *Bliss*, ou la vieille version de *Charlie et la chocolaterie.*

Jonah est là !!! Fatima l'a invité. J'ai besoin de toi pour faire tampon. T'es où ? Dépêche-toi.

PENNY

Je vais arriver en retard.

Désolée. Choisis pour moi.

SOLEIL

Tout va bien ?

PENNY

Oui. Juste un truc à finir.

J'arrive le plus vite possible.

▶ ⏭

PENNY

Je ne savais plus quoi faire. Je suis remontée dans ma voiture et j'ai démarré. Un peu plus loin, je me suis arrêtée et je suis restée assise un moment au volant. South Carmine… j'avais vu ce nom passer aux infos, alors j'ai cherché #SouthCarmine sur Twitter et j'ai découvert que les élèves avaient prévu une soirée, ce jour-là.

Ah ?

Quelqu'un avait envoyé l'adresse. Je l'ai rentrée dans mon téléphone et j'y suis allée. [les larmes reviennent]

Ensuite ?

Mon GPS est nul. Je déteste ce machin : il me faisait tourner en rond. Je n'avais jamais conduit jusqu'à la rive sud avant, je ne fréquentais que les routes autour de chez moi. J'ai dû prendre l'autoroute du sud et je ne connaissais pas les sorties. Certaines sont nord-sud, d'autres seulement sud ou nord. J'étais complètement paumée. J'ignore comment j'ai retrouvé le chemin, mais j'ai fini par y arriver. [inspire profondément] J'ai observé les gens qui allaient et venaient. C'était bizarre, pour moi, vous voyez. Organiser des soirées me manquait un peu, même si elles n'avaient rien d'intellectuel. J'étais plus douée pour le superficiel. [soupir]

Continue.

Sur le hashtag #SoireeSC, les gens postaient des photos, à l'intérieur de la maison. Il ne s'y passait rien d'extraordinaire : certains buvaient, dansaient, des couples s'embrassaient. J'hésitais à entrer, parce que je ne connaissais personne. Moi, j'avais l'habitude de recevoir. Tout à coup, une image est apparue, avec des élèves en blouson de l'équipe de base-ball de South Carmine. Ils posaient avec des queues de billard dans une main et des gobelets en plastique dans l'autre. J'ai pensé qu'ils connaissaient peut-être Jonah.

Logique, oui.

Je suis sortie de la voiture et je me suis glissée à l'intérieur. J'ai reconnu les types de la photo. Ils s'appelaient Jon, Harry et Matt : leur nom était brodé sur leur veste. Dans la cuisine, j'ai pris un soda puis j'ai regardé les photos accrochées dans la maison. D'abord, j'angoissais de ne connaître personne, mais au bout de quelques minutes, j'ai senti la colère monter. Si j'avais été Soleil, des tas de garçons m'auraient déjà abordée. Et quand Jonah était arrivé dans notre école, personne n'était resté indifférent non plus. Quelque part, ça m'a vraiment agacée.

Je comprends tout à fait.

J'ai pensé à Fatima, à comment elle se serait comportée dans ce genre de soirée : elle peut parler avec n'importe qui, n'importe où. C'est comme ça que j'ai rassemblé mon courage pour essayer.

Je vois…

Je suis retournée dans le salon et j'ai commencé à discuter avec les membres de l'équipe de base-ball et les filles qui se tenaient près d'eux.

Oui.

Quand ils m'ont demandé avec qui j'étais, je ne savais pas quoi répondre. Alors j'ai dit : « Mike », parce qu'il y a toujours un « Mike ».

Bien vu.

Puis je leur ai demandé s'ils connaissaient Jonah Nicholls.

[silence]

J'ai cru que le temps s'arrêtait. Les types de l'équipe et ceux qui les entouraient m'ont tous dévisagée comme si je sortais d'un film d'horreur. Une fille a lancé : « Tu veux dire, Nicholas Jonna ? »

Oh mon Dieu…

Je suis restée là, hébétée, avant de comprendre que Jonah avait changé de nom. Je ne savais pas pourquoi, mais il l'avait modifié. À leur première rencontre, Soleil avait cherché la mauvaise personne sur Internet.

Bon sang…

J'ai tenté de me reprendre, de jouer le jeu. « Oui, ma langue a fourché : Nicholas Jonna. » Matt est intervenu : « Écoute bien. Je vais me montrer poli parce que tu es une fille, mais on commence à en avoir marre que des gens de l'extérieur viennent fouiner ici après avoir regardé un reportage débile au 20 heures, OK ? Et pour info, ici, on ne mentionne pas cette ordure de pervers. »

Eh ben…

Harry a renchéri : « Ce vicelard se trouvait dans la chambre à côté de la nôtre pendant le stage. Il a foutu en l'air la vie de notre pote, Daniel. Ce malade a grimpé sur la commode et s'est proclamé "maître de cérémonie". Il a obligé tout le monde à psalmodier puis à se jeter sur Dan. Le programme de lutte a été annulé à cause de lui. Et après tout ça, il n'a pris que neuf mois en centre de détention juvénile ? Quelle blague. » Le dernier des trois, Jon, les a interrompus : « Fermez-la. On ne parle pas de ces conneries, pigé ? Encore moins devant une étrangère. »

Qu'est-ce que tu as fait ?

Je suis partie en courant ! Je suis remontée dans ma voiture et je… j'ai foncé droit chez Fatima. [se cache le visage] Je n'aurais jamais pensé déclencher tout ça. Je vous le jure. Je ne voulais pas lui faire de mal. [sanglote]

L'Absolution de Brady Stevenson

DE FATIMA RO

(extrait)

Brady et Thora continuaient leurs conversations au téléphone, mais il n'avait plus revu les filles depuis la soirée *Presque célèbre*. À son arrivée à Morley, il s'était convaincu qu'elles ne représentaient qu'une distraction, rien de plus. Une façon de passer le temps jusqu'au bac. Mais déjà, il regrettait leur énergie, leurs reparties qui remplissaient le vide de son quotidien.

Le parfum de la sauce aigre-douce, du gingembre et du sésame lui ouvrit l'appétit. Marni déposa le sac du restaurant sur la table du salon. Brady prit les assiettes en carton dans la cuisine. Le poulet « General Tso » de La Perle d'Asie lui avait manqué autant que les filles. Thora avait insisté pour qu'il vienne et il n'avait pas pu refuser.

– Ils nous ont donné assez de baguettes, cette fois ? s'enquit-il en débouchant son soda.

Marni les sortit et compta six paires.

– Largement.

– Tiens, ton biscuit chinois, dit Sunny en le lui tendant.

Elle savait qu'il le mangeait toujours en premier.

– Merci.

Par-dessus tout, c'était Sunny qui lui manquait. Il souffrait de l'éviter, au lycée. Mais quand on a baissé les sous-vêtements d'une fille, difficile de faire comme si de rien n'était.

– Ça ne t'ennuie pas que je sois là ? demanda-t-il.

– Pas du tout.

Elle effleura son bras. Elle regrettait qu'il ait pris tellement de distance et s'estimait responsable de la rupture. Elle n'aurait pas dû aller aussi loin avec lui.

– On reste amis. Tous les cinq.

– Tu crois qu'on pourrait se parler, plus tard ? Juste toi et moi ?

– Bien sûr, répondit-elle avec un sourire.

Au même instant, ils perçurent le cliquetis de la porte coulissante. Écarlate, à bout de souffle, Paloma poussa la vitre et entra.

– Salut, P ! J'ai commandé pour toi. Crevettes lo mein, c'est bien ça ? lui lança Marni en étalant les emballages en plastique.

Paloma observa Brady de haut en bas.

– Tu en fais une tête ! s'exclama Sunny.

La main de Thora se crispa sur sa barquette de riz.

– Qu'est-ce qui t'arrive ?

– Demandez à Stephan, répliqua Paloma.

Elle serrait si fort ses clés qu'elles lui entaillaient la peau.

– Qu'est-ce qui te prend ? bredouilla Sunny. Pourquoi tu l'appelles Stephan ?

– Qu'est-ce qui se passe ? renchérit Marni.

– Je reviens d'une soirée, à South Carlisle, répondit Paloma. J'ai parlé de Brady et ils avaient des tas de trucs à raconter à son sujet.

Sunny s'approcha de lui.

– Arrête, Paloma. Tais-toi. Je suis déjà au courant.

– Tu savais qu'il avait attaqué un garçon à un stage de lutte et tu es quand même sortie avec lui ? s'emporta Paloma.

Brady fit un pas en arrière. Il ne voulait pas que les choses se déroulent ainsi. Il s'apprêtait à tout dire à Sunny cette nuit-là : il l'avait décidé. Le docteur Nihati l'avait mis en garde. Il comprit tout à coup qu'elle était la « femme sage » dans sa vie, et non Thora. Il aurait dû l'écouter.

– Qu'est-ce que c'est que cette histoire ?

– Tu veux connaître #LPDB ? rétorqua Paloma, d'un air de défi. Il ne s'appelle pas Brady Stevenson. Son vrai nom est Stephan Brady. C'était l'un des types qui ont poussé leur équipe à agresser ce garçon, pendant ce fameux stage d'entraînement dont on a tant entendu parler. Il s'est fait appeler « maître de cérémonie » et a incité les autres.

Brady remonta sa capuche sur sa tête et se dirigea vers la porte à reculons. Les paroles du docteur Nihati résonnaient dans son esprit : « Si Sunny et Thora l'apprenaient d'une autre manière, cela pourrait se compliquer pour elles autant que pour toi. »

– Il a écopé de neuf mois dans un centre de détention pour mineurs avant d'entrer à Morley, ajouta Paloma. Demandez-lui. Allez.

Sunny se remémora l'attitude fuyante de Brady le jour de leur rencontre et sa recherche infructueuse d'un BRADY STEVENSON sur Internet.

– Brady ? Dis-moi qu'elle se trompe. Dis-moi que c'est le contraire, souffla Sunny d'une voix tremblante.

Brady jeta un coup d'œil à Paloma, à Marni puis à Thora.

– Ne les regarde pas, cria Sunny. Regarde-moi ! Dis-moi que c'est faux.

Quand son regard gris, brisé, croisa le sien, elle sut que Brady lui avait menti. Il n'était pas la victime de South Carlisle. Il était le bourreau.

– Cinq pour cent, murmura Sunny. Cinq pour cent suffisent à entraîner le groupe.

– Et ça, c'est à lui.

Paloma tira de son sac l'exemplaire de *La Noyade.*

– Il a menti. Il l'avait lu avant même qu'on rencontre Thora. Il a annoté tout le texte.

La tête haute, elle cita Thora :

– Ton « toi » authentique refera toujours surface. On ne peut pas cacher qui on est vraiment. Pas dans cette maison.

Brady l'avait donc lu ? Et il l'avait dissimulé pendant tout ce temps ? Sunny arracha le roman des mains de son amie. Elle l'ouvrit et reconnut l'écriture de Brady dans la marge, page après page. Délibérément, elle chercha les chapitres 8, 10, 12, 13…

Bon Dieu, c'est limite porno !
Les « scènes chaudes », c'était pas de la blague.
On en apprend plus sur le sexe que dans Maxim.
Il me faut une copine.
Il me faut une copine aussi chaude.

La poitrine de Sunny se comprima. Au souvenir des mains de Brady sur sa peau, de ses lèvres contre les siennes, de son corps sur le sien, elle se sentit souillée, éclaboussée par ses crimes et ses mensonges.

– Donne-moi ça, siffla Thora en s'emparant du livre.

À son tour, elle le feuilleta, les doigts tremblants.

Ces images sont hallucinantes.

Métaphore de ouf !

C'est ça que lisent les filles ! Merde !

Cette écriture, là, c'est DINGUE. J'ai l'impression d'être une loque émotionnelle.

Test de grossesse : ça fonctionne comment ?

Le pardon de toute iniquité.

Le pardon, le pardon, le pardon…

Thora vérifia la page de titre. Vierge. Ce n'était pas l'exemplaire qu'elle avait signé à la librairie. Elle y avait inscrit : *Pour Brady. Quelle est ta précieuse vérité ?* Pendant tout ce temps, il lui avait menti.

Brady comprit qu'il ne pouvait plus se défendre. Au fond, il le savait depuis des semaines, depuis le jour où il avait quitté South Carlisle. Son père et sa mère avaient voulu l'envoyer dans une école militaire. Même eux trouvaient que neuf mois ne suffiraient pas à le punir. Ses grands-parents avaient insisté pour qu'ils lui laissent une seconde chance, à Morley. Mais ni les lycées privés de la côte nord, ni les prières de ses grands-parents, ni la copine idéale n'auraient pu changer les faits : aucune rédemption n'est possible, pas plus que la table rase. Le poids du passé restait trop lourd à porter. Il pesait plus lourd que son espoir ou sa religion. Plus lourd que son âme. Furtivement, sans un bruit, sans claquer la porte et sans mot d'adieu, Brady quitta la maison de Thora.

Sunny chercha à tâtons le canapé et s'assit sur le bras.

– Est-ce que ça va ? Sunny ? Sunny ? Ça va aller ? demanda Marni.

– Je ne peux plus respirer. Je ne…

Sunny pressa la main contre sa poitrine. Marni se tourna vers Paloma.

– Apporte-lui un verre d'eau.

– Non, non. J'ai juste, j'ai besoin… murmura Sunny avant de fondre en larmes.

Thora jeta le livre de Brady à travers la pièce.

– Ramène-la chez elle.

– Quoi ? s'exclama Paloma, en serrant l'épaule de Sunny.

– Je t'ai dit de la raccompagner chez elle, répéta Thora en ouvrant la porte d'entrée.

Marni secoua la tête.

– Mais Thora…

Thora fixait le biscuit chinois abandonné sur la table basse.

– Allez-vous-en. S'il vous plaît.

▶ ⏭

MIRI

Nous étions toutes abasourdies. Choquées. [regarde la caméra] Je répète : choquées. Complètement sur le… [s'enfonce sur son siège] Comprenez-moi bien : Jonah était le type plus discret, le plus réservé que je connaisse. L'imaginer se faire appeler « maître de cérémonie », se livrer à des perversions sexuelles, ou je ne sais quoi, ordonner à ses équipiers d'arracher les vêtements d'un garçon et de l'obliger à baiser un mannequin me paraissait inconcevable.

Sur le chemin, Soleil a demandé à Penny de s'arrêter sur le bas-côté : elle avait la nausée. Elle devait se sentir tellement sale… Dire qu'il lui avait fourré la langue dans la bouche et Dieu sait où. Je n'oublierai jamais la façon dont il a blêmi quand Penny l'a dénoncé, ce soir-là. C'était « le masque d'effroi du pécheur, pris dans la toile qu'il a lui-même tissée ». C'est une citation de *Contre-courant*, chapitre 19.

[Silence] Miri, je me suis rendu à South Carmine et j'ai interrogé quelques élèves.

[se penche en avant] Vraiment ? Qu'est-ce que vous leur avez demandé ? Qu'est-ce qu'ils ont dit ? Ils connaissent les responsables ? Ils les ont défendus ? Quoi ?

Ils ont monté un club de lecture là-bas.

Ah.

L'Absolution *était en tête de leur liste de lectures, à cause de son principal protagoniste, « un lycéen, ancien lutteur ». J'ai discuté avec quelques filles qui l'avaient lu. Toutes ces similarités les ont surprises.*

Bon sang…

Alors, elles ont fait quelques recherches sur le hashtag #Fatimadanslaplace

Non ?!

Si. Elles ont montré ces tweets à leurs copains. Et ils ont retrouvé Jonah.

Merde…

Leur ami, l'élève de seconde agressé par l'équipe de lutte, ne va pas bien du tout. Déscolarisation, dépression : il est anéanti et son état empire. Quant aux types qui s'en sont pris à Jonah, ils sont persuadés que certaines universités ont rejeté leur candidature à cause du scandale qui a touché leur lycée.

[pousse un soupir]

Les élèves de South Carmine pensaient que Jonah avait été envoyé dans une école militaire. Lorsqu'ils ont lu l'histoire de « Brady », qui se prélassait dans un lycée privé, avec une nouvelle identité, tout en visant Cornell et le MIT, tout a basculé. Cela les a rendus fous.

[se cache le visage]

Dans le livre retrouvé sur la scène du crime, les élèves de South Carmine avaient écrit TU NE T'EN SORTIRAS PAS COMME ÇA *sur la dernière page.*

[secoue la tête] [silence] C'est ironique, non ? [redresse la tête] Le seul qui jurait n'avoir jamais lu une ligne de Fatima a fini avec trois exemplaires de son roman.

C'est vraiment atroce. [silence] Le texte de Fatima les a rendus fous. Il les a menés jusqu'à lui.

[soupir] Ne répétez pas ça à Penny, d'accord ? Elle en serait malade.

NEW YORK MAGAZINE

UNE SÉRIE EN QUATRE PARTIES

Au-delà de la fiction :

La véritable histoire du roman polémique

L'Absolution de Brady Stevenson

LA VERSION DE SOLEIL JOHNSTON,
QUATRIÈME PARTIE (suite)

PENNY

J'imagine que tu ne dors pas… Je n'en reviens toujours pas.

Je sais que c'est pareil pour toi. Je suis désolée, Soleil.

Je devais te le dire. Je ne voulais pas te blesser.

Tu es ma meilleure amie.

MIRI

Ça va, Soleil ? Tu as des nouvelles de Fatima ?

Elle accuse sans doute le coup, comme nous.

Je parie qu'elle va t'appeler.

▶ ⏭

PENNY

[en pleurs] Je n'avais pas anticipé les événements.

Ce n'est pas ta faute.

Je l'ai fait pour Soleil.

Bien sûr.

Elle avait le droit de savoir.

Tu as agi selon ta conscience.

[hoquette] Non… C'est faux. [sanglote]

Qu'est-ce que tu sous-entends, Penny ? Qu'est-ce qui est faux ?

Je ne l'ai pas fait pour Soleil. Je cherchais seulement à impressionner Fatima. J'espérais qu'elle s'intéresse enfin à moi. Elle ne me trouvait pas passionnante. Je voulais arriver chez elle et, pour une fois, me faire remarquer.

Oh, Penny.

Je n'aurais rien dû dire. J'aurais dû en parler d'abord à Jonah et lui laisser le choix. C'était *son* passé. [pleure] Fatima nous demandait de partager nos précieuses vérités, mais ça n'était pas la mienne.

[sanglote] Je n'imaginais pas qu'elle s'en servirait dans son livre. J'ai gâché la vie de Jonah, tout ça pour une romancière que je n'ai même jamais lue.

[silence] Hein ? Quoi ?

[pleure]

Qu'est-ce que tu viens de dire ? Tu n'as jamais lu Contre-courant*?*

Non ! Non ! Je ne l'ai jamais ouvert, d'accord ? Je n'arrive même pas à suivre les lectures imposées en cours. Pour ce club, j'ai suivi le mouvement, comme toujours. [sanglote] Et à présent, Jonah est en état de mort cérébrale par ma faute. [cache l'objectif de la caméra avec sa main] Éteignez ça ! Ne leur répétez pas que je ne l'ai jamais lu. S'il vous plaît, arrêtez tout et coupez ce passage. Je vous en supplie, j'aimerais parler d'autre chose, maintenant. Est-ce qu'on peut parler d'autre chose ?

L'Absolution de Brady Stevenson

DE FATIMA RO

(extrait)

Si Brady avait été un personnage dans l'un des films préférés de Thora, il aurait roulé à tombeau ouvert toute la nuit sur l'autoroute. Dans la réalité, il ne dépassa que deux pâtés de maisons. Il immobilisa sa voiture devant l'entrée d'une résidence moderne à deux étages, devant la borne d'appel. Il appuya la tête contre le volant et fondit en larmes. *Est-ce que tu veux que je reparte à zéro ? C'est ça que tu veux ? Est-ce que je mérite une seconde chance ?* Brady avait interrogé Dieu à d'innombrables reprises : dans la chapelle du centre de détention où il priait chaque jour, sans faute ; dans son ancienne chambre, les yeux rivés au plafond ; chaque matin lorsqu'il passait la veste d'uniforme de Morley et même à l'instant où il avait embrassé Sunny. Il avait cru recevoir une réponse, mais il se trompait. Dieu venait seulement de lui répondre : non. Il n'y avait aucun moyen de recommencer. Brady ne méritait rien du tout.

Il perçut un craquement dans le haut-parleur de la borne. Il redressa la tête. Un bip, suivi d'une voix de femme, à l'accent européen :

– Allô ? Allô ? Vous, là ! Qui êtes-vous ? Je vous vois sur la caméra de surveillance. Qui êtes-vous ?

Si nous confessons nos péchés, il est fidèle et juste et nous pardonnera nos péchés et nous purifiera de toute iniquité. Brady baissa la vitre. Il agrippa la borne de la main gauche et pressa le bouton rouge de la droite.

– Stephan. Je m'appelle Stephan Brady, sanglota-t-il contre le haut-parleur, frémissant lorsqu'il prononça son propre nom. Et je suis désolé… je suis désolé… je suis désolé. Ils m'avaient tiré de mon lit, ils m'avaient traîné devant les autres. J'ai eu tellement peur quand ils m'ont choisi, je tremblais… Et puis ils m'ont dit : « Alors, Stephan, c'est qui le VIP, ce soir ? », j'ai désigné quelqu'un… J'ai montré le lit près du mien et j'ai soufflé : « Daniel »… parce qu'il était plus petit, plus faible. J'avais si peur que ce soit moi.

Stephan était lâche. Il en avait à présent la certitude, parce qu'il y avait mûrement réfléchi. Ce qui pousse les gens dans ces équipes à faire ce qu'ils font ? La peur.

– Mais je suis quelqu'un de bien. Quelqu'un de bien qui a fait quelque chose de mal… je suis désolé, sanglota-t-il. Putain, je suis tellement désolé.

▶⏭
MIRI

Jonah, enfin Nicholas – ou quel que soit son nom – est revenu au lycée, après ça. Vous le croyez, vous ?

Ça demande un certain cran.

Du cran ? Je ne crois pas non. Il se cachait, comme le lâche qu'il était. Il a changé de cours d'arts plastiques et le midi, il mangeait dans sa voiture. Mais il était là : il pompait l'oxygène de notre prestigieuse école privée, à laquelle il n'avait pas le droit de prétendre. Il n'avait sans doute pas d'autre choix : qu'est-ce qu'il aurait raconté à ses parents ? Il avait déjà changé de lycée une fois, non ?

Tu as raison. Graham représentait sa seconde chance. Je pense que ses parents espéraient qu'il fasse profil bas, qu'il se tienne à carreau et reprenne une vie plus normale après le bac. Ils n'avaient sans doute pas réfléchi à ce qu'il pourrait raconter à ses camarades de Graham, ou s'il comptait révéler la vérité au sujet de South Carmine. C'était sans doute un cap difficile à maintenir, pour lui.

Ah, non. Ne faites pas ça. Ne prenez pas la défense de ce pervers réchappé de prison.

Non. Je dis seulement qu'il se trouvait dans une situation délicate, parce qu'il devait décider de ce qu'il révélerait de son passé à ses nouveaux amis.

Arrêtez tout de suite ou je vais vous demander de sortir de chez moi.

Pardon ?

Une coupe au bol et des dents de travers : *ça*, c'est un passé. Une tache de sang sur son pantalon quand on a ses règles, au collège, c'est un passé. Quand on fait de la taule parce qu'on est un psychopathe, on devrait être obligé de rendre des comptes. On ne devrait pas avoir le droit d'intégrer l'un des établissements les plus prestigieux de la côte est. On devrait poursuivre Graham en justice pour avoir laissé ce malade nous côtoyer. Comment a-t-il pu y entrer, d'ailleurs ? On aurait dû le dénoncer pour le faire exclure. Mais on ne réfléchissait pas. On attendait les conseils de Fatima. Si Nicholas avait menti pour s'inscrire, il aurait dû être aussitôt renvoyé de…

Il n'a pas eu besoin de mentir. En tant que mineur, il n'était pas obligé de divulguer cette information.

C'est absurde.

C'est comme ça que le système fonctionne. En tant que société, il nous faut croire que les jeunes peuvent changer.

Vous y croyez, vous ?

Dans certains cas, oui. Je le pense.

Et dans ce cas précis ?

Je ne me suis pas encore forgé une opinion. Mais vous avez sans doute bien fait de ne rien dire. Révéler le passé de Nicholas à Graham n'aurait rien entraîné de bon.

Vous voulez dire qu'il aurait pu finir à l'hôpital, en état de mort cérébrale ?

NEW YORK MAGAZINE

UNE SÉRIE EN QUATRE PARTIES

Au-delà de la fiction :

La véritable histoire du roman polémique

L'Absolution de Brady Stevenson

LA VERSION DE SOLEIL JOHNSTON,

QUATRIÈME PARTIE (suite)

SOLEIL

Fatima ? Tu es là ?

Je n'arrête pas de sécher les cours. Je ne peux pas y retourner tant qu'il sera là.

Je pleure sans arrêt. Je me sens répugnante. Comment il a pu me faire ça ?

Pourquoi tu ne réponds pas ?

J'essaie de t'appeler.

Tu as un problème de téléphone ?

J'ai besoin de te parler. S'il te plaît, fais-moi signe quand tu verras ce message.

Je t'envoie un e-mail.

▶ ⏭
PENNY

Ne t'angoisse pas, Penny. Nous ne sommes pas obligés de discuter de Contre-courant. *Nous avons terminé avec ce sujet. On peut revenir sur ce qui est arrivé ensuite, d'accord ? [lui tend des mouchoirs] Quand tu as tout dit à Fatima et que les choses se sont tassées. Parle-moi de ce moment-là.*

[renifle] D'accord. [se mouche]

Qu'est-ce qu'il s'est passé, après ?

[s'essuie le visage] J'ai, euh, attendu de ses nouvelles. J'ai patienté pendant des jours.

Pourquoi ? Qu'est-ce que tu espérais ?

Je pensais que… [renifle] J'imaginais qu'elle me serait reconnaissante d'avoir découvert le secret de Jonah. Moi, qu'elle avait ignorée toute l'année. [prend une profonde inspiration] Et nous avions toutes besoin d'elle… je veux dire, on hésitait à avertir quelqu'un au sujet de Jonah. Est-ce qu'on devait lui demander pourquoi il nous avait menti ? On espérait qu'elle nous aiderait à décider.

Mais Fatima ne t'a jamais appelée, n'est-ce pas ?

[fond en larmes]… Non.

▶ ⏭

MIRI

J'étais bouleversée pour Soleil. Quelle horrible, horrible situation.

Elle devait être effondrée.

Elle a manqué les cours pendant plusieurs jours. La pauvre, elle n'a même pas tenu le coup jusqu'aux vacances de Noël. Jonah l'avait littéralement anéantie. Elle n'est revenue que plus tard, pour passer ses examens et finir son projet d'arts plastiques. Je savais que seule Fatima pouvait l'aider à affronter tout cela, alors, Penny et moi sommes allées chez Soleil. Et quand nous sommes entrées…

Quoi ?

On est montées dans sa chambre. [silence] On l'a trouvée assise par terre devant son miroir. Elle se coupait les cheveux avec ses vieux ciseaux à bout rond, en récitant les différentes étapes pour faire son chignon flou.

Mon Dieu.

« La tête en bas, vaporiser du shampooing sec sur les racines. Puis fais une queue-de-cheval très haute. Puis crêper. Crêper la queue-de-cheval, c'est la clé. »

La pauvre petite.

Nous n'avons pas pu l'empêcher, elle avait déjà massacré une moitié de ses mèches, au-dessus des épaules. Elle était furieuse contre Fatima et contre elle-même, j'imagine, pour s'être montrée si aveuglément confiante.
On l'a pratiquement poussée sous la douche... Disons juste qu'elle ne sentait pas la rose. Elle refusait d'enfiler autre chose qu'un jogging, mais au moins elle a renoncé à son affreux pyjama. Penny et moi l'avons ensuite emmenée chez Fatima.

C'était gentil de votre part.

Soleil était ma meilleure amie. Elle avait besoin de mon aide. Les jeux tordus de Nicholas l'avaient profondément perturbée.

Que s'est-il passé, chez Fatima ?

On a sonné. Elle a ouvert la porte, mais pas entièrement. Elle a laissé la chaîne.

Ça ne lui ressemble pas...

Non. [soupir] Ça n'était vraiment pas son genre. Je l'ai aperçue dans l'entrebâillement, la mine encore plus défaite que Soleil.

Rien d'étonnant.

Soleil a demandé à lui parler. Mais tout ce que Fatima répondait, c'était qu'elle voulait qu'on la laisse tranquille. Soleil a commencé à élever la voix. Elle répétait : « Tu ne peux pas m'abandonner comme ça. Tu es la seule à me comprendre. J'ai besoin de toi, Fatima. »

C'est affreux.

Oui. Ensuite, elle a dépassé les bornes, elle lançait des trucs du genre : « Tu m'as obligée à sortir avec lui ! Tu m'as poussée à le faire ! J'ai failli coucher avec lui à cause de toi ! C'est ta faute ! »

Vraiment ? Difficile à entendre.

Franchement, à ce stade, elle pétait les plombs : personne ne peut vous obliger à sortir avec quelqu'un ! Elle cherchait un coupable pour sa souffrance. Je le lui ai dit, mais ça n'a fait que l'enrager davantage.

Que s'est-il passé ensuite ?

Fatima a refermé la porte.

C'est tout ? Elle n'a même pas répondu à Soleil ?

Non. C'est la dernière fois que nous l'avons vue.

J'avoue que je ne sais plus quoi dire.

Prenez un peu de recul : Soleil n'était pas la seule blessée, dans cette histoire. Fatima avait tenté d'aider Nicholas. Il a abusé de sa gentillesse et l'a utilisée pour essayer de se racheter une conscience. Voilà les faits. C'est lui qui a manipulé Fatima. Ne prenons pas les choses à l'envers.

Mais pourquoi Fatima a-t-elle ignoré Soleil à ce point ?

Fatima y a laissé des plumes, elle aussi. Sa théorie l'avait conduite à ce désastre. C'est humiliant. Comment pouvait-elle encore nous regarder en face ?

Tu refuses d'envisager qu'elle avait peut-être honte, car, pendant ce temps, elle se servait de vous pour écrire son roman ?

Oui. [soupir] Fatima n'a rien trahi du tout. Elle s'est montrée loyale envers Nicholas et fidèle à son engagement d'écrivaine. Et quand elle est blessée, elle s'isole : vous le savez. J'ai tenté de le rappeler à Soleil et Penny, mais elles ne pensaient qu'à elles. Encore aujourd'hui, rien d'autre ne les intéresse.

NEW YORK MAGAZINE

UNE SÉRIE EN QUATRE PARTIES

Au-delà de la fiction :

La véritable histoire du roman polémique

L'Absolution de Brady Stevenson

LA VERSION DE SOLEIL JOHNSTON, QUATRIÈME PARTIE (suite)

DATE : 17 décembre 2016

À : fatima.ro.auteure@gmail.com

DE : soleil410@gmail.com

OBJET : LA PRÉCIEUSE VÉRITÉ

Je t'ai envoyé des messages. Je suis venue chez toi. J'ai essayé les e-mails. Tu exigeais que je te dise absolument tout et maintenant que j'ai besoin de parler, OÙ ES-TU ? En fait, seul Jonah t'intéressait. C'est lui que tu as préféré choisir : son bonheur, son bien-être, plutôt que le mien. Tu en as fait ton petit protégé parce qu'il paraissait avoir davantage besoin de toi et t'aimer plus que les autres. Tu lui as procuré de la nourriture, un refuge, du réconfort. Et tu comptais m'offrir à lui. « Reste cool, t'es sa copine, fais ce qui te semble naturel », « Tu as trouvé son talent caché », « Laisse-toi aller ! » Mais maintenant que tu découvres qu'il t'a menti, je ne te sers plus à rien. Peu importe qu'il m'ait trompée, moi aussi. Ta seule préoccupation, c'est qu'il t'a fait du mal à TOI. Depuis le début, tout tourne autour de toi et toi seule, Fatima Ro. MOI AUSSI, J'EXISTE !

C'est la toute dernière fois que je t'écris, parce que je n'ai plus rien à te donner. Tu m'as extorqué le moindre détail : « #LPDJ » ; « Qu'est-ce que vous faites, exactement, derrière cette étagère ? » ; « Je meurs d'envie de savoir comment s'est passée votre journée » ; « RACONTE. MOI. TOUT ». Tu m'as poussée à croire que je te devais quelque chose. Tu m'as tout pris : mon temps, mon énergie, mes secrets, mes émotions, mes expériences. Tout ça pour quoi ? Pour voir jusqu'où quelqu'un irait dans le sacrifice, alors que tes amis se sont désintéressés de ton roman. Snif snif, pauvre petite romancière mal aimée. Tu as saigné sur ces pages et eux, tout ce qu'ils ont fait en retour, c'est jeter des transats dans ta piscine. Mais Miri, Penny et moi, nous sommes devenues ta « tribu ». Nous étions tes fans dévouées, qui t'ont consolée quand tu t'es sentie minable, la fille ratée d'un grand médecin.

Et parlons de mes notes, en cours de psycho. Tu les récupérais toutes, avidement, pour mieux comprendre mon copain et te rapprocher de lui. « Pertinentes et très révélatrices. Utiles. » Tu veux que je te passe mes notes, Fatima ? Tu veux savoir ce que j'ai appris ? Tu veux un aperçu de mes recherches ? Tu veux entendre ma précieuse vérité ? Alors la voilà :

Chère Fatima

J'ai lu un article qui pourrait t'intéresser dans *Psychology Today*, intitulé « Le narcissique communautaire : un loup dans le troupeau ». Au fil du texte, j'ai eu l'impression que saint Pierre m'accueillait aux portes du paradis et m'apportait l'illumination. J'espère que la métaphore te plaît. Rien de tel qu'une petite référence religieuse pour donner de la profondeur à son propos, pas vrai ? *Contre-courant*, peut-être le roman le plus brillant jamais écrit, m'a appris tant de choses sur la littérature. Je me surprends à écrire comme toi, parler comme toi, penser comme toi. Ah, et je sens comme toi, grâce cette crème hydratante, parfum « pâte à gâteau ».

Sais-tu ce qu'est un narcissique communautaire, Fatima ? Non ? J'imagine que tu ne suivais pas beaucoup tes cours de psycho, au lycée, puisque évidemment, tu couchais pour « grandir et mûrir ». Alors, détends-toi, ouvre grand les yeux et profite de cet enseignement, comme j'ai si souvent profité des tiens : tes fameux films qui ont déclenché ta vocation, tes fringues vintage que tu me laissais essayer, tes plats thaïs préférés, tes conseils relationnels et tes tutos pour réaliser le chignon parfait et le sourire idéal.

Le narcissique communautaire, c'est une personne qui donne l'impression d'aider les autres. Il semble plein d'empathie, encourageant, compréhensif. En réalité, ses prétendues bonnes actions n'ont d'autre but que de susciter les compliments et l'admiration, pour se sentir supérieur au reste de son cercle social.

Mme Halpin me demanderait d'illustrer ma définition par un exemple. Réfléchissons.

Imaginons une auteure, qui base son roman sur sa plus grande honte, qui prétend l'avoir publié pour aider ses lecteurs à se pardonner leurs propres défauts. Alors qu'en fait, elle ne désire que leur dévotion. Ou encore une écrivaine qui invite chez elle une bande d'ados, au nom de « contacts humains » dont elle se sert uniquement pour entretenir son ego.

Tu ne trouves pas ça fascinant ? Je n'avais jamais entendu parler des narcissiques communautaires auparavant. Je tiens à te remercier d'avoir encouragé mes études de psychologie. Merci, Fatima, pour toutes tes « bonnes actions » qui, j'en suis sûre, ne confortaient pas du tout ton autosatisfaction. Quelle recherche passionnante ! Vraiment, ces petites découvertes, c'est le sel de la vie.

Bonne chance pour ton prochain roman. Je parie qu'il sera aussi brillant et intéressé que *Contre-courant*. Pendant que j'y pense, tu seras fière d'apprendre que j'ai rendu mon projet artistique juste à temps. J'ai enfin choisi quoi mettre derrière chaque porte : de minuscules soldats en plastique, tous figés, tous vêtus de kaki, prêts à suivre les 5 %. Derrière la porte de Jonah, j'ai installé un trophée fendu. Derrière la tienne, j'ai placé la touche finale : une figure de loup déguisé en mouton. Tu peux y jeter un coup d'œil sur Instragram : #LargosStudioArt #Portesmetaphoriques #loupdeguiseenmouton. Merci de ton conseil, comme tu le constates, j'ai donné une dimension plus profonde à mon idée. Comme toujours, tu sais tout. Tu as toujours raison. J'ai eu un A.

Ta précieuse vérité,

Soleil.

PS : Oui tu as bien lu, je t'envoie un « chère Fatima » et va te faire foutre.

PPS : Si tu décidais un jour de faire signe, tu pourras me trouver sur Facebook où tu verras : Soleil Johnston. À propos : ex-fan de Fatima Ro, future psychologue. Relation amoureuse : célibataire.

▶ ⏭

PENNY

Soleil n'arrêtait pas de crier : «Je t'interdis de me claquer la porte au nez! Ouvre! C'est toi qui m'as fait ça!» C'était horrible de la voir dans cet état.

En effet. Qu'est-il arrivé ensuite?

Je l'ai aidée à se relever et je l'ai entraînée loin de la maison. Je ne pouvais pas m'empêcher de me retourner : j'espérais que Fatima comprendrait le mal qu'elle faisait. Mais elle ne nous regardait pas. Elle s'en fichait totalement.

J'imagine que vous avez eu des difficultés à l'accepter.

C'est dur de passer d'une situation où on se sert dans son frigo, où on essaie ses Louboutin à celle où elle nous ferme la porte. J'avais du mal à réaliser. Miri répétait : «Ce n'est pas sa faute. Elle aussi est meurtrie. Laissez-lui un peu de temps.» À ce moment-là, je me doutais déjà que Miri prendrait sa défense. Je le savais. Or avant que Fatima et Jonah ne débarquent dans nos vies, il n'y avait que Miri, Soleil et moi. Elle aurait dû se ranger de notre côté.

Perpétuer le «club des cinq».

[murmure] Influenceuses.

Que dis-tu, Penny?

Rien. [silence] J'ai fini par retourner chez Fatima, seule, une semaine plus tard.

Vraiment ?

Oui. Je voulais voir si elle se sentait enfin prête à nous parler. Et puis, je m'étais habituée à Mulder. Cette semaine m'a paru interminable. Je me traînais comme une loque. J'étais… en manque.

Je comprends. Donc, tu t'es rendue chez elle.

C'est ça. [hésite] Je croyais qu'elle m'ouvrirait la porte, qu'on discuterait des événements, puis qu'elle appellerait Miri et Soleil pour qu'on puisse toutes en parler ensemble.

Mais ce n'est pas ce qui s'est produit, n'est-ce pas ?

[fait un signe négatif] Non. Elle n'était pas chez elle. J'ai vu par la vitre du garage que sa voiture n'était pas là. J'ai fait le tour et je me suis servie de ma clé.

Ah, c'est vrai. Tu l'avais gardée.

Elle ne me l'avait pas réclamée. Et je pensais que la situation reviendrait à la normale. [soupir] Alors, j'ai poussé la baie vitrée, comme d'habitude. À l'intérieur, tout avait disparu.

Comment ça, « tout » ?

Son vieux sofa défoncé, ses DVD, le grille-pain, les vinyles des Bee Gees et de Police qu'elle tenait de sa mère. La boîte de la genèse de *Contre-courant* : j'ai couru pour vérifier dans le placard. Toutes ses fringues sublimes… envolées.

Et Mulder ?

Volatilisé. Même son répugnant jouet poilu et miteux n'était plus là. Tout. Il ne restait que quelques cintres en fer, des emballages plastique du pressing et des bouteilles de shampooing vides. Et le fer à cheval que Soleil lui avait offert. Il était encore cloué au-dessus de la porte d'entrée.

C'est tellement triste. Je suis navré.

[soupir]

Qu'as-tu fait, ensuite ?

J'ai pris une photo du salon, où il ne restait que les marques des pieds du canapé sur la moquette. Je l'ai envoyée à Soleil et Miri. À Jonah, aussi, par erreur. Je l'ai fait par habitude. Et puis j'ai…

Quoi donc ?

Je suis entrée dans la salle de bains. Et devant le miroir, je me suis attaché les cheveux, avec un chignon flou, comme Fatima l'avait montré à Soleil.

Pourquoi ?

Je ne sais pas.

Allez, explique-moi.

Parce que j'aurais aimé que ce soit moi, d'accord ? J'étais jalouse de Soleil, depuis la pendaison de crémaillère… elle était si proche de Fatima. Même quand elle l'a abandonnée, j'espérais toujours… Je voulais avoir l'impression d'être le personnage principal.

L'Absolution de Brady Stevenson

DE FATIMA RO

(extrait)

Chez Thora, les trois amies gravirent le perron, blotties les unes contre les autres. Marni frappa une première fois, doucement, puis plus fort. La porte s'ouvrit et Thora Temple, les yeux injectés de sang, tomba dans leurs bras.

– Je craignais que vous ne vouliez jamais revenir, souffla-t-elle. Je pensais que vous me haïssiez. Je suis tellement désolée. J'ai si honte de t'avoir poussée dans ses bras. J'espérais qu'il serait heureux. J'ignorais qui il était.

Autour d'un repas chinois, au son des vieux vinyles de Thora, les trois jeunes filles se retrouvèrent, comme pour cette journée d'intégration, lorsqu'elles avaient grimpé l'escalier en colimaçon menant au toit de Morley pour s'emparer du trophée qu'elles avaient remporté ensemble, en équipe. Elles discutèrent avec Thora jusque tard dans la nuit, à propos d'un garçon qui les avait dupées. Sunny balbutiait entre deux sanglots. Elle était tombée amoureuse de lui, expliqua-t-elle, parce qu'il semblait « silencieux et courageux, qu'il n'attirait pas l'attention et n'en avait pas besoin ». Elle s'était rendue malade à relire son exemplaire de *La Noyade*, où il avait inscrit les dates et les lieux où Sunny et lui avaient rejoué les scènes enflammées entre Julie et Sam. Marni et Paloma se concentraient sur les détails, cherchant à relier les événements qui l'avaient conduit de South Carlisle au centre de détention pour mineurs, et enfin, à Morley.

Quant à Thora, elle demeura assise en tailleur, sur le sol du salon. Elle sortit d'un carton estampillé « 2e roman » des copies d'un manuscrit de travail. Elle s'arrachait les cheveux sur son projet depuis septembre, mais elle avait récemment découvert sa précieuse vérité. Il parlait d'un garçon, qu'elle aurait dû – étant donné sa profession et son expérience – démasquer depuis le début. Le mauvais garçon, le nouveau venu, ténébreux et mutique, qui surgit soudain pour échapper à une sombre histoire et gagner l'amour de tous ceux qui osent sonder son regard profond, triste, irrésistible.

▶ ⏭

MIRI

Quand Soleil a entendu l'interview de Fatima à la radio, en Californie, on a appris que le livre sortirait en avril. Vous n'allez pas le croire, mais la parution était prévue pour le 10, le jour des dix-huit ans de Soleil.

Plutôt brutal.

Joyeux anniversaire ! [fait mine de porter un toast avec son gobelet Starbucks] Pendant les mois qui ont précédé, on a lu le résumé, puis on a vu la couverture, avec cette image de trophée fêlé, puis on a parcouru les critiques qui le jugeaient « captivant » et « à méditer ». Ils décrivaient un récit « de désespoir et de trahison ». Le roman s'est peu à peu dévoilé ; on le sentait peser sur nous comme une menace. L'angoisse a continué de monter jusqu'à sa sortie… je ne parviens pas à l'expliquer.

C'était sans doute stressant.

Je ne peux pas. [secoue la tête] Je ne pensais plus qu'à ça.

Normal…

J'espérais vraiment avoir raison et que Fatima ne nous ferait pas de coup tordu. Sinon, je n'aurais jamais fini d'en entendre parler. [soupir] Puis *L'Absolution* est enfin sorti et… c'était terminé, pour moi. Vous savez ce que j'ai ressenti ?

Quoi ?

Du soulagement. Je l'ai dévoré en l'espace de vingt-quatre heures et, sincèrement, c'est tout ce qu'il m'a inspiré. Du soulagement. Cela ressemblait à une forme de rédemption d'une beauté... indescriptible. Fatima plaisantait toujours sur le fait que, dans tous les romans pour ados, on retrouve systématiquement cette phrase : « Elle poussa un soupir qu'elle retenait sans même s'en apercevoir. » [rires] Eh bien, c'est exactement ce qui s'est passé pour moi quand je l'ai refermé. J'ai littéralement poussé un soupir que j'avais retenu sans m'en apercevoir. [silence]

Si je devais émettre une critique, j'ai trouvé le livre trop généreux. Voilà pourquoi je m'étonne tellement de voir Soleil et Penny si scandalisées. Soyons honnêtes, elles étaient outrées dès la première interview de Fatima à la radio et après cela, elles n'ont pas laissé la moindre chance à son roman. Elles étaient déterminées à se sentir manipulées, trahies et elles le sont restées. Rien de ce qu'on dira n'y changera quoi que ce soit.

EXTRAITS VIDÉO NON ÉDITÉS

LA VÉRITÉ À NU

Interview de Miri Tan, Penny Panzarella et Soleil Johnston par Nelson Anthony

18 mai 2018

© Push Channel 21, Bellmore, NY, 2018

0:00:04 / 0:06:56

Penny, Soleil, la raison pour laquelle je vous ai demandé de me rejoindre au Witches Brew, c'est…

MIRI

[entre] C'est quoi, ce délire ? Un guet-apens ?

SOLEIL

Vous ne nous aviez pas prévenues qu'elle viendrait, celle-là.

MIRI

Vous m'avez piégée ? Laissez tomber, pas question de rester. [enfile sa veste]

PENNY

Il nous a toutes piégées. On n'en avait pas plus envie que toi.

MIRI

Tais-toi, Penelope.

Les filles, s'il vous plaît. J'aimerais vraiment que vous acceptiez de vous asseoir.

MIRI

Très bien. [s'installe] Mais uniquement parce que je n'avais pas terminé. [se tourne vers Soleil] Je m'étonne de te voir ici, Soleil. J'espère que tu prépares un compte rendu pour le *New York Magazine.* Un extrait de journal qui parle d'une interview, qui parle d'un roman qui parle de ton journal ? Très méta…

SOLEIL

[lève les yeux au ciel]

Accordez-moi une minute, s'il vous plaît. J'ai parlé à l'attachée de presse de Fatima.

MIRI

C'est vrai ? Est-ce que Fatima va bien ?

SOLEIL

Qu'a-t-elle dit, au juste ?

Fatima vient d'annuler la tournée pour son livre. Les vingt-et-une rencontres prévues. La presse la harcèle et réclame des interviews qu'elle refuse de donner. Elle ne parle à personne pour l'instant. Absolument personne.

MIRI

Pourquoi accepterait-elle de parler alors que les médias se déchaînent contre elle ? Comment imaginer qu'elle poursuive sa tournée alors qu'elle fait son deuil ?

SOLEIL

[ricane]

PENNY

Fatima n'est pas en deuil. Elle soigne sa part de mystère.

MIRI

De quoi est-ce que tu parles ?

PENNY

C'est ce qu'elle-même disait, tu as oublié ? Qu'est-ce qu'il y a de plus cool que d'occuper le devant de la scène ?

SOLEIL

La snober.

PENNY

Et maintenant, tout le monde ne parle plus que d'elle.

MIRI

[silence] C'est… absurde, comme raisonnement. Vous êtes complètement à côté de la plaque. Et n'essayez pas d'utiliser ses propres mots contre elle.

SOLEIL

C'est elle-même qui s'en est servie contre Jonah ! Elle a fait de nos vies un cauchemar.

Je vous en prie, écoutez-moi. C'est la raison pour laquelle je vous ai réunies ici. Je sais combien la situation doit vous paraître perturbante, sans la possibilité d'interroger Fatima sur ses intentions. Vous ne devriez pas avoir à affronter cela seules. Vous étiez ses amies, et vous avez sans doute du mal à comprendre…

PENNY

Nous n'avons jamais été ses amies. Simplement ses personnages.

MIRI

Le fait qu'elle se soit inspirée de nous n'excluait pas qu'elle soit notre amie. Combien de fois je dois vous le répéter ?

SOLEIL

Elle nous fréquentait de façon purement intéressée, parce qu'elle n'avait pas le talent nécessaire pour inventer sa propre histoire. Elle a publié des détails intimes, que je lui avais révélés sous le sceau de la confidence. Elle m'a trahie. Les amis n'abusent pas les uns des autres, Miri.

MIRI

Quel bla-bla ! À présent, tu écris et tu es même publiée dans un magazine grâce à votre relation ! [rit] Tout le monde profite de tout le monde. Évidemment, qu'elle s'est servie de nous comme source d'inspiration. Tout comme on s'est servis d'elle pour fréquenter une célébrité et égayer nos misérables existences. Nicholas s'est servi de nous pour échapper à son passé. Nous nous servions de Penny pour avoir les meilleures places aux concerts et pour organiser nos soirées dans sa maison de dingue. Chacun tire ce qu'il peut de l'autre. Et alors ?

SOLEIL

Et alors ? Jonah se trouve en état de mort cérébrale à cause de son roman.

PENNY

Et de ce que je lui ai raconté.

MIRI

Non, s'il se trouve en état de mort cérébrale, c'est uniquement sa faute. Il l'a cherché. Il n'a que ce qu'il mérite.

PENNY

Comment tu peux te montrer aussi insensible ?

MIRI

Alors d'après toi, Jonah était ton ami, mais pas Fatima ?

PENNY

Pour elle, j'étais celle qui nourrissait le chat. Avec Jonah, j'avais un véritable lien. Nous étions amis.

MIRI

Il s'appelait Nicholas, bon sang ! Comment peux-tu parler d'amitié alors que tu ignorais son véritable nom ? La seule raison pour laquelle il venait chez toi regarder la télé dans ton sous-sol ou t'aider à composer tes petits tableaux déco, c'était pour échapper à sa propre conscience. Ta maison se trouve sur le coin de Long Island le plus éloigné de South Carmine. Je n'appelle pas ça un ami, j'appelle ça un type en cavale.

SOLEIL

Il est dans le coma. Ne parle pas de lui comme ça.

MIRI

Pourquoi tu cherches à le défendre ? Vous êtes sortis ensemble. C'est de toi qu'il s'est servi le plus !

SOLEIL

Ça n'était pas une raison pour qu'il souffre de cette façon. Maintenant qu'il est blessé, lui en vouloir ne servirait à rien.

MIRI

C'était un pervers cinglé. Il a foutu en l'air la vie d'un pauvre garçon qui n'avait rien demandé. Nicholas Jonna mérite de finir comme un légume.

PENNY

Arrête Miri.

SOLEIL

Ce n'est pas un légume.

MIRI

Tu sais ce que c'est qu'un état de mort cérébrale ?

PENNY

Il est jeune et fort. Il peut encore s'en remettre, il peut guérir. C'est un athlète.

MIRI

Penny, c'est une courge.

SOLEIL

Tu n'es qu'une garce, Miri. Fatima et toi allez vraiment bien ensemble.

PENNY

Arrêtez les filles. Ce n'est pas en se déchirant qu'on fera guérir Nicholas plus vite.

MIRI

Guérir ? Mais il ne guérira pas. Il va mourir.

PENNY

C'est faux. Il n'a que dix-huit ans. C'est un…

MIRI

Il va mourir, Penny. Je ne veux pas te faire de peine, je t'assure. Ce n'est pas mon but. J'essaie simplement de te préparer au pire. La prochaine fois que nos téléphones sonneront, ça sera pour nous l'annoncer.

SOLEIL

Miri !

PENNY

[secoue la tête] Tu ne veux pas qu'il s'en sorte, Miri. Mais il va se réveiller. Tu verras.

MIRI

[soupir] Même si c'était possible, au nom de quoi devrait-il s'en sortir ? Pour qu'il passe son bac à Graham et vive une petite vie paisible, comme nous et tous ceux qui n'ont jamais commis de crimes sexuels ? Pourquoi aurait-il droit au même avenir que nous ?

SOLEIL

Parce qu'il regrettait. Les gens changent.

MIRI

Ce genre de personnage ne change jamais. « On ne peut pas cacher qui on est vraiment. » Vous pensiez la même chose, quand Fatima le disait. « Ton "toi" authentique refera toujours surface. » Le mal reste tapi sous la surface, jusqu'à la prochaine proie. Nicholas Jonna a lâché sa meute sur une victime innocente. On ne transforme pas ce type de comportement, c'est dans son tempérament. C'est sa véritable nature.

SOLEIL

Non. C'était simplement quelqu'un de bien qui a fait quelque chose de mal.

MIRI

Tu te trompes, Soleil. Fatima a réécrit son personnage pour le racheter. Oui, Brady Stevenson passait pour une personne bien qui avait commis une terrible erreur. C'est pour lui que tu éprouves des regrets. Tu ignorais totalement qui était Nicholas.

SOLEIL

Je le sais ! C'était quelqu'un de bien. Je le sais.

MIRI

Pourquoi ? Parce qu'il n'a pas couché avec toi ?

SOLEIL

Précisément.

MIRI

Il n'aurait jamais dû sortir avec toi. Ne sois pas naïve, Soleil. Pas une fois de plus !

SOLEIL

Ce n'est pas naïf de pardonner à quelqu'un qui a appris une leçon. Ce n'est pas naïf de se défaire de sa colère pour recommencer à vivre. Tu n'as aucune idée du poids de la haine. [éclate en sanglots] J'aurais dû lui pardonner. J'aurais dû lui parler quand je le pouvais encore.

MIRI

C'est exactement pour cela que Fatima a écrit ce livre. Soleil, tu ne comprends pas ? Fatima l'a fait parce qu'elle tenait à toi !

SOLEIL

Non. Elle ne pensait qu'à elle. Tu as bien vu qu'elle était désespérée. Elle devait absolument rendre son roman à temps : elle aurait écrit n'importe quoi, sans se soucier des conséquences. Dès que Penny lui a confié la clé de l'intrigue, elle m'a abandonnée.

MIRI

Attends… Alors, tu n'as pas lu le roman jusqu'au bout ?

SOLEIL

[pleure]

PENNY

Pourquoi elle le terminerait ? On a eu notre dose des bobards de Fatima.

MIRI

Je comprends mieux pourquoi vous lui en voulez toujours. Fatima ne t'a pas abandonnée, Soleil. Au contraire. Tu dois lire ce livre. Jusqu'au bout. Tu sauras pourquoi elle a agi comme ça, pas seulement pour Nicholas, mais pour toi. Tu verras. Je te promets que quand tu l'auras lu, tout deviendra…

[le téléphone de Soleil se met à vibrer]

[le téléphone de Miri sonne]

[le téléphone de Penny vibre]

[hors champ. Le téléphone de Nelson sonne]

MIRI

[étouffe un cri]

PENNY

Non ! [sanglote] Non, non.

SOLEIL

[les yeux écarquillés ; fixe son téléphone]

[Nelson apparaît dans le champ] Allô ?

L'Absolution de Brady Stevenson

DE FATIMA RO

(extrait)

L'hiver avait malmené le domaine de Sands Point Preserve. Quelques tempêtes tardives avaient balayé la plage et érodé les récifs sur plusieurs kilomètres. Enfin, la première semaine d'avril, la mauvaise météo disparut pour de bon. La douceur et le soleil ramenèrent les habitués sur la plage : les couples qui marchaient main dans la main, les joggeurs de la côte nord avec leurs montres connectées et leur équipement dernier cri, et un ancien champion de lutte repenti suivi de son chien.

Cletus aperçut Sunny Vaughn avant Stephan, à plus d'une centaine de mètres. La langue pendante, il remua la queue et se précipita vers elle, exprimant toute la joie que Stephan préférait cacher. Le jeune homme se laissa entraîner par le chien qui déroula la laisse à mesure qu'il s'approchait d'elle.

– Salut, lança Stephan lorsqu'il arriva à sa hauteur.

– Salut.

Elle s'accroupit pour serrer le chien dans ses bras. Elle ressentit une douce chaleur en enfouissant son visage contre son cou.

– Salut Cletus ! Tu te souviens de moi, hein ? Comment ça va, mon grand ?

– Il est surpris de te voir, répondit Stephan en le caressant.

Elle se redressa.

– Et toi ?

– Moi aussi.

Sunny ne lui avait plus adressé la parole depuis cette dernière soirée ciné. Le docteur Nihati avait vu juste : il y avait eu des conséquences. Stephan avait changé de cours d'arts plastiques. Le midi, il mangeait seul dans sa voiture, ou, lorsqu'il faisait trop froid, il se réfugiait dans la cage d'escalier.

– Quel dommage que la plage ait tant souffert des intempéries, remarqua Sunny, qui observait la base des falaises mise à nu. Le paysage a complètement changé.

– Tu parles d'un hiver pourri, acquiesça Brady, qui ne faisait pas seulement allusion à la météo.

Pour eux, il n'y avait pas eu de bal d'hiver, en janvier.

Sunny hocha la tête. Elle avait passé la mauvaise saison à ruminer chaque minute passée avec Stephan Brady, qu'elle appelait Brady Stevenson. Malgré ses deux noms, les filles ne l'avaient plus appelé que « le salaud », « le pervers » ou « cette ordure de menteur ».

Chaque soir, chez elle, elle avait continué à transmettre à Thora les articles sur le scandale de South Carlisle et ses notes de psychologie sur le sentiment de trahison, la tromperie, la manipulation.

Les ex-amoureux marchèrent le long de la plage, pendant que Cletus chassait les vagues et reniflait les algues. Stephan aurait voulu dire à Sunny combien Cletus la regrettait, mais il n'avait pas le droit de parler d'affection, pas même de celle du chien.

– Qu'est-ce que tu fais ici ? demanda Brady, qui ne put se taire plus longtemps.

Avant de répondre, Sunny prit une profonde inspiration.

– Thora pensait que je devrais te parler.

– Ah.

Il se prépara pour la suite.

– J'échange des e-mails avec elle depuis que je l'ai rencontrée : à propos de nous, d'être à l'extérieur comme à l'intérieur, je lui raconte tout, expliqua Sunny.

Stephan s'en était douté. Ils les savaient proches, presque autant que Thora et lui. Il hocha la tête et envoya un galet rouler dans l'eau.

– L'autre jour, elle est passée chez moi. Elle avait imprimé tous les SMS et les e-mails que je lui ai envoyés depuis… depuis que j'ai appris la vérité, pour toi. C'était un pavé épais comme ça, poursuivit Sunny en écartant le pouce et l'index d'une dizaine de centimètres. Je lui écrivais jusqu'à trois e-mails par jour. Elle m'a tendu cette liasse de papier et m'a demandé s'il y avait une balance, chez moi. Je l'ai emmenée dans la salle de bains de mes parents et elle m'a suggéré de peser les pages.

Sunny s'immobilisa et se tourna vers lui.

– Presque un kilo et demi.

Stephan détourna le regard.

– Elle m'a dit : « Si tu continues de te focaliser sur lui, ça finira par être trop lourd à porter. » Puis elle a lu mes messages à voix haute. De plus en plus fort. Chaque mot disait combien je te haïssais et combien ça me répugnait d'avoir failli coucher avec toi.

Elle frémit.

À l'évidence, il la dégoûtait. Il aurait voulu s'éclipser, mais Sunny avait le droit de lui dire tout le mal qu'elle pensait de lui.

– Tout ce que je faisais, c'était t'insulter, page après page, semaine après semaine, continua Sunny en frappant son poing dans sa paume. Mais à ce moment-là, après avoir vu et entendu mes mots sous cette forme, comme ma propre chronologie émotionnelle, j'ai cessé de t'en vouloir. La seule chose qui me faisait horreur, c'était mon amertume. J'ai toujours été heureuse. Or je ne me reconnaissais plus dans ces paroles. J'étais... en colère. Et je ne veux plus l'être. Ce n'est pas moi. Voilà pourquoi je suis venue.

Stephan la dévisagea et retrouva soudain la douceur, la compassion qu'il avait perçue chez elle, le jour de leur rencontre. Il aurait presque pu devenir ami avec cette fille. Il avait du mal à le croire. Ils avaient presque formé un couple. Presque. Il se jura qu'avec la prochaine fille, il ferait mieux. Il partirait sur une base plus authentique.

Sunny croisa les bras.

– Je voulais simplement te demander...

– Tout ce que tu veux, l'interrompit Stephan.

Il lui devait bien cela.

– Pourquoi tu m'as menti ? demanda-t-elle, luttant pour dominer son émotion.

Stephan avait prié chaque soir pour recevoir cette chance. Il avait imaginé des dizaines d'explications, mais en fin de compte, il en revenait toujours à sa précieuse vérité.

– J'avais peur... Je craignais qu'en te disant ce que j'avais fait, tu ne voies plus rien de bon en moi. Je voulais redevenir quelqu'un de bien. Je me disais qu'en... que si je pouvais être avec toi, j'aurais une possibilité d'essayer.

Il la regarda droit dans les yeux.

– Je suis désolé.

Sunny espérait depuis longtemps entendre ces mots, mais ne savait pas comment y réagir. Sur l'instant, elle le crut. Elle s'était trompée sur son compte, mais alors qu'il aurait pu franchir une ligne avec elle, il ne l'avait pas fait. S'il restait ne fût-ce qu'une fraction de quelqu'un de bien en lui, elle devait renoncer à sa colère.

– J'ai quelque chose qui t'appartient.

Elle ouvrit son sac et en sortit le premier exemplaire de *La Noyade* que Brady avait lu.

– Thora voulait te le rendre. Elle a dit qu'il y avait quelque chose pour toi, à l'intérieur.

Stephan glissa le livre sous son bras.

– Merci.

En levant les yeux vers la colline, Sunny se souvint soudain de la soirée « Gatsby » à laquelle ils n'assisteraient pas en juillet, et de la prédiction de Madame Lola sur son destin fragmentaire.

– J'espère que tu deviendras la personne que tu veux être, conclut Sunny.

– Moi aussi, murmura Stephan.

Il regarda le château où ils s'étaient embrassés, le château de Thora, symbole de la maison de Dieu. *Tu dresses devant moi une table en face de mes ennemis ; tu répands l'huile sur ma tête ; ma coupe est débordante. Oui, le bonheur et la grâce m'accompagneront, tous les jours de ma vie, et j'habiterai dans la maison de Yahweh, pour toujours.*

Sunny se pencha pour caresser Cletus.

– Au revoir, mon grand. Sois sage.

Elle se redressa et regarda Stephan dans les yeux.

– Je ne te connaissais pas avant que tu arrives à Morley. Je ne peux pas me prononcer sur ce que tu as fait auparavant. Mais quand je t'ai rencontré, j'ai vu du bon en toi. Je sais que tu regrettes de m'avoir fait souffrir. Et… je te pardonne.

Elle recula d'un pas.

– À un de ces jours, Brady Stevenson.

Stephan la regarda se retourner et s'éloigner.

– Merci, Sunshine Vaughn, répondit-il, mais elle paraissait déjà trop loin pour l'entendre.

Lorsqu'elle disparut au détour du sentier, Stephan sentit Cletus l'entraîner.

– Tu veux faire la course, Cletus ? Tu veux courir ?

Le chien bondit, se retourna et tira sur sa laisse. Stephan courut avec lui.

– Vas-y, mon chien. Allez !

Ils filèrent le long de la plage. Les vagues montèrent à leur rencontre. Enveloppés par les premières chaleurs du printemps, le chien suivait son jeune maître et le garçon suivait son chien. Stephan l'attrapa par le collier et détacha la laisse.

– Allez. Tu es libre ! Cours ! cria Stephan.

Il sentit les larmes monter. Cletus prit de la vitesse et devint flou. Ses pattes brisaient la mince surface de l'eau sur la grève, touchant à peine le sable. Derrière lui, Stephan se remit à courir en l'encourageant. À chaque foulée, il sentait son poids le quitter. Il se sentit de plus en plus léger. Je suis plus léger que cet oiseau, plus léger que cette branche, plus léger que ce galet, que ce roseau, que cette feuille ! Stephan fit tourner la laisse au-dessus de sa tête, comme pour disperser les derniers nuages. De l'autre main, il tenait un livre qui lui était familier. À l'intérieur, se trouvait la réponse tant espérée, claire, simple, tracée de la main même de l'auteure.

Crois-tu à l'absolution, à la purification de l'esprit, du corps et de l'âme? Est-ce pour cela que tu as écrit La Noyade?

Oui.

D'autres titres
Albin Michel Jeunesse

Kwame ALEXANDER, *Frères*
Sherman ALEXIE, *Le premier qui pleure a perdu*
Jay ASHER, *13 Reasons Why*
Audren, *Wild Girl*
Jennifer BROWN, *Hate List*
Jennifer BROWN, *Say Something*
Jennifer BROWN, *Tornade*
Fabrice COLIN, *Le Pays qui te ressemble*
Fabrice COLIN, *Magnetic Island*
Fabrice COLIN, *Rester debout*
Jenny HAN, *L'Été où je suis devenue jolie*
Jenny HAN, *L'Été où je t'ai retrouvé*
Jenny HAN, *L'Été devant nous*
Jenny HAN, *L'Été où je suis devenue jolie, L'intégrale*
Natacha HENRY, *Marie et Bronia, le pacte des sœurs*
Rachael LUCAS, *La Vie à mille décibels*
Jen MALONE, *Changement de cap*
Laurent MALOT, *Lucky Losers*
Joyce Carol OATES, *Un endroit où se cacher*
Joyce Carol OATES, *Ce que j'ai oublié de te dire*
Annabel PITCHER, *Je suis le tonnerre*
Ami POLONSKY, *Le Secret de Grayson*
Ami POLONSKY, *Le Secret de Grayson*
Amy REED, *Nous les filles de nulle part*
Meg ROSOFF, *Au bout du voyage*
Caroline SOLÉ, *La Petite Romancière, la Star et l'Assassin*
N.M. ZIMMERMANN, *L'Amour, le Japon, les Sushis et moi*

Composition IGS-CP
Impression CPI Bussière en septembre 2018
Éditions Albin Michel
22, rue Huyghens 75014 Paris

ISBN : 978-2-226-43569-9
N° d'édition : 23065/01 N° d'impression : 2038212
Dépôt légal : octobre 2018
Loi n° 49-956 du 16 juillet 1949 sur les publications destinées à la jeunesse.
Imprimé en France.